엄마의 담장

엄마의 담장

발행일   2023년 10월 25일

지은이   최선혜
펴낸이   손형국
펴낸곳   (주)북랩
편집인   선일영   편집   윤용민, 배진용, 김부경, 김다빈
디자인   이현수, 김민하, 임진형, 안유경   제작   박기성, 구성우, 이창영, 배상진
마케팅   김회란, 박진관
출판등록   2004. 12. 1(제2012-000051호)
주소   서울특별시 금천구 가산디지털 1로 168, 우림라이온스밸리 B동 B113~114호, C동 B101호
홈페이지   www.book.co.kr
전화번호   (02)2026-5777   팩스   (02)3159-9637

ISBN   979-11-93304-97-6 03810 (종이책)   979-11-93304-98-3 05810 (전자책)

(주)북랩 성공출판의 파트너
북랩 홈페이지와 패밀리 사이트에서 다양한 출판 솔루션을 만나 보세요!
홈페이지 book.co.kr   •   블로그 blog.naver.com/essaybook   •   출판문의 book@book.co.kr

작가 연락처 문의 ▸ ask.book.co.kr
작가 연락처는 개인정보이므로 북랩에서 알려드릴 수 없습니다.

최선혜 소설집

엄마의 담장

혹독한 성장통을 겪으며
마침내 한 인간으로 성장해 가는
세 여성 이야기!

북랩

작가의 말

아파트 단지 옆문으로 나가면 비밀통로처럼 소나무가 늘어선 산책길이 있습니다. 이 곳에서 몇 십 년을 살았어도 이런 길이 있음을 지난여름에야 알았습니다. 천천히 걷노라면 어느 손길인가 마련한 고양이 은신처도 보이고, 사진 찍는 곳으로 만들어 둔 동그란 테이블과 의자도 있습니다. 작은 돌에 미끄러지지 말라고 굵은 동아줄을 엮어 산책길 위에 얹어 놓았습니다. 신발 밑에 폭신한 기운을 느끼며 천천히 긷노라면 옆으로 비껴져 길가에 흩어진 작은 돌들이 보입니다. 몸을 낮추고 자세히 들여다보면 저마다 다릅니다. 자연이기에 하나하나 모두 아름답습니다.

이 글은 다듬어져 갈채를 받는 멋진 조각도, 위용을 지키는 뛰어난 건축물의 주춧돌이 아니어도, 그저 길 가의 작은 돌로 살기에 족한 마음을 가진 사람이 쓴 이야기입니다. 화려한 세상에 작은 돌처럼 흔하게 마주치는 평범한 존재가 세상에 읽을거리를 이렇게 보탭니다. 산책길의 작은 돌처럼 조용히 한 구석자리에 가만히 놓아둡니다. 누군가 집어 들어 그 돌에 담긴 이야기를 들어준다면 한 뼘도 못되는 땅을 차지하고 있음이 헛되지 않을 듯합니다.

엄마의 이야기를 쓰고 싶었습니다. 아버지의 마음을 들여다보려 했습니다. 거기에서 세상을 향해 날아오르려는 젊음을 뜨겁게 응원하는 마음을 담았습니다. 요즘 세상에 용어조차 생소해진 핏줄이 무엇인지도 그려보았습니다. 이 세 지붕 아래의 이야기가 작은 돌이 일으키는 울림이기를 소망합니다.

차례

작가의 말　　　　　　　　　　　5

++++ ─────────────
네 엄마 품이 되고 싶지 않아
───────────── ++++

내 고향의 부조화　　　　　　　13

가위와 재봉틀　　　　　　　　24

공부 못한 임용 대기자　　　　　31

인공의 호수　　　　　　　　　42

꿈쩍 않는 마을버스, 돌아가는 재봉틀　　57

출구 불빛　　　　　　　　　　67

네 엄마 품　　　　　　　　　　77

차리리 잘됐어

나머지 공부   89

무채색 둘째 딸   101

대체 가능 인력   112

두어 시간의 공백   123

오리와 백조의 중간 즈음   133

독립 세대주   140

인연의 물꼬   149

단 한 번의 눈물   160

거울 속 똬리   172

엄마의 담장

프롤로그 : 절부(節婦) 딸   189

두 정녀(貞女)의 슬하   194

줄서기에 대한 반감   200

벽돌 쌓기 시작   213

날 터진 짚신을 신고   224

새벽의 코피   241

물 만난 고기   252

현실의 신비   265

징검다리의 걸림돌   279

에필로그 : 여성으로, 인간으로   292

네 엄마 품이
되고 싶지 않아

내 고향의 부조화

　카페를 나와 찻길로 나서니 8차선 넓은 도로에 도시의 먼지 섞인 바람이 가볍게 불어온다. 종종걸음으로 6시간을 보낸 뒤라 다리가 쇳덩이처럼 무겁다. 마을버스를 타려 마음먹었다. 버스 정류장에는 세 사람이 앉을 수 있는 긴 의자에 한 사람 자리씩 투명 플라스틱 가름막이 세워져 있다. 제일 끝이 비어있어 비로소 6시간 만에 잠시 다리를 쉰다. 초록색 작은 마을버스가 달달거리며 온다. 마을버스는 동네 주민을 배려하느라 정류장이 밭게 있다. 평소 내 걸음으로 걸으면 20분 정도 거리인데, 정류장이 4개나 있다. 덩치 크고 번쩍이는 고급 승용차들이 서로를 꽉꽉 막으며 뒤범벅인 도로에서 낡은 마을버스는 서초동 언덕을 힘겹게 넘어간다. 기운이 달려 시커먼 매연이 뿜어져 나온다. 승용차 사이사이를 비집고 승하차 승객을 위해 인도에 차를 대느라 더 번잡하다. 언제나 잔뜩 막힌 도로, 마음을 비우지 않으면 답답해 유리창이라도 열어 뛰어내리고 싶은 길이다. 멍하니 앉아 시간개념을 지우느라 애쓰다 보면 드디어 목적지에 닿는다. 4번째 정류장인 내리막 오거리 정류장에 버스가 정차한 순간 속으로 '쇼생크 탈출'을 외치며 튀어내린다. 다들 내 맘 같은지 모두가 공이 튕겨 나오듯 버스에서 하차한다.

건널목에 선 채로 신호가 바뀌기를 기다리며 휘둘러보니 오거리 주변이 참으로 부조화하다. 주변 아파트는 최근 몇 년 사이에 앞서거니 뒤서거니 하며 모두 재건축되었다. 오거리를 중심으로 도로 지도만 그대로 일뿐 웅장한 고층 아파트가 빽빽하게 들어서 동네가 낯설다. 널어 둔 빨래와 늘어놓은 살림살이가 보이는 베란다가 사람이 살고 있음을 알려 주던 오래 보아온 아파트와는 느낌이 다르다. 매연과 소음차단을 위한 3중 유리로 내부가 들여다보이지 않는 크고 작은 사각의 창문만 박힌 검회색 건물은 그 안에 사람이 살고 있는 구조물처럼 여겨지지 않는다. 신축된 아파트는 자체 상가 건물이 없고 외부와의 연결은 단절되어 거주자 외 접근금지를 명령하는 삭막한 모습이다. 전국에서 내로라하게 비싼 지역이 더 비싸졌고, 어디에 어떤 동향이 있건 이 지역 아파트 가격은 고공 상승하였다.

하지만 둘러보면 신축 아파트 사이사이 오랜 세월이 새겨진 곳이 있다. 오늘 내가 갈 4층 상가도 낡은 건물을 리모델링으로 때워 체면만 유지하는 곳이다. 외관은 깨끗하지만 내 눈에는 묵은 흔적이 구석구석에 보인다. 1층 슈퍼, 작은 화원, 늘어선 부동산 중개소의 배열이 여전하고, 엄마가 있는 2층만 해도 중앙에 엄마 수선집을 비롯해 세탁소, 의류 잡화점, 미장원 등이 그대로 자리를 지키고 있다. 3층의 병원도 붙박이로 있으며, 4층 태권도장과 교회도 꼼짝하지 않고 있다. 계단의 빛바랜 금색 미끄럼방지턱은 곳곳이 깨져 누덕누덕 덧대어 있고, 화장실에서는 오래된 건물의 퀴퀴한 냄새가 난다. 떡집이었다가 음식점으로 바뀐 지하는 그 묵은내 때문에 아예 내려가지 않는다.

1층 슈퍼마켓으로 들어가는 상가 입구 바로 옆은 아주머니 혼자서 떡볶이, 어묵을 파는 도로 포장집이다. 원래 슈퍼마켓 안에 있었는데, 어느 날인가 도로변으로 나왔다. 도로를 접한 보도블록 위에 작고 둥근 테이블 두 개와 빨간 플라스틱 의자가 어지럽게 놓여있다. 서너 명의 교복 입은 여학생들이 10대의 한창 왕성한 칼로리를 탄수화물로 허겁지겁 채운다. 일부러 그 아이들 곁을 가까이 지나친다. 입 주변에 떡볶이 국물이 묻었어도 예쁜 아이들의 얼굴을 살짝 본다. 그들은 지금 모르겠지. 얼마나 아름다운 순간인지. 어쩌나 휙 지나가 버릴 시절인지.

안으로 들어가니 슈퍼마켓 안쪽에서 확성기로 깜짝 할인을 선전하는 목소리가 울려 나온다. 혼을 빼놓아 사버리게 만들고야 말겠다는 그 소리로부터 도망쳐 빠르게 몸을 틀어 계단으로 올랐다. 2층 유리 출입문을 열고 들어간다. 언제나 엄마가 저기 가운데 자리에 있다. 코끝에 금테 돋보기안경을 걸치고 평생 재봉틀과 함께하는 내 엄마가 2층 상가 중간에 이십 년째 있다. 나 역시 그곳을 그만큼 드나들었다. 초등학교 때부터 방과 후에 텅 빈 집보다 엄마가 있는 상가로 갔다. 언제라도 달려가면 엄마가 거기 있어 좋았다. 고층 아파트 사이 오거리에 납작 엎드린 이 상가가 나에게는 고향 동네이다. 익숙한 풍경, 하지만 정겨운 자연이나 애틋한 정서, 정 많은 동네 어르신 등 고향 하면 떠오르는 모든 단어와 접점은 없는 곳, 서울 아파트가 고향인 사람의 현주소이다.

출출할 시간인데 떡볶이라도 살 걸 그랬나 하는 생각을 하며 엄마에게 다가갔다. 수선할 옷을 이리저리 들척이며 살피는 엄마의 표정이 사뭇 진지하다. 내가 온 기척을 느꼈는지, 코끝에 걸린 돋보기를 올리며 고개를 든다. 입가에 미소가 가득하다.

"집에 들어가 쉬지, 왜 왔어. 다리도 아플 텐데…"

"엄마, 2층 입구 음식점이 카페로 바뀌었더라. 무슨 찌개 파는 집이었잖아? 금방 바뀌네. 새로 오픈한 카페에서 뭐 음료 사 올까?"

"너 하루 종일 카페에서 일해 놓고, 무슨 음료를 또 마셔?"

"프리 드링크는 하루에 한 잔만이야. 오전에 졸려서 커피 한 잔밖에 안 마셨어. 오후니까 뭐 달달한 음료 마시자."

나는 조르르 옆 카페로 가 캐러멜 프라푸치노 두 잔을 샀다. 양손에 들고 몸으로 유리문을 밀고 들어오는데 의류점에 모여 앉은 아주머니들과 눈이 슬쩍 마주쳤다. 2층 상가 입구 제일 앞에 있는 의류점에는 늘 두어 명의 아주머니들이 옹기종기 둘러 앉아 있다. 칸막이에는 중년 여성 고객이 대상인 화려한 옷들이 늘 겹겹이 걸려있다. 옷집 아주머니는 옷에 누가 관심을 보이는지, 누가 지나가는지 별로 주의를 기울이지 않는다. 모습은 보이지 않고 두런두런 중년 여성의 굵은 목소리만 낮게 섞여 들린다. 종종 키들거리는 소리가 크게 나기도 한다.

"아니 그 여자는 왜 핸폰을 저 구석에 가서 끼고 사냐고. 그 큰 목소리가 핸폰만 잡으면 속살거려. 뻔하지. 남자한테 거는 거지."

"남편들이 저녁에 담배 피운다고 자주 나가거나, 쓰레기 버린다고 나가서 한참 안 들어오는 것도 수상한 거야. 아파트에 봐봐. 구석에서 핸폰 붙잡고 한참을 소곤대는 남자들 꼭 있다니까."

"맞아. 울 신랑은 나와 봉화하면 통화 시간 5초야."

한바탕 웃음소리가 들린다. '바람녀'와 '바람남'이 물고 물리며 서로 돌고 도는 것 같은 뒷담화이다.

엄마의 성품은 조용하지만 싹싹하고 살가워 제법 단골이 많다. 무엇보다 명동 일류 의상실에서 일한 엄마의 솜씨는 꼼꼼하고 야무지기로 소문나 있다. SNS 시대라지만 동네 장사에 입소문은 그보다 더 파급력이 있다. 상가에 옷 수선을 맡길 곳은 세탁소도 있지만, 많은 사람들은 엄마를 찾는다. 엄마의 좁은 공간은 늘 각종 옷이 산더미처럼 쌓여있고, 찾아갈 옷이 행거를 가득 채우고도 칸막이를 돌아가며 옷걸이에 겹겹이 걸려 있다. 새로 구입한 옷의 소매나 바지 길이를 줄이는 간단한 수선부터, 이른바 유행이 지난 옷을 리폼으로 다른 옷처럼 만드는 주문도 제법 들어온다.

"차라리 옷을 만드는 게 쉽지, 고치는 거는 참 까다롭다. 수선비도 얼마 안 되는데, 시간도 걸리고 오히려 복잡해."

개구쟁이 아이의 해진 무릎 바지를 꿰매거나, 형의 낡은 옷을 고치는 등 아이들의 옷을 수선하는 경우는 거의 못 봤다. 어릴 때 오빠 입던 옷을 물려주어 한참 생떼를 부리다가, 결국 입고 다닌 내 경험과는 참 다른 현장이다.

엄마는 아주머니들이 모여 서로서로 말을 옮고 옮기는데 휩쓸릴까 봐 늘 조심했다. 칸막이 너머에 두런두런 들리는 아주머니들의 대화에 엄마는 말을 섞지 않았다. 옷 수선을 이유로 엄마를 방문한 손님들이 쏟아 놓는 이야기를 엄마는 그저 듣기만 하고, 가끔 빙그레 웃고, 끄덕끄덕하는 정도의 반응만 보였다. 전출입이 별로 없고 몇 십 년째 살고 있는 주민들도 많으므로 절대 말을 옮기면 안 된다는 게 엄마의 철칙이다.

달고 시원한 캐러멜 프라푸치노를 마시며 엄마가 오늘의 수선 주문을 설명하신다. 어떤 분이 체중이 빠졌다고 옷을 잔뜩 고쳐갔는데, 살이 다시 쪘다며 다시 다 가져왔다고 한다. 줄이기는 쉬웠는데, 다시 늘리려니 바지나 스커트의 허리 부분은 다른 천을 덧대야 하고, 상의는 수선 여유분이 없어 번잡스럽다고 하신다. 가끔 옷감이 다루기 어렵거나, 수선 주문이 까다로울 때 엄마는 오늘처럼 진지하게 고민한다. 종종 수선한 옷이 원하는 대로 나오지 않

았다며 언짢아하는 고객도 있다. 그럴 때 엄마는 수선비를 사양한다. 오늘도 송곳으로 시접을 뜯어내고 재봉틀 앞에 앉아계신 엄마. 아직은 엄마에게 이 재봉틀이 살아있음을 확인하는 수단이다. 나는 속으로 외친다.

'엄마, 조금만, 조금만 더 그렇게 계서 주세요.'

지금은 사라졌지만 나는 태어나면서부터 초등학교 2학년까지 은하아파트라는 곳에 살았다. 은하아파트는 이 지역에서 가장 오래되고 낡은 5층 아파트였다. 허름하고 좁은 아파트지만 내가 태어나 자란 고향이다. 옛날 스타일 아파트 단지라 앞 열에 미용실, 작은 슈퍼마켓, 정육점, 과일가게 등 각종 상가가 보도블록 위에까지 물건을 늘어놓았고 상가 뒤에 아파트가 있었다. 넓고 한적한 길을 지나 은하아파트로 향하는 좁은 언덕을 올라가면 갑자기 바글바글 사람 소리가 났다. 엄마는 집에 오는 길에 아파트 앞 작은 가게에 들러 호박, 콩나물과 같은 야채, 정육점에서 돼지 목살 등 식재료를 봉지봉지 들고 오셨다. 아버지와 오빠가 들어오는 저녁 시간에 그것들은 어느새 김이 모락모락 나는 음식으로 식탁에 올라왔다. 네 식구가 비좁게 둘러앉던 정사각형 나무 식탁이 고향의 밥상이었다. 사람들이 그리워하는 고향 집의 밥상이 있는 곳이 나에게는 그 작은 아파트이다.

내가 좋아하는 작가들의 소설을 읽노라면 고향과 얽힌 이야기가 비중 높게 전개된다. 어린 시절의 경험, 아픔, 성장한 뒤 다시 찾아간 감흥 등 한 인물의 삶에 고향은 구동력처럼 보인다. 작은 고향 마을의 생생한 묘사를 읽으며 눈을 감고 글자를 따라 그 정경을 그려본다. 하지만 마치 도수가 맞지 않는 안경을 쓰고 바라보는 세상처럼 선명하지 않다. 글의 묘사를 쫓아 한 대목 한 대목 그림을 그리듯 그려보지만, 여전히 구체적이지 않고 뿌옇다. 전원의 고향 이야기는 그런 답답함에 나를 가둔다. 나의 고향은 태어난 이래 한 번도 옮기지 않고 살아온 복잡한 이 아파트 주변이다. 그것은 어쩌면 내 삶에도 구동력 높은 차가 있음이다. 언젠가 그 차를 몰아 풀어낼 이야기가 있음은 나만의 소중한 보물이다.

서초동 귀퉁이에 자리한 은하아파트 주민들 가운데는 가까운 강남의 유흥업소에 종사하는 여성과 강남역 주변의 영어학원 강사가 제법 있었다. 그들이 일하는 곳에서 가깝고 저렴하게 얻을 수 있는 거의 유일한 아파트였기 때문이다. 영어학원 강사들은 낡은 이 아파트를 알선한 학원 측에 불만이 높았고, 귀가가 늦은 업소의 여성들은 지하철역과 가까워 좋아했다. 오후 시간에 미장원에 가면 자칫 출근을 위해 단장하는 화려한 여성들 사이에 눈치 없게 끼어든 촌스런 주민이 되어 버린다. 머리 손질을 마친 젊은 여성들이 치맛자락을 휘날리며 바쁘게 걷던 모습이 아직 선하다. 영어 강사인 외국인 남성은 행여 영어를 배울 욕심에 누가 말이라도 걸까 하여 사람들을 경계하는 눈치였다. 그저 내 느낌이었는지 모른다. 금발의 백인 청년은 물건을 살 때 상점 주인이 서툰 영어로 말하면 특유의 친절하지만 냉랭한 말투로 답했다.

"한쿡 말로 해요. 영어로 말고."

그 말은 자기를 상대로 영어 연습이나 영어 회화 배울 생각하지 말라는 뜻으로 들렸다. 초등학교까지의 경험이지만 장면 장면이 생생하다. 어린 시절의 기억이란 시간과 무관하게 뇌 저장고 어딘가에 깊이 새겨지는가 보다.

호가 단위가 다른 비싼 아파트에 둘러싸여 납작 엎드린 작은 아파트, 내 기억의 은하아파트는 이처럼 서로 조화롭지 않은 주민이 섞여 사는 동네였다. 같은 아파트에 같은 평수의 아파트면 대개 그만저만 비슷한 사람들이 살았다. 하지만 은하 아파트는 다르게 기억된다. 내가 입학한 초등학교 풍경도 그러했다. 반에서 극소수 몇 명만이 방과 후 나와 같은 방향으로 걸었다. 그 무리가 '우리'였고, '우리'끼리 다니는 학원과 과외가 따로 있었다. 내가 그려낼 수 있는 성장기 내 고향은 그렇게 어수선한 곳이다.

그나마 고향이던 그 동네가 흔적도 없이 사라져 버렸다. 은하아파트 재건축이 추진되었다. 오밀조밀 사람들이 낮게 모여 살고 있지만 '서초동 노른자위'라고 칭해지는 지역이니 재건축이 신속하게 진행되었다. 재건축을 위한 분담금이 부담된 부모님은 적당한 시기에 아파트를 팔아 가까운 연립주택으로 이사했다. 엄마의 수선집이 위치한 상가가 있는 복잡한 오거리에서 은하아파트와 반대 방향의 좁은 도로를 올라가면 연립주택이 밀집된 골목이 있다. 그 가운데 필로티 구조로 이루어진 4층 연립주택의 3층을 구했다. 아버지 엄마의 직장과 우리들의 학교 때문에 다른 지역으로 갈 수 없었다. 하지만 역시 언덕을 올라 좁은 골목으로 들어선 곳에 있는 낮고 작은 건축물이 우리 가족의 새 둥지였다.

가위와 재봉틀

　엄마는 고등학교를 졸업한 뒤 양재학원에서 기술을 배워 명동의 고급 양장점에 솜씨 좋은 재봉사였다. 양장점 주인은 유명 여대를 나왔고, 내로라하는 집의 사모님이었다. 남편이 건축과 교수로 이름이 알려진 분이라 그 연줄이 닿는 사람과 주인아주머니의 대학 동창들은 고급지고 비싼 옷감으로 양장점에서 옷을 맞췄다. 양장점은 일군의 사모님들이 유대관계를 유지하는 사교의 장이며 한껏 부와 맵시를 자랑하는 장소였다. 그 뒤쪽으로 연결된 공장에서 엄마는 가장 월급을 많이 받는 재봉사로 종일 재봉틀을 돌리며 그들의 옷을 만들었다. 재단사인 아버지는 양장점의 다른 한편 넓은 테이블 위에 옷감을 펼쳐 놓고 디자인에 따라 패턴을 만들어 커다란 가위로 슥슥 옷감을 재단하였다. 각각의 부위로 잘려진 옷감을 둘둘 말아 엄마를 비롯한 재봉사에게 넘겼다. 재봉사인 엄마 아래로는 이른바 '시다'로 칭해진 제자들이 서너 명 있었다. 재봉사와 서너 명의 보조 재봉사로 이루어진 재봉 팀이 한창때는 네다섯 팀이었다고 한다.

아버지는 중학교를 졸업한 뒤 처음에는 양복점에서 재단을 배웠다. 아버지 말에 따르면 양복점의 기술자 아저씨들은 가르치는 게 반이라면, 공연히 쥐어박고 때리는 게 반이었다고 했다. 아버지는 양장으로 길을 돌렸고, 엄마를 만날 때는 명동 고급 의상실의 재단사로 수입도 괜찮았다. 엄마가 본 아버지는 늘 깨끗한 양복 차림으로 출근했고, 와이셔츠에 토시를 끼고 일했다 한다. 의상실 주인아주머니는 공장의 일을 재단사인 아버지 소관으로 넘겼다. 아버지는 디자인에 따라 옷감을 재단하고 재봉사에게 일을 분배하고 지시했다. 넘겨받은 옷감을 재봉사는 보조 재봉사와 함께 옷으로 탄생시켰다. 그렇게 엄마와 아버지는 20대 한창나이에 양장점 시대를 누리며 솜씨 좋은 재봉사와 재단사로 만났다. 다른 곳은 모르지만, 그 양장점은 재단사와 재봉사의 호칭이 '선생님'이었다. 아버지는 '이 선생'으로, 엄마는 '김 선생'으로 불렸다. 엄마는 사귄 다음에도 한참 동안 아버지를 '이 선생님'이라 불렀다 한다.

기성복 시대가 열렸지만, 고급 맞춤옷에 익숙한 사모님들은 여전히 양장점을 찾아왔다. 엄마와 아버지는 월급이 많지 않았어도 성실하게 한밤중까지 이어지는 긴 근무 시간을 채웠고, 착실하게 돈을 모았다. 아버지와 엄마는 각각 중학교와 고등학교를 졸업한 직후부터 기술자로 일하며 한 길만 걸어왔다. 아버지는 군대에 있을 때를 제외하고는 단 하루도 일하지 않은 날이 없다 하였다. 군대 제대 다음 날부터 다시 재단사로 근무하기까지의 공백에는 택시 기사로 뛰었다고 했다. 두 분이 결혼하며 장만한 아파트가 교대 전철 역 뒤편에 오래된 5층 아파트, 내가 태어나 자란 은하아파트였다.

한창때 같지는 않아도 맞춤옷을 선호하는 고객은 끊이지 않고 양장점을 찾았다. 워낙 경제력이 있는 주인아주머니는 수익이 예전만 못해도 화려한 옷과 화장으로 꾸미고 양장점 사모님으로 계속 있었다. 초등학교에 입학하기 전, 아주 어릴 때 그 아주머니를 몇 번 만났다. 왜 갔는지 기억은 나지 않지만 아버지와 엄마가 일하는 양장점에 가면, 엄마는 아줌마에게 먼저 인사를 시켰다.

"오 그래. 엄마 아빠 보고 싶어서 정희가 놀러 왔구나."

내 기억에 남은 아주머니는 아이라인을 굵고 짙게 그렸으며 무늬나 색상이 화려한 차림새였다. 정수리를 한껏 부풀려 손이 많이 가는 굵은 웨이브가 있는 풍성한 머리는 세련됨을 더해주었다. 나중에 엄마에게 물어본 일이 있다, 부의 원천에 대한 단순한 궁금

중이었다.

"그 아줌마는 어떻게 해서 그렇게 부자야?"

엄마는 그 아주머니의 아버님이 평생 종로에서 금은방을 운영하셨다고 했다. 주인아주머니는 그 금은방집의 외동딸이다.

집안의 재력을 바탕으로 아주머니는 명동 노른자 땅을 넉넉하게 사서 부속 공장까지 딸린 양장점 건물을 올렸다. 하지만 세월이 지나 명동의 구석구석이 달라지고 재개발 바람이 불며 노른자 땅을 넓게 자리한 아주머니의 양장점 건물을 부동산중개업자가 계속 탐냈다. 결국 아주머니는 1997년에 양장점을 접었다. 아주머니는 갑자기 폐업 신고를 했고, 아버지는 퇴직금 조로 얼마간의 돈을 받았지만, 엄마는 그만한 배려도 받지 못했다.

"아유, 내가 김 선생한테는 미안하게 되었다."

아주머니는 엄마에게 마지막 인사로 그 말만을 건넸다. 이십여 년을 일해 온 엄마와 아버지는 갑자기 12살과 8살 두 남매를 둔 실업자가 되었다.

아버지는 양장점 업계에서 눈을 돌려 공인중개사를 공부했다. 공인중개사는 1985년 9월에 처음 시행된 이래 매년 수만 명이 배출되었다. 아파트 건설 붐을 타고 아버지도 공인중개사 자격증을 취득해 부동산중개업을 시작했다. 아버지는 집에서 걸어 이동할 수 있는 거리에 자리 잡은, 지금 엄마의 '수선집'이 있는 상가 1층의 부동산소개소에서 중개사로 활동을 시작했다. 원래 주인이 있는 곳에 아버지가 동업자 형식으로 합류하였다. 엄마는 그 상가 2층에 칸막이로 된 작은 공간을 얻어 지금의 '샬롬 수선집'을 열었다. 독립 매장을 갖춘 상점이 아니라 넓은 상가 2층 공간에 칸막이로 구분된 수선집이었다. 그렇게 아버지와 엄마는 직업은 달라졌지만, 아래위층으로 여전히 가까이에서 일했다.

내가 다니는 초등학교 교문에서 엄마의 수선집까지는 10분도 채 안 걸린다. 학교가 끝나면 나는 빈집 대신 엄마가 있는 수선집으로 달려갔다. 1층에 있는 아버지 사무실에는 가지 않았다. 아버지는 자리에 안 계시기 일쑤였고, 함께 근무하는 다른 아저씨와 아줌마가 계셔서 편하지 않았다. 엄마의 수선집은 공간이 작아 재봉틀과 쌓여있는 옷가지로 옹색했지만, 나는 그곳이 무조건 편하고 좋았다. 내가 가면 엄마는 쌓여있는 옷 틈에서 동그란 의자를 꺼내 주었고, 나는 켜켜이 쌓여있거나 옆으로 뱅 돌아 걸린 온갖 옷을 구경하며, 헝겊 쪼가리를 갖고 놀았다. '드륵 드륵 드르르륵' 하는 재봉틀 돌아가는 소리가 났고, 엄마의 손과 발은 부지런히 움직였다. 학원도 거기에서 다녀오고, 엄마와 간식도 먹고 저녁에 함께 집으로 가곤 했다.

아빠가 양장점에서 재단사로 사용하던 무겁고 커다란 가위가 엄마에게 왔다. 엄마는 보물처럼 그 가위를 다루었다. 아버지는 가끔 그 가위로 솜씨를 뽐냈다. 지퍼와 각종 실 등 부속품을 구입하기 위해 엄마는 동대문 시장에 나가면 종종 옷감을 사 왔다. 아버지는 거실에 옷감을 펼쳐 놓고 엄마와 나의 옷을 재단해 주었다. 엄마는 수선하는 사이사이 우리 옷을 만들었고, 그 덕에 나는 고급 옷감으로 만들어진 홈 메이드 옷을 입었다. 운동복 스타일을 즐겨 입는 오빠는 한사코 '부모님 표' 옷을 사양했다. 아버지도 남자 옷은 재단한 지 오래되어 못하겠다고 했다. 나는 아버지와 엄마의 합작품인 허리 뒤에 리본 달린 민소매 원피스나 주름 스커트, 레이스가 붙은 블라우스 등을 입었다. 어린 마음에 그 옷들은 어딘지 모르게 나를 고급스럽게 보이게 해 주었다. 엄마는 신중하게 옷감을 골랐고, 그 탓에 나도 옷을 살 때 원단부터 확인하는 습관이 생겼다.

중학교에 진학하면서 홈 메이드 옷의 특혜나 엄마와 노는 시간을 더 이상 누릴 수 없었다. 나는 엄마가 만들어 준 헐렁한 면 잠옷만을 허용했다. 사춘기 여중생에게 아버지와 엄마의 합작품 옷은 촌스러운 아줌마 옷이었다. 엄마 수선집도 더 이상 가지 않았다. 고등학생이 된 오빠도 바빴고, 나도 학원으로 돌기 시작했다. 4명 가족이 한 공간에 있는 시간은 겨우 밤 시간 정도였다.

공부 못한 임용 대기자

서울교육대학교, 평생을 오며 가며 보던 학교다. 그래서 친숙한 것은 아니지만, 나는 서울교대에 입학했다. 내가 그 길을 선택할 때 가장 기뻐한 사람은 아버지였다. 아버지 가슴 속에는 평생 배우지 못한 한이 웅크리고 있다. 검정고시로 고등학교 졸업 학력을 취득하고, 방송통신대에 가려는 계획을 세웠지만 그 뜻을 이루지 못했다. 그런 아버지는 당신의 딸이 학교 선생이 된다는 사실에 묵은 한을 풀듯이 기뻐했다. 아버지가 가장 존경하고 부러워하는 직업은 '선생님'이었다.

"이야~ 우리 정희가 선생님이 되는구나! 아빠는 내 딸이 선생님 되는 게 최고로 기쁘다. 잘했다!."

내가 본 중에 가장 환하게 웃는 아버지의 얼굴이었다.

학업을 마치고, 1월 서울 지역에서 시행한 초등학교 교사 임용 시험에 합격했다. 하지만 나를 포함해 임용시험에 합격한 백 명이 넘는 전원이 임용 대기자가 되었다. 1년째 배치되지 못한 전년도 합격자도 대여섯 명 있다. 매일 귀를 쫑긋하며 새로운 소식이 올라오기를 기다리지만 늘 듣던 말만 되풀이되었다. 교육부는 임용 대기자가 매년 감소하고 있다며 퇴직, 휴직 등 다양한 요인을 고려해 시도교육청과 협의하여 적정 규모의 신규 채용을 하겠다는 설명만 내놓았다. 평균 1년 4개월을 대기한다고 하지만, 어디까지나 평균이다. 더욱이 교원 정원은 감축되었고, 교사 정원이 늘어나는 정책은 기대하기 어려웠다.

부지하세월을 보내며 1년, 또는 그 이상이 될 시간을 맥 놓고 있을 수 없었다. 친구들은 학원 선생이나 개인 과외를 했고, 1년간이지만 기간제 교사로도 나갔다. 다른 진로를 모색하는 벗도 있었다. 교사 임용을 기다리는 한정된 기간에 나는 몸으로 뛰는 일을 하고 싶었다. 가뜩이나 골치 아픈데 또 머리 쓰는 일은 하고 싶지 않았다. 그때 아버지와 나의 단골 카페가 생각났다. 가까운 남부터미널 부근에 아버지가 거래 차 잘 알고 지내는 분이 자기 건물 1층에 카페를 갖고 있었다. 프랜차이즈 업체가 아니라 고전적 분위기로 꾸민 개인 카페이다. 건물 소유주는 어딘지 모르지만 외국에서 오래 살다 왔는데 커피를 좋아하고 관심도 많아 1층 한쪽에 카페를 열었다. 임대가 아니라 본인 소유로 매상이 얼마가 되건 커피가 좋아 매니저를 두고 운영한다고 했다. 엄마는 간 일이 없지만, 아버지와 나는 거의 '자가 지정 좌석'이 있을 정도로 그 카페의 단골이다.

"정희야, 오늘 아버지가 남부터미널 옆에 있는 카페에 갔는데, 분위기가 특이하고 커피도 맛있더라. 너도 시간 되면 친구와 가 봐라."

어느 날 아버지가 흥겨운 목소리로 그 카페를 소개했다. 남부터미널을 바라보고 왼쪽 골목으로 조금 들어가 있는데 그 복잡한 동네에 갑자기 한적한 분위기가 나는 곳이다. 내 입맛에 그 카페는 커피 맛이 강하면서도 구수했다. 무엇보다 카페 분위기가 소란스럽지 않고, 테이블이 서로 멀찍멀찍 떨어져 있어 편안했다. 카페 테이블과 의자는 테두리가 조각으로 장식된 육중한 원목 나무이다. 학교에서 걸어갈 수 있는 곳이라 학창 시절 내내 자주 드나들었다.

아버지도 고객을 만날 때 그 카페를 자주 이용했다. 교대 정문 맞은편에는 곱창집이 늘어서 있다. 어릴 때 지나면서 본 기억을 짚어보면 가게가 더 많았다. 지금은 세 집 정도가 붙어 있다. 저녁이면 도로를 따라 이어진 곱창집에서 곱창 굽는 연기가 낮은 구름처럼 동네를 덮는다. 매캐하면서 느글거리는 연기 아래 동그란 테이블에 둘러앉은 사람들은 저마다 큰 손짓과 목소리로 하루를 배출한다. 곱창을 즐기는 아버지도 거기 어느 집에서인가 식사하고 콜라로 달랜 느끼함을 해소하기 위해 그 카페에 갔다. 교대 뒤쪽에 빼곡히 들어선 식당 어딘가에서 식사한 뒤에도 그 카페로 갔다. 직업적 사교성이었는지 아버지는 그 카페 매니저와 제법 알고 지내는 사이다. 내가 임용 전까지 카페에서 일하고 싶다는 뜻을 보이자 아버지는 무거운 표정을 누르며 매니저에게 채용 가능을 전화로 문의했다. 우리 딸이 선생님이 될 건데, 국가 정책 때문에 희생되고 있다고 덧붙였다.

나는 곧 간단한 이력서를 들고 가 면접을 보았다. 얼핏 스쳐만 봤던 30대 중반의 남자 매니저는 자세히 보니 매우 세련된 사람이었다. 굵은 뿔테안경에 조금 긴 머리를 구불구불하게 파마했고 잘 다듬은 콧수염도 살짝 있어 예술가처럼 보였다. 복장도 몸에 붙는 흰 셔츠에 나비넥타이를 하고, 가는 체크무늬가 들어간 조끼 차림이었다. 통이 좁은 바지에 브라운색 세무 로퍼를 신고 있었다.

"제가 이 선생님에게 큰 은혜를 입었습니다. 그 따님이면 무조건 모셔야죠."

매니저는 낮고 안정된 말투로 미소를 보이며 말했다. 은혜를 입었다는 말은 아버지가 중개한 덕으로 이익을 보았다는 말로 들렸다. 매니저는 바리스타 자격증이 없어도 일하며 배우면 된다고 했다. 카페 자체의 레시피 책자를 주며 집에 가 읽어 보라고 했다. 커피콩의 종류도 많고, 레시피도 다양해 이걸 모두 척척 만들어 낼 수 있을까 하는 생각이 슬그머니 들었다.

아버지를 다시 활짝 웃게 해드릴 날을 그려보며 밤색 에이프런을 두르고 카페에서 일을 시작했다. 에스프레소를 내릴 때 포타 필터와 템퍼를 사용하는 요령이 부족해 며칠 만에 손목이 아팠다. 템퍼에 담긴 커피 가루를 지나치게 손목에 힘을 가해 눌러대니 아플 수밖에 없었다. 그 모든 서툰 일을 매니저와 경력 있는 다른 직원들은 친절하게 가르쳐주었고, 나도 곧 익숙해졌다. 어떻게든 손님들에게 만족스러운 음료를 내놓아야 하기에 서로서로 돕는 분위기였다. 그렇게 시작한 일이 7개월을 넘어서고 있다. 아버지와 엄마는 '임용 대기'라는 현실에 속상함을 넘어 답답해하셨지만, 도리가 없는 일이다. 나는 시간이 필요할 뿐, 곧 해결되리라고 오히려 부모님을 위로해 드렸다. 어서 교단에 서서 아버지를 활짝 웃게 해드리고 싶다.

'말이 좋아 바리스타지!'

나 혼자 종종 속으로 투덜거렸다. 영어 명칭으로 그럴듯한 포장지를 둘렀지만, 최저 시급을 받는 서비스직에 종사하는 노동자이다. 부족한 요령으로 일하다 보니 저녁이면 온몸이 쑤셨다. 평생

이렇게 몸으로 일해야 한다면 마흔도 못되어 온몸이 망가질 것 같다. 몇 시간을 서서 종종걸음으로 오가고, 손님이라도 몰아치면 정신이 하나도 없었다. 카페는 언제, 몇 명이, 어떤 음료를 주문할지 예측이 불가능하니 능숙하지 못한 나는 늘 긴장을 풀지 못했다. 시간표대로 움직이는 선생님은 얼마나 좋을까 하는 생각을 했다. 온도를 잘 맞추지 못해 우유 거품이 제대로 나오지 않아 라떼에 하트나 로제타 무늬가 얹어지지 않으면 음료를 건네주는 손이 너무 부끄러웠다. 여름에는 얼음과 과일을 갈아 만드는 음료가 많아 더 분주했다. 냉동 과일을 꺼내기 위해 무거운 카페 냉장고 문을 하루에도 수백 번 열고 닫았다. 그나마 간단한 아메리카노를 주문하는 손님이 제일 고마웠다.

카페에서 긍정 부정을 떠나 여러모로 생각지 못했던 많은 체험을 했다. 어느 날 말을 나누다 보니 모든 직원의 공통된 경험이 있었다.

"너 공부 열심히 안 하면 나중에 쟤네들처럼 이런 데서 일하는 거야!"

카페에 자녀와 동반한 엄마들이 자주 사용하는 관용구와도 같은 으름장이다. 학원으로 이동하기 전에 간식을 먹는 것인지 아이들은 대개 교복이나 운동복 차림이다. 그 말에 아이들은 움찔하며 슬쩍 우리를 쳐다본다. 나만 들은 줄 알았더니, 다른 직원들도 그런 말을 한두 번 들은 게 아니라 한다. 나와 오빠는 공부는 잘했다. 물론 오빠는 운동도 매우 잘했다. 우리 둘 다 성적은 언제나 내신 1등급이었다. 하지만 일부 엄마에게 나는 '공부 못해 카페에 근무하는' 노동자로 폄하되었다. 상관은 없다. 내신 성적을 누가 알아줘야 하는 것도 아니고, 현재 카페에 일하고 있는 게 사실이므로 괜찮다. 하지만 카페 직원이 공부 못해서 하는 직업은 아니지 않는가. 더군다나 엄마로서 자녀들 앞에 그런 가치관을 거리낌 없이 드러낸다는 점이 놀라웠다. 당사자인 카페 직원들이 듣거나 말거나 말하는 태도는 인격 존중이라는 기본 상식도 갖추지 못함이다. 나는 그게 답답하고 화가 났다. 누군가의 엄마라면 다른 자녀도 엄마의 마음으로 바라보는 게 그렇게 어려울까?

세상에는 정말 다양한 사람이 있다고들 한다. 모두 다 살면서 공감하는 일이다. 사람들이 저마다 다른 것은 당연하지만, 틀린 언행을 자꾸 다양성으로 퉁 치려 한다. 엄마의 품이 자식의 앞날을 걱정하고 배려하는 따뜻함이라면, 다른 집 자녀들에게도 그 품으로 다가가면 얼마나 좋을까. 옷을 만들 때 선을 따라 가위로 자르고 재봉틀로 촘촘히 바아 잇대는 줄이 엉망이면 기대한 모양이 나올 수 없다. 아이들을 다그치는 엄마를 물끄러미 보면서, 아이가 멋진 옷을 입기를 원한다면 삶을 재단하고 바느질하는 능력을 길러줘야 하지 않을까 하는 생각을 했다. 남이 입혀주는 옷이 아니라 자기 몸에 맞는 옷을 스스로 만들어 입어야 가장 편할 테니 말이다. 손님들이 나를 어떻게 보든 상관없다. 가난하고 공부도 못하는 사람으로 보건, 열심히 아르바이트하는 젊은이로 보건 내 삶에 아무런 영향이 없다. 다만 교복 입은 10대의 학생들, 그 학생들이 배우는 말과 갖게 될 가치관이 틀린 언행에 휘둘리지 않기를 진심으로 바랄 뿐이다.

교대로 근무하지만, 카페에 바리스타로 근무하는 직원은 여자만 5명이다. 나를 포함해 모두 대학 졸업자이다. 근무 시간이 겹쳐 간간이 이야기 나눈 직원은 2명이다. 지방의 간호대학을 나와 간호사로 몇 년을 근무했다는 김은선은 잠시 간호사 일을 쉬고 싶어 서울에 올라와 카페에서 일하는 중이라고 했다. 다른 한 명인 박미영은 서울에 이른바 명문 미대를 나온 산업디자이너다. 큰 프로젝트였던 대규모 공원의 조성이 마무리되어 계약만료로 회사를 나왔다 했다. 산업디자인에서도 환경디자이너라고 한다. 그녀는 캐나다에 산업디자이너로 진출할 길을 알아보는 중이다.

첫날 마주쳤을 때 은선이는 자기를 간호사라고 소개했다.
"그까짓 태움이고 뭐고 다 '그까짓 거' 하는 마음으로 버텼어요. 난 간호사도 적성에 맞아요. 아 근데 몇 년 하니까 좀 쉬고 싶더라고요. 서울에서 일 년 정도 지내보고, 다시 자리 알아보려고요."

은선이는 대전에서 올라와 원룸에서 자취하고 있는데, 정말 야무지고 당찼다. 손끝이 매워 아무리 주문이 밀려도 서두르거나 당황하지 않고 순서대로 음료를 척척 만들어 냈다. 자취하고 있으므로 은선이가 오후 마감인 날은 유통기한이 당일로 마감인 샌드위치는 모두 들려 보냈다. 아무튼 다른 직원들은 모두 나보다 야무지고 똑똑했다. 꿋꿋하게 자기 길을 찾아서 한 걸음씩 걸어가는 젊은이들이다.

오늘 나의 시프트(Shift)는 오전 11시부터 4시까지의 6시간이다. 모닝커피 손님이 한바탕 다녀가고, 점심의 후식과 나른한 오후를 달래려는 손님들이 찾아오는 시간이다. 규모가 큰 법무법인 빌딩 1층에 자리하고 있어 단골의 비중이 높다. 디자인이 전공인 민영은 단골의 특징을 캐리커처로 그려두고 깨알같이 옆에 주로 주문하는 메뉴를 적어 두었다. 사람의 특징을 어찌나 잘 잡아 그렸는지 재미있었다. 우리는 깔깔 웃으며 카페 레시피보다 이 공책을 직원에게 전수해 주자고 했다. 가끔 레시피를 정확이 모르는 음료 주문을 받으면 비치된 레시피 북에서 재빨리 조리법을 찾아본다. 하지만 대부분의 사람은 그 많은 종류의 음료가 있어도 주문하는 음료가 거의 같다. 더하게는 365일 단 한 가지의 음료만 주문하는 사람도 있다. 단골 고객이 들어서려 하면 우리는 재빨리 메뉴 준비에 들어간다.

"에스프레소 남자 들어온다. 잔 꺼내자."

"아, 저 까다롭게 에스프레소 프라푸치노 주문하는 여자다."

여름이고 겨울이고 에스프레소 프라푸치노를 주문하는 젊은 여성은 분쇄 얼음을 꼭 산처럼 쌓아 올려달라고 주문한다. 컵 입구에 분쇄 얼음이 높이 솟아있지 않고 펑퍼짐하게 나오면 다시 만들어 달라고 했다. 늘 가방과 컴퓨터, 핸드폰 등 몸에 주렁주렁 물건을 매달고 분주한 걸음으로 들어와 언제나 그 음료만 주문한다. 이 건물에 근무하는 것 같지는 않다. 매일 에스프레소만 주문하는 남성 고객은 두 명이다. 늘 오후 2시경 와이셔츠 차림으로 오니, 위층 어딘가에 근무하는 것 같다. 정말 사심 없이 한 번쯤 물어보고 싶다. 절대로 다른 커피는 안 마시냐고. 카페에서 일하다 보니 사람은 정말 취향이 고정되어 있다는 느낌이다. 사람들의 취향이 다양하다는 말은 많은 사람이 있다는 뜻이지, 한 사람이 이런저런 다양한 취향을 즐긴다는 뜻은 아닌 것 같다. 나만 해도 늘 사 입는 옷 스타일을 또 산다. 마시는 음료도 늘 같다. 시간대에 따라 선택이 조금 다를 뿐이다.

카페에서 일한 뒤부터 손님으로 카페에 갈 때 나는 각별히 신경 쓴다. 꼭 존댓말로 공손하게 주문하고, 음료가 나오면 감사하다고 인사한다. 먹고 마신 흔적을 치우고, 냅킨을 잘 처리하며, 앉았던 자리를 정리한다. 무심히 머물던 공간이 내 삶에 가까이 들어오면 전혀 다른 시선으로 보인다. 카페 직원으로 일하고 보니 사람들은 정말 자기가 앉았던 자리를 치우지 않는다. 테이블에 치실이 널려 있는 경우도 있다. 그러나 그 모든 고객의 행동에 신경 쓰지 말아야 하는 것이 어쩌면 카페 직원이 유념해야 할 1순위였다. 상대방의 언행 때문에 감정 노동하지 말고 내가 해야 할 일만 하는 것. 아버지와 엄마도 평생 그렇게 살아가고 계시는 구나를 에스프레소 커피머신 앞에서 매일 곰곰 되새겼다.

인공의 호수

오빠는 엄마의 수선집에 들른 일이 없었다. 아파트에서 걸어오면 기껏해야 20분 이내의 거리였는데 단 한 번도 오지 않았다. 하긴 오빠는 자주 들락거리는 나를 이상히 여겼다.

"엄마가 노는 곳도 아니고, 바쁘게 일하고 계신데 너는 왜 자꾸 가서 엄마 방해하니?"

오빠는 내게 핀잔 반 훈계 반으로 말하곤 했다. 초등학생 때부터 오빠는 학교에서 돌아오면 혼자 라면을 끓여 먹거나, 엄마가 준비해 둔 초밥이나 간식거리를 먹고 설거지까지 해놓고 학원으로 갔다. 샤워를 마치면 욕실의 물기를 닦고 눅눅한 옷과 수건은 세탁실 바구니에 뭉치지 않게 걸어두었다. 나는 매사 덜렁이었는데, 오빠는 늘 꼼꼼하고 정확했다. 나는 준비물을 깜빡해 아침에 문방구

로 달려가기 일쑤였고, 벗어둔 옷은 대개 한쪽 소매가 거꾸로 들어
가 있었다. 오빠의 책상 위와 책꽂이는 학생용품의 진열실 같았고,
방바닥에 뒹구는 옷이나 양말도 없었다.

오빠는 나보다 다섯 살이나 위였으므로, 나는 오빠를 어려워했다. 오빠는 아버지와 엄마가 없는 집에서 늘 나를 세심하게 살피고 보호했다. 현관 벨이라도 울리면 나를 뒤로하고 오빠가 뛰어나갔고, 배달도 꼭 오빠가 받았다. 집에 가스를 점검하거나 정수기 필터를 교환하러 사람이 와도 오빠가 나서 처리했다. 아버지와 엄마는 오빠가 있어 하루 종일 밖에서 일하면서도 마음을 놓았다. 아버지와 엄마에게 막내인 내가 사랑이었다면, 어릴 때부터 오빠는 아버지와 엄마의 기둥이고 삶이었다. 아버지를 닮아 키가 헌칠하고 보조개가 있으며, 걸을 때 한쪽 주머니에 손을 넣는 것까지 오빠는 모습이나 성품이 아버지를 많이 닮았다.

아버지와 마찬가지로 오빠는 여러 운동을 두루 좋아하고 잘했다. 초등학교 내내 오빠 머리에서는 락스 냄새가 났다. 엄마가 실내 수영장 물이 독해 피부가 상하고 머리가 점점 노래진다고 걱정했지만, 오빠는 늘 수영을 즐겼다. 중 고등학교 때에도 방과 후에 운동하고 교복이 흠뻑 젖어 땀 냄새를 풍기며 들어오기 일쑤였다. 특히 고등학교 때는 공부하다가도 농구공을 들고 휙 나가서 혼자 농구 골대와 씨름하고 들어왔다. 말수가 적어 살가운 성격은 아니었지만, 속 깊고 책임감 있는 아들이었다. 그랬었다.

오빠는 대학에서 경영학을 전공했다. 오빠가 특별히 경영에 관심이 있어서는 아니었다. 오빠가 좋아하는 것은 어릴 때부터 수영과 운동이었다. 운동하다 시간이 나면 비로소 홍얼홍얼 침대에 뒹굴며 책을 보았다. 오빠는 늘 공부를 잘했고, 성적이 괜찮은 많은 남학생처럼 오빠도 경영학을 택했다. 대학생이 된 오빠는 '몸만들기'에 들어가 수영과 더불어 피트니스를 즐기고, 머리는 파마로 웨이브를 주었다. 딱히 여자 친구가 있는 느낌은 받지 않았는데, 선물로 여겨지는 물건을 자주 들고 왔다. 예쁜 쇼핑백 안에 포장까지 정성스러운 남성용 스킨, 셔츠, 카드 지갑, 특이한 양말, 손수건 세트 등 절대 오빠가 직접 사지 않을 것 같은 물건이었다. 다양한 모양의 초콜릿 박스나, 각종 '그래놀라'를 받아 오기도 했다.

"정희야, 이거 너 가져라."

오빠는 탁상용 시계, 가죽케이스에 든 볼펜 등 선물로 여겨지는 물건을 내게 건네기도 했다.

"오빠한테 선물한 사람이 알면 섭섭해 할 텐데……."

내가 받아들며 머뭇거리면 오빠는 아무렇지 않은 듯 말했다.

"괜찮아. 우리 집에 와서 확인할 것도 아니고. 그리고 네가 모르는 사람까지 신경 쓰며 살 필요 없어."

나는 오빠의 다부진 근육만큼이나 단단한 성품이 좋았다.

4학년 끝 무렵에 오빠는 취직을 했다. 처음에는 주류회사였는데 2달을 못 채우고 그만두었다. 술 담배를 안 하는 오빠는 매일 술자리가 늘어지는 주류회사를 도저히 다닐 수 없다고 했다.

"술을 판매하는 사람들이어야지, 이건 완전히 자기 회사가 만든 술을 다 마셔 버리려는 사람들이야."

신입사원이라 술자리에 끌려갔지만, 다들 술을 좋아하는 술고 래들이라며 고개를 절레절레 저었다. 오빠는 도저히 그런 분위기의 직장을 다닐 수 없다고 했다. 아버지와 엄마는 오빠의 결정과 행동을 신뢰했고, 특히 술자리를 싫어하는 오빠의 선택을 엄마는 적극 지지했다. 잠시 오빠가 집에 있나 싶었는데, 곧 방송국에 취직했다. 자산관리와 구매 등을 담당하는 부서였는데, 오빠는 만족해했다. 문제는 출퇴근 거리였다. 집에서 일산에 있는 방송국까지 가려면 길에서 진이 다 빠질 정도라며 힘들어했다. 정상 속도로 가도 1시간이 넘는 거리였고, 내내 막히는 구간이었다. 몇 달을 새벽에 나가 늦은 밤에 돌아오던 오빠는 결국 방송국과 도보로 10분 거리인 오피스텔로 분가했다. 방송국에서 대출을 제법 많이 해 주었고, 기본적으로 방송국은 노동법에 따라 세 끼를 모두 제공하므로 식사도 문제없다고 했다. 주말이면 두 손에 먹을 거를 잔뜩 들고 오는 오빠는 갈수록 신수가 훤해졌다. 오빠는 집으로 하루가 멀다 하고 과일, 고기 등의 택배도 보내왔다.

전통 시대에 아들을 일부러 '개똥이' 같은 천한 별명으로 부르는 관습이 있었다. 평민만이 아니라 고매한 유학자도 어린 아들을 일부러 천한 이름으로 불렀다. 액땜하기 위해서라고 한다. 그런 '액'이 왜 찾아오는지 알 수 없지만, 누군가에게 예고도, 이유도 없이 불쑥 들이닥친다. 9월 초, 며칠째 장대 같은 장맛비가 쏟아지던 밤, 예고장도 없이 그 '액'이 성큼 우리 집에 들어섰다.

2012년 9월 초, 며칠째 장맛비가 뿌렸다. 초여름 장마보다 2배 가까운 양의 비가 줄기차게 내렸다. 게릴라성 집중 호우가 잦았고 강수량도 많았다. 전화 통화 중에 오빠는 코맹맹이 소리를 내며 감기가 영 낫지 않는다고 했다. 엄마는 오빠에게 주려고 인삼과 대추를 저녁 내내 달여 놓고 늦게 잠자리에 들었다. 나도 새벽까지 뒤척이다 막 잠에 빠졌다. 아버지는 지방 출장으로 집을 비운 날이었다. 새벽 4시경, 엄마의 전화 통화하는 소리가 들렸다.

"뭐라고? 아니 정서가 왜 집에를 와? 정서하고 어디를 갔었다고? 아니 무슨 일이야 도대체?"

내 잠을 몰아낸 엄마 목소리는 크고 불안정했다. 내가 놀라서 엄마 방으로 가 전화를 건네받았다. 엄마 손이 차갑게 덜덜 떨리고 있었다. 전화를 건 사람은 오빠 대학 친구였다.

"아… 어머니한테 말씀드렸는데, 정서가 거기 있나 해서 전화했어. 아까 정서하고 저녁 먹고 호수를 산책하다가, 맥주를 사러 편의점에 다녀오니 정서가 없더라구. 어디 갔는가 싶어 기다렸는데, 한참을 기다려도 안 와서… 핸드폰 연락도 안 되고, 정서 오피스텔에 가 봤는데 없는지 아무리 벨을 눌러도 기척이 없어, 혹시 부모님한테 갔나 해서⋯⋯."

기운 없게 느껴질 정도로 가라앉고 떨림이 있는 목소리였다. 이게 도대체 무슨 일인가. 머릿속이 하얘진다는 것은 이런 경우일까. 지난 주말에 보조개를 지은 미소로 돌아간 오빠 얼굴이 떠올랐다.

전화를 끊고 엄마와 일산으로 달려간 새벽부터 날이 밝자마자 인공으로 채워 넣은 물에서 잠수부가 오빠를 찾아내기까지, 결국 쓰러진 엄마를 대신해 내가 오빠의 신원을 확인하기까지 그 몇 시간 동안 일어난 일은 도대체 무슨 일일까. 세상에 이 일이 정말 일어난 것일까⋯⋯.

아침 7시 30분이었다. 오빠의 신원을 확인한 뒤, 간신히 지방에 출장 간 아버지에게 문자를 했다. 통화를 도저히 할 수가 없어서였고, 그 와중에 나는 아버지의 황망한 운전 길도 걱정되었다.

"아버지. 무조건 서울로 당장 올라오세요. 톨게이트 지난 뒤 제게 전화주세요."

오빠를 호수에서 병원으로 옮겼다. 엄마와 나는 영정도 마련하지 못하고 병원 영안실에 오빠의 장례식장을 마련했다. 엄마는 완전히 넋이 나가 그 작은 몸을 영안실 구석에 쓰러뜨리고 있었다. 친척들에게 전화로 오빠의 부고를 알렸다. 차마 입에서 나오지도 않는 말을 얼마나 많이 반복해야만 했던가. 문자를 본 아버지가

한걸음에 올라왔다. 일정을 취소하고 출발 전에 나에게 여러 번 전화를 걸어왔다. 나는 받지 못했다. 받을 수가 없었다. 문자만을 남겼다.

"아버지, 지금 통화할 상황이 못 돼요. 아산 병원에 도착하면 전화 주세요."

내 문자를 받아든 아버지는 엄마에게 무슨 일이 생겼나보다고 짐작했다. 고속도로를 달려오며 내내 운전하는 손이 떨려서 입술을 악물며 서울로 올라왔다고 했다.

'그 사람에게… 그 사람에게 무슨 일이 생겼나 보구나.'

'그 사람'이었어도 마찬가지였겠지만, 오빠 이름을 확인한 아버지는 목 놓아 울었다. 출장을 취소하고 올라온 아버지는 구겨진 회색 양복과 목덜미에 때 국물이 묻은 와이셔츠 차림에 온몸에 극도의 피곤함을 묻히고 나타났다. 울음도 터트리지 못했던 엄마는 아버지와 함께 울고, 쓰러지고, 또 흐느끼고… 함께 한 친척들 누구도 어떤 말도 건네지 못하는 갑자기 닥친 '액'이었다.

경찰에 따르면 같이 있던 오빠 친구 진술은 저녁을 먹고 호수 다리 위에서 바람을 쐬는데, 갑작스럽게 젊은 여성이 물로 뛰어내렸단다. 평소 수영을 잘하던 오빠는 그 여성을 구하러 곧 물로 들어갔다. 감기 기운과 밤에 차가운 수온 때문인지, 운명이었는지… 여성을 구해내고 오빠는 나오지 못했다. 그 광경을 목격해 놓고, 그 친구는 오빠가 돌아오지 않자 워낙 수영을 잘하니 수영해 다른 곳으로 나가 집으로 갔나보다 했다는 거다. 젖은 옷이라도 갈아입기 위해. 그런 상황 판단력으로 대학은 어떻게 다닐 수 있었을까. 우리 가족의 슬픔은 그 친구에 대한 원망으로 이어졌다. 허탈과 아쉬움이 뒤범벅된 슬픔에 더해 분노의 불길이 마구 솟아올랐다. 분노는 그 친구와 그 여자를 넘어 세상 전체로 확산되었다.

경찰은 오빠가 살려낸 여성을 만나보겠냐고 물었다. 자살하려고 뛰어들었지만 오빠가 구출해 아무 이상도 없단다. 부모님은 고개를 저으셨다. 나 역시 만나고 싶지 않았다. 우리 가족과 아무런 상관도 없이 살아온 사람, 얼굴도 이름도 모르는 사람, 한밤중에 차가운 물로 투신했던 그 사람은 살고 하필 그 자리에 있던 오빠는 영원히 떠났다. 그 여성을 만난들 달라질 것도 없고, 원망해도 아무 소용없는 일이다. 차라리 모르는 여자이고 만나지 않아 다행이다. 만일 그 여자를 봤다면, 그 실체를 대했다면 평생을 두고 얼마나 그 여성을 죽이고 또 죽일 듯이 원망했을까 싶다. 엄마는 흐느끼듯 말했다.

"목숨을 그렇게 버리려다가, 귀중한 다른 사람의 생명을 앗아간 거, 평생 속죄하고 살라는 말만 전해줘요."

20대 초반이라던 그녀는 지금 그날을 어떻게 기억하며 살고 있을까.

오빠의 원룸을 정리하러 유품정리사와 내가 동행했다. 다시 돌아오지 않을 주인을 기다리며 모든 것이 그대로였다. 오빠 옷에서 여전히 오빠의 냄새가 났다. 나는 아무 것도 집으로 가져오지 않을 거라고 부모님께 말해 두었다. 오빠 옷을 보자 서럽게 눈물이 터졌다. 오빠 냄새가 남아있는 옷 하나만이라도 간직하고 싶었다. 바닥에 주저앉아 침대 위에 던져져 있던 트레이닝 팬츠를 양팔에 둘둘 말고 꼬꾸라져 울었다. 유품정리사가 나의 등을 쓸어내리며 다독거려 주었다. 그 와중에 작년에 오빠를 그리도 사랑하시던 할머니가 돌아가셔서 참으로 다행이라는 생각이 들었다.

사람이 사라진다는 것이 이런 것일까. 세상에 오빠가 살다 간 흔적이 아무것도 없었다. 한 사람이 태어나 27년을 이 세상에서 살았는데, 그 생명이 머물던 흔적이 이 세상 어디에도 없었다. 인간의 생명이 참으로 허무했다. 그 허망함과 슬픔은 여전히 번잡스럽게 돌아가는 세상을 향한 증오로 이어졌다. 정말 오빠는 다시는 안 오는 것일까? 혹시 내가 긴 꿈을 꾸고 있는 것은 아닐까? 길을 걷다 보면 어디에선가 오빠도 걷고 있을 것 같았다. 저녁이면 그동안의 일들은 착각이었고 오빠가 문을 열고 성큼 들어올 것 같았다. 단 한 번만이라도 만나보고 싶었다. 단 한 번만이라도…. 오빠가 있어서 나는 아주 든든했다고, 사랑한다고 말하고 싶었다.

오빠의 친구들이 찾아왔다. 이 동네에서 오빠와 중 고등학교를 같이 다닌 절친 두 명이다. 친구들은 엎드려 흐느껴 울면서 엄마 손을 잡고 말했다.

"어머니, 어머니… 저희들이 아들 노릇 할게요."

어깨가 듬직한 두 장정의 아들 노릇이란 말이 마약의 유혹처럼 훅 들어왔다. 하지만 그것은 사랑의 맹세만큼이나 지켜지기 어려운 언약이다. 그때의 마음만 고맙게 받아 간직하고 있다. 어릴 때부터 알던 오빠 친구들이다. 하지만 오빠를 매개로 이루어진 관계이다. 오빠가 더 이상 존재하지 않듯이, 오빠로 인한 모든 관계도 지속될 수 없는 일이다. 더욱이 아들 노릇이라니. 의리에 따른 자식 노릇은 온 일가친척 앞에서 공개적으로 약속한 사위나 며느리도 해 내기 어려운 노릇이다.

일상생활을 상실한 채, 멍하니 시간만 보내던 나에게 소식을 들은 고등학교 동창이 찾아왔다.

"야, 너는 다른 사람을 구하려다 오빠가 갔으면, 그걸 자랑스러워해야지. 그렇게 장한 오빠를 두고 왜 슬퍼만 하니. 오빠의 장한 죽음을 기려야지."

남자 친구와 헤어졌다며 구지 나를 찾아온 친구는 그간의 연애사와 슬픈 마음을 장황하게 늘어놓았다. 듣다 못한 내가 입을 열었다.

"너 지금 남자친구와 헤어진 네 슬픔과 오빠를 잃은 내 슬픔을 동격으로 취급하는 거니?"

"으응, 나 지금 너무 슬퍼."

친구는 눈물을 흘려댔다. 하! 사람들은 정말 고통 속에 말기암으로 죽어가는 다른 이 앞에서 자기 손가락의 물집을 아프다고 하는 존재구나. 나는 모든 관계를 멀리했다.

아버지는 중개사 일을 접었다. 엄마는 수선집을 정리하지 않았지만 나가지도 않았다. 그 와중에도 엄마는 수선을 맡긴 고객에게 일일이 양해를 구하는 전화를 했다. 나도 카페를 그만두었다. 양복을 입고 다니던 아버지는 이제 대충 챙겨 입은 등산복 차림으로 나간다. 평생 하루도 쉬어본 일 없다던 아버지가 출퇴근의 모양새를 유지하기 위해 외출함은 아니었다. 집에서 감정을 터트릴 수 없는 아버지가 산에서 울다 오는 것일까. 어디를 어떻게 다니다 오는지, 술도 못하는 분이 늘 얼굴이 벌겋게 되어 돌아온다. 우리 집에서는 말소리가 사라졌다. 밥을 먹고, 잠자리에 들며 말없이 움직이기만 하는 로봇처럼 아버지와 엄마, 나는 황망함으로 시간만 보낼 뿐, 서로 이야기를 나누지 못했고 누구도 만나지 않았다. 삶을 통째로 정지시킨 절대 슬픔이 우리 집을 덮었다.

참척(慘慽)을 당한 한국 문단계의 거목인 작가가 펴낸 책이 기억났다. 그녀가 영혼의 절규처럼 써 내려간 구절구절에 내 영혼도 함께 부르짖었다. 너는 무엇이 그리도 좋으냐고 세상을 향해 분노의 소리를 내질렀다. 그 작가의 말처럼 도대체 27살의 아름다운 청년의 삶이 왜 그렇게 중단되어야 했는지 설명해 달라고 외쳤다. 인간에게 생명을 주관하는 원칙을 가르쳐 주어야 하지 않느냐는 절규가 터져 나왔다. 당신의 자녀라는 한 생명이 허망하게 떠나갔는데 세상은 어떻게 이대로 아무런 흔적도 없이 그대로 돌아가느냐고,

사람이 태어나 살다 가는 게 무슨 의미냐고 외쳤다. 인간이 맞는 갑작스럽고 불행한 죽음에 대한 어떤 설명이라도 얻고 싶었다.

기억의 저장고에서 순간 튀어나오는 글들이 있었다. 대학 때 보고서 작성을 위해 뒤적이며 본 참척에 대한 옛글들이다. 참척을 당해 쇠약해져 사직한 선비, 참척을 겪으니 떨리고 속이 타는 심정을 견딜 수 없을 것이라며 벗을 걱정한 글, 참척은 사람이 감당할 수 있는 일이 아니라는 표현, 오죽하면 그 용어가 있겠는가!

나는 두 손으로 이마를 짚고 눈을 감았다.

"우리 가족만의 일이 아닌 것을…. 내 오빠만이 아닌 것을…."

분잡하게 오가느라 놓치고 살지만 '오는 순서는 있어도 가는 순서는 없다'라는 말이 웅장한 플래카드처럼 모든 생명 위에 걸려있다. 마치 하늘과 구름처럼 모든 사람이 매일 보는 엄연한 사실이다. 이 땅에 생명이 존재한 이래 얼마나 많은 사람들이 이유도 없이 스러져 갔는가. 한마디 말도 남기지 못한 채 부모 형제를 뒤로하고 영원히 떠난 사람들이 얼마나 많은가. 마지막 단 한 번이라도 봤으면 히 는 이루지 못한 소망을 아픔으로 안고 살아간 사람들은 또 얼마나 많은가. 갑작스러운 죽음은 나에게도 오빠에게도 이 세상 누구에게도 언제나 닥칠 수 있는, 늘 일어나는 일이다. 얼마나 많은 아버지가, 어머니가 사라져 버린 자식의 미래라는 휑한 공간에서 떠돌아야 했던가. 자녀가 기뻐하고, 행복해하며, 자신의 꿈을 이루어 나갈 기회조차 갖지 못함이 부모로서 얼마나 견디기 힘든 허망함인가.

고통과 불행 앞에서 사람들은 저마다 그 이유를 찾으려 한다. 고통의 원인, 이유 등을 어떤 식으로든 납득해야 비로소 극복의 길로 들어설 수 있기 때문이다. 그래서 신의 뜻으로 받아들이거나, 운명으로 돌리기도 하지만, 대개는 누군가의 잘못을 찾아내어 원망하고 분노하며 말라간다. 하지만 세상에 인간이 살기 시작한 이래 끊임없이 일어나는 느닷없는 죽음을 어떻게 설명할 수 있겠는가. 생사에 대한 원칙이 무엇이든지, 그것이 있든지 없든지, 있다 하여도 그것은 인간이 어찌할 수 없는 초월적 문제이다. 우주 안에 먼지처럼 떠돌다 사라질 내가 생사의 문제에 대해 어떤 설명과 이해를 얻을 수 있을까. 어떤 원칙이 있든 그것은 나의 주권 밖이니 도리가 없다. 세상에 흔한 말이지만 먼저 떠난 이들은 남은 사람들이 이렇게 슬퍼하는 것을 원하지 않을 것이라는 말을 되새겼다. 보조개를 피우며 오빠도 내게 그렇게 말해 줄 것 같았다.

'정희야, 사랑한다. 내 동생.'

꿈쩍 않는 마을버스,
돌아가는 재봉틀

시간은 여전히 매일 24시간인지, 어떻게 지나가는지도 모르게 지나갔다. 매일 부모님을 바라보며 심장이 옥죄듯 아팠다. 한 달 정도가 지났을까, 엄마가 주섬주섬 수선집에 다시 나갈 채비를 하였다. 마치 퀼트처럼 사각 모양 각종 헝겊을 이리저리 박아 만든 작은 손가방을 챙기며 나에게 말을 건넸다.

"부모가 먼저 간 자식 때문에 계속 힘들어하면 남은 자식들에게 이중으로 상처가 된다더라. 오늘부터 엄마는 먼저 떠난 자식에 대해 너 앞에서 말하지 않을 거야……"

벌겋게 무른 엄마 눈에서 굵은 눈물이 한 방울 뚝 떨어졌다. 하지만 그 어느 때보다도 낮고 침착한 목소리였다. 엄마 앞에 앉아 있던 나는 엄마 무릎에 얼굴을 묻었다. 엄마는 흐느껴 올라오는 소리를 누르며 거칠한 손으로 내 머리를 쓰다듬었다. 나와 아버지는 여전히 먹통이 되어 버린 컴퓨터인데, 엄마는 삶의 '리셋' 버튼을 눌렀다.

한 가족이어도 오빠의 의미는 서로에게 달랐을 것이다. 아버지에겐 당신을 빼닮은 장남, 엄마에게는 힘이 되어주는 든든한 아들, 나에게는 태어난 순간부터 언제까지 영원히 내 오빠로 있을 것 같던 오빠, 그 오빠의 부재는 세 사람 모두에게 일상의 붕괴라는 동일한 결과로 몰아쳤다. 엄마는 그렇게 무너져 새카맣게 잔해만 남은 곳에서 일어섰다. 이제 무남독녀가 되어 버린 딸의 눈물을 닦아주기 위해, 쓰러져 가는 남편에게 지탱할 어깨를 내어주기 위해.

엄마는 마치 무성 영화인 〈모던타임즈〉에 나오는 노동자처럼 감정 없이 일만 하는 사람처럼 보였다. 손님이 가져온 옷의 수선 부위 실밥을 송곳으로 뜯어내고, 코안경을 걸쳐 맞는 색의 실을 꿰어 재봉틀을 돌리며 그 자리에 앉아있다. 손때 묻은 송곳으로 실밥을 뜯어내는 엄마는 얼마나 더 날카로운 송곳으로 가슴이 찔리는 통증을 감내하는 걸까. 첫날 엄마가 돌아와 차린 저녁상 앞에서 아버지는 수저를 들지 못하고 붉은 눈물을 뚝뚝 흘렸다.

얼마 뒤 아버지는 아침에 양손 가득 쇼핑백을 들고 나갔는데,

돌아올 때는 빈손이었다. 그리고 내게 몇 장의 사진을 건넸다.

"이 사진은 너만 있는 사진들이라 가져왔다. 네 어린 시절이니 네가 간직해라. 오빠가 들어간 사진은… 네가 결혼할 때 가져갈 것도 아니고, 엄마 아빠 아니면 어차피 간직할 사람 없이 버려질 테니……."

더 이상 말을 잇지 못하고 아버지는 욕실로 들어갔다. 오빠 물건을 다 정리했다고 생각했는데 벽장 안에 오빠와 나의 어린 시절, 아버지와 엄마의 젊은 미소가 담긴 앨범들이 있었다. 중학교 이후는 컴퓨터에 저장되어 있지만, 태어나서 초등학교 때까지는 인화한 사진들이 엄마의 메모와 함께 몇 권의 앨범에 정리되어 있었다. 아버지가 건넨 사진에 어린 내 옆에서 웃고 있는 아버지는 마치 총각처럼 젊어 보였다. 눈물은 본래 이렇게 뜨거웠던 것일까. 엄마는 주방에서, 나는 아버지가 앉았던 자리를 마주한 거실 바닥에서, 아버지는 욕실에서 결코 그칠 것 같지 않은 눈물을 쏟았다.

아버지도 다시 일을 시작했다. 엄마와 내가 저녁상을 치운 뒤, 소파에 앉자 석고상처럼 무표정이던 아버지가 말을 꺼냈다.

"나, 내일부터 여기 서초 마을버스 기사로 일해. 부동산중개업은 못 하겠어."

아버지는 표정만큼이나 건조한 말투로 말했다.

"당신 괜찮겠어? 이 막히는 도로를 하루 종일 오가야 하는데….

회사 처우는 모르겠지만, 가끔 제시간에 안 온다고 속도 모르고
기사한테 화풀이하는 승객들도 있던데."

엄마가 조심스럽게 아버지 기색을 살피며 말했다.

"그래봤자. 이제 내가 더 이상 화나거나 속상할 일이 뭐가 있겠어. 운전만 하면 되니 오히려 괜찮아."

말을 마친 뒤 큰 한숨과 함께 소파 깊숙이 몸을 묻었다. 오빠가 떠난 뒤 말소리가 사라지고 다시는 TV도 안 켜는 우리 집 거실에 그렇게나마 생존을 알리는 소리가 조금 생겨났다.

아주 오래전 취득한 아버지의 운전면허는 1종 대형면허다. 그 시절은 왜 그랬는지 온갖 구박을 받으며 배웠다고 했다. 그 설움을 씻기라도 하듯 아버지는 자청해 오빠와 나의 사설 운전강사를 맡았다. 내가 운전면허 시험에 합격하자 아버지는 서울대공원 주차장 부근에서 며칠 동안 운전을 가르쳐 주었다. 아버지가 내게 외쳤다.

"모도시!! 모도시!!"

"아유, 아버지. 모도시가 뭐예요?"

"핸들 모도시! 핸들을 모도시해야 한다니까!"

아버지가 급하게 지르는 말을 처음엔 알아듣지 못했다. 하지만 지금까지도 운전할 때 아버지가 가르쳐 준 기술이 교과서 구절처럼 떠오른다. 아비지는 오빠에게 두고두고 더 가르쳐 주고 싶은 삶의 지혜가 얼마나 많았을까.

엄마가 다시 일을 시작한 뒤 이미 1종 면허를 소지했던 아버지는 어느새 버스 주행 연수를 받고 버스운전자격증을 취득했다. 세상이 달라져 컴퓨터로 진행한 도시가스 사용 자동차 운전자 안전교육을 수료하여 한국가스안전공사가 발부한 〈안전교육 이수증〉도 받았다. 나와 오빠에게 제대로 아버지 역할을 하는 듯 흥이 나서 운전을 가르치던 아버지는 이제 석고상 같은 운전기사가 되었다. 엄마 수선집 앞 도로를 오가는 마을버스를 기계적으로 운행하는 무표정한 운전기사다. 가끔 승객이 인사를 건네면, 그에 대해서만 답한다.

"감사합니다."

"네, 안녕히 가세요."

엄마의 재봉틀이 돌아가고, 사람들이 바삐 오가는 거리에 뚱뚱한 자동차들은 매연을 뿜으며 한참을 제자리에 있다가 간신히 조금씩 움직인다. 언덕길을 내려오는 차와 왼쪽 오른쪽에서 나오는 차들로 오거리는 늘 주차장 같다. 그 매연의 영향권에 있는 우리집 창틀에는 찐득한 매연 분진이 고약처럼 엉겨있다. 다른 지역을 잘 모르는 나에게 대한민국에서 제일 막히는 것 같은 도로가 노선인 마을버스를 아버지는 기계처럼 운전한다. 교대 전철역에서 악명 높은 오거리를 지나 뉴코아 백화점 사거리에서 강남고속버스터미널을 오가는 도로, 운전자의 인내심을 바닥까지 박박 긁어 마침내 터지기 일보 직전이 되면 간신히 빠져나오는 구간을 아버지는 하루 종일 마을버스로 오간다. 아버지는 인내심 따위를 건너뛴 '도인'이 되었거나, 살아있어도 더 이상 감정을 느끼지 못하는 또 다른 무성 영화의 주인공 노동자처럼 보인다.

내 안에는 여전히 원망, 슬픔, 분노가 엉켜 살아 날뛰며 온종일 나를 휘둘러댔다. 아버지와 엄마가 그런 내 모습에 더 힘들어할까 봐 애써 억누르기가 몹시 버거웠다. 부모님은 생업의 자리를 지키며 사막 한 가운데서 손가락 끝에 묻은 한 방울 물로 목을 채우고 다시 걸음을 옮기기 시작했다. 그것은 나에 대한 사랑의 힘이기도 하다. 부모님은 내 앞에서 오빠 이야기도, 어떤 원망의 말도 꺼내지 않고 아버지, 엄마로서의 자리를 지켜간다. 나는 마지못해 영어 학원을 다니고 엄마의 수선집을 오가기 시작했다. 정신이 지리멸렬한 상태이니 당장 임용이 되지 않아 오히려 다행이다. 점심을 싸 들고, 커피를 사 들고 엄마에게 온다. 내 어깨에 갑자기 얹힌 무남독녀 외딸의 무게가 철갑처럼 무겁게 느껴진다.

해를 넘기고 또 넘겼지만, 아버지와 엄마의 말 없는 일상은 여전히 이어졌다. 감정을 상실한 조용함과 슬픔이다. 아우슈비츠에서 보낸 3년간의 세월을 써낸 빅터 프랭클의 『죽음의 수용소에서』라는 유명한 책이 생각난다. 수용소에서 살아나온 사람들은 서로 만나도 다시는 그 시절 이야기를 꺼내지 않는다고 한다. 너무 힘들고 아픈 기억이라 다시 말을 꺼내지 않는다는 설명이다. 우리 역시 아무도 오빠 이야기를 하지 않았다. 살아도 살아있는 사람 같지 않은 아버지, 그 아버지에게 생명을 부어 넣기 위해 오늘도 엄마는 송곳으로 실밥을 뜯고, 재봉틀을 돌리고, 부지런히 돌아와 저녁상을 차리며 조용조용 아버지 기색을 살핀다. 엄마는 매일 매일 아버지에게 수혈해 주며 기력 회복을 기다리는 사람 같다. 엄마의 아프고 아픈 심장은 우주 어디를 유영해도 상관없다는 듯 돌아보려도 않는다. 나는 점점 부모님의 고통보다 내가 헤쳐가야 할 미래가 더 무겁게 다가왔다. 온 가족이 모두 사망선고를 받은 것 같은 일상이 힘에 부쳤다.

만 2년을 채우나했는데, 신길동에 위치한 초등학교에 드디어 임용되었다. 초등학생들과 시간을 보내며 본래의 언행이 변했다. 억양이 높아지고, 목소리가 커지고, 말투가 어려졌다. '젊은 여자 초임 교사'가 봉착할 수 있는 모든 문제에서 나 역시 자유로울 수 없었다. 수업 계획을 짜고 또 짜서 교실에 들어가도 막상 전달한 것은 반도 되지 못한 기분이었다. 교과 지도만이 아니라 생활지도에서 다양한 학생들을 다루는데 미숙하기 그지없었다. 선생이 이렇게 잡무가 많다는 사실에도 놀랐다. 사회적 인간관계가 어렵기는 다 마찬가지였다. 학부모는 그동안 내가 대해온 고객과 다른 차원에 있는 '시어머니' 정도 되는 어려운 존재였다.

사실 교사가 나의 꿈은 아니었다. 아버지의 꿈이었다. 내가 기억하는 최초의 내 모습이 그림 그리는 모습일 정도로, 나는 그림 그리기를 좋아했다. 유치원생의 색연필 그림을 선생님은 창의적이라며 벽에 붙여 놓고 나를 추켜올려 주었다. 초등학교에서 물감을 사용하고부터는 그림에 더 신이 올랐다. 방학 숙제로 그림 그리기는 일생의 대작을 만들 것처럼 그리고 또 그려 서너 장 가운데 하나를 골라 제출했다. 특히 물을 좀 적게 사용하고 상상력을 덧붙여 불투명 수채화로 사람이나 동물, 주변 풍경을 그리는 재미에 빠져들었다. 흔한 물감과 스케치북, 붓이었지만 내게 가장 큰 즐거움을 주는 도구였고, 길을 걸으면서도, 책을 읽으면서도 이 감정을 어떤 장면으로 그려낼까를 늘 생각했다.

하지만 그림에 대한 꿈을 중학교 3학년 때 접었다. 잘 사는 동네 한구석, 필로티 구조인 작은 4층 연립주택에 사는 나는 다른 아이들과 미술로 경쟁할 수 없음을 깨달았다. 가장 사교육비가 안 드는 학과 공부만 묵묵히 했다. 그리고 아버지가 가장 최고의 직업으로 '존경'하는 교사가 되기로 마음먹었다. 한창 사춘기 학생들을 감당할 자신이 없어 교대로 눈을 돌렸고, 결국 초등학교 교단에 섰다. 세상 경험은 두루두루 다 쓸데가 있다고, 미술에 대한 나의 관심도 초등학교 교사가 되니 이모저모로 유용했다.

'그러면 된 거지. 부모님의 보람이라면 잘된 일인 거지'

아버지의 꿈에 나를 투영하며 스스로 위로했다. 선생 노릇이 힘 듦을 비유하는 속담을 떠올리며 고개를 끄덕거렸지만, 나도 부모 님처럼 다른 감각은 상실된 사람 같았다. 슬픔이라는 커다란 유리 벽에 둘러싸여 다른 감정이 뚫고 들어오지 못했다.

부모님은 단 한 번도 오빠를 입에 담지 않았다. 대형 참사가 터 졌을 때 엄마의 눌러 온 감정이 딱 한 번 터져 나왔다. TV 화면은 바다에 배가 침몰하는 장면을 끝도 없이 반복해 보여주었다.

"저걸 보니 네 오빠가 자꾸 생각난다."

엄마의 눈가가 빨개지며 굵은 눈물이 떨어졌다. 엄마는 그 한마 디 했고, 나는 아무 말도 못했다. 더 이상 입을 열면 화산이 터져 걷잡을 수 없는 용암이 분출되듯 터져 나올 것이기에 꾹꾹 그 화 산 입구를 막아내야 했다. 대신 다른 말을 건넸다.

"엄마, 마음도 힘든데, 이제 집에 있으면 어때? 아버지도 일하고, 나도 취직했고. 엄마는 이제 좋아하는 화분도 가꾸고……."

"괜찮아. 엄마 힘들지 않게 살살 움직이며 하는데 뭐. 소일삼아 그거라도 해야지 시간을 보낼 수 있어……."

아버지, 엄마는 살아내려 함을 나에게 보여주고 있었다. 나도 살아야지, 살아내야지.

출구 불빛

학교 수업을 마치고 집에 가는 길에 슈퍼입구 도로 포장집에서 어묵을 샀다. 햇볕이 뜨겁고 습도도 높은 여름인데 포장집 메뉴는 늘 어묵, 떡볶이, 순대였다. 2층 엄마에게 올라가는데 계단에 초등학교 1학년 정도로 보이는 여학생이 쪼그리고 앉아 있고, 그 옆에 키가 큰 태권도 사범이 곤란한 표정으로 아이를 달래고 있었다. 태권도 학원에서 운행하는 차로 아이들을 인솔하던 그 청년 사범을 상가 앞에서 여러 번 목격해 얼굴을 알고 있다. 직업 때문인지 그냥 지나칠 수가 없었다.

"왜 그런지 여쭤도 될까요?"

내가 조심스럽게 다가가 말을 걸자, 청년 사범이 나를 올려다보았다. 아이는 여전히 두 무릎에 고개를 묻고만 있다.

"아 그게, 얘가 태권도는 배우고 싶고 좋아하는데 일대일로 하는 대련이 싫대요. 대련 시간이 됐는데, 그건 안 하겠다고 집에 간다고 나와서 달래 주고 있어요."

그의 말투는 아주 정중했고, 목소리가 중저음에 약간 허스키가 섞여 있었다. 무엇보다 발음이 정확해서 좋았다. 예전부터도 그랬지만 교단에 선 뒤로 다른 사람의 발음에 나는 매우 민감했다.

"주제넘은 질문이라 죄송하지만, 아이들의 태권도 수업에 일대일 대련이 필수인가요?"

아이를 가운데 두고 나는 다른 한쪽에 쪼그려 앉았다. 아이가 고개를 들어 나를 쳐다보더니 곧 다시 숙였다.

"언니가 같이 올라가 응원해 줄까? 언니는 이 근처 사는데 초등학교 선생님이야."

아이는 물끄러미 내 얼굴을 보더니 고개를 끄덕였다. 나는 얼른 어묵을 엄마에게 건네고, 태권도장으로 올라가 아이의 일대일 대련을 응원했다. 아이는 내가 초등학교 선생님이라는 사실에 위로를 얻은 듯했다. 대련이 싫으면 당분간 안 해도 된다고 달랬다. 그 시간에 재미를 느끼는 다른 활동을 하면 그만이라고 격려했다. 아이와 이야기를 나누고, 응원을 보내고, 승합차에 오르는 아이에게 잘했다고 칭찬을 퍼부었다. 그리고 차가 떠나 안 보일 때까지 손을 흔들어 주었다. 아이에게 집중하느라 그 청년 사범이 내내 미소가 담긴 눈길로 나를 보고 있음은 몰랐다.

그 다음날도 나는 일종의 책임감으로 태권도장에 올라갔다. 그 아이를 생각해 몇 번 참관수업을 해주려 마음먹었다. 청년 사범은 요즘 태권도는 형식적인 품새와 긴장감을 줄 수 있는 일대일 대련을 벗어나 다양하게 발전 중이라고 설명했다. 음악을 이용한 태권체조도 있고, 대련은 대상에 따라 난이도를 조절하고 자유롭게 구성한다고 했다. 나는 정작 아이들이 방과 후에 몰려가는 태권도나 여러 학원의 실정을 모르고 있었구나 하는 생각을 했다. 거기에서 아이들을 지켜보는 것은 나에게 유용한 경험이었다. 눈매가 선한 인상인 청년 사범에게 감사 인사를 건넸다.

"감사해요. 저는 막상 학교에서만 학생들을 보았지, 그 아이들의 방과 후 활동에 대해서는 제 성장기의 경험에 머물러 있었네요."

그는 몇 가지 설명을 더 해 주었다. 태권도장은 매일 한 시간 수업인데 내내 태권도만 하는 것은 아니라고 했다. 아이들이 힘들어하고 재미없어하기 때문이라 한다. 줄넘기를 비롯한 학교 체육도 배우고, 체력단련과 호신술도 가르치며, 영상으로 국기원 태권도 시범단의 국제무대도 보여준다고 했다. 토요일은 특별히 2시간 레크리에이션 프로그램을 진행하고 있었다. 보호자가 자원으로 돌아가면서 하는지 어머니로 여겨지는 사람이 늘 한 명 이상 있었다.

내 보기에 태권도 사범은 학교 체육 선생님과 보모의 역할까지 하는 것 같았다. 공놀이도 해 주고, 에어바운스에서 마구 놀게도 했다. 사범님들에게 정말 박수를 보내고 싶었다.

"저는 정태일이라고 합니다. 아래층에 어머니 가게가 있으시죠? 조금 기다리실 수 있으면 이번 수업 마치고 다음 시작 전 쉬는 시간에 2층 카페에서 시원한 차라도 할 수 있을까요? 제가 내려갈게요."

조용한 목소리로 예의 바르게 그가 청하였다. '상남자'보다는 '선비'에 가까운 느낌이었다. 나는 순간 운동하는 사람에 대한 선입견을 뒤로 훅 감추었다.

"일단 엄마에게 내려가 있을게요. 혹… 엄마가 수선할 게 밀려서 일하시면 저도 있고요, 엄마가 가시면 잘 모르겠어요."

구세대 사람스럽게 조금 튕겼다. 그가 싱긋 웃으며 답했다.

"그럼 이따 뵈었으면 좋겠습니다. 내려가 계세요."

계단을 내려오는데 다리가 후들후들 떨렸다. 심장의 떨림이 다리까지 전해져서였다.

"엄마, 저 위층에 태권도 사범 본 일 있어?"

엄마는 나 먹으라고 김밥을 건넸다.

"차가운데 괜찮니?"

한 덩이를 입에 넣으며 내가 다시 말했다.

"저 위층 태권도 사범, 엄마도 본 적 있지? 어떤 사람 같아요?"

"글쎄다. 꽤 반응이 좋은가 보더라. 아이들이 아주 많아. 늘 도복을 입고 있어 눈에 띄어 몇 번 얼핏 봤지만, 자세히는 모르지. 왜?"

나는 엄마가 앞서갈까 봐 그저 직업적으로 도움이 되는 사람이라고만 말했다. 태권도장에서 아이들을 보니 학교에서 어떻게 하면 조금 더 가까이 다가가는 교사가 될 수 있을지 팁을 얻은 것 같다고 했다.

엄마는 실크 블라우스 소매를 줄이는 작업에 몰두했다. 나는 옆에서 책을 보며 뒹굴뒹굴 엄마의 모습을 지켜보았다. 앞으로 무엇을 하든 아버지와 엄마를 기쁘게 하는 딸이 되리라 다짐했다. 시간이 얼마나 흘렀을까. 2층 상가로 들어오는 유리문 밖에 그가 보였다. 서로의 눈이 마주쳤다.

"엄마, 언제 집에 갈 거예요? 나는 카페에서 잠깐 친구 좀 만나고, 시간에 안 오면 엄마 먼저 집에 가요."

"친구가 이리로 와? 그래 알았다. 너 편할 대로 해."

왜 그럴까. 내가 지금 이래도 되는 걸까. 가슴이 살짝 뛰었다. 오빠… 나 이래도 되는 걸까.

상가의 카페는 별로 붐비지 않았다. 그는 서울의 4년제 대학 태권도학과를 졸업하고, 3급 태권도 사범지도자 자격과 생활스포츠 지도자 2급 자격도 취득해 관장 자격을 갖고 있었다. 그의 말로는 선택의 길이 골프와 태권도가 있었는데, 고민할 여지도 없이 태권도를 택했다 한다. 골프는 자기처럼 평범한 사람이 도전할 종목이 아니기 때문이란다. 이미 초등학교 때부터 해외에서 그 길을 걸어온 어마어마한 사람들이 있다고 했다. 하지만 이제 보니 태권도를 택하기 잘했다며 웃었다. 사범으로 해외에서 활동할 기회를 잡을 수 있다는 것이다. 그래서 졸업 후 바로 선배가 운영하는 캐나다 밴쿠버의 태권도장에 지도자로 가려고 준비했는데, 아버지가 폐암 진단을 받아 떠나지 못하는 상황이었다.

캐나다의 태권도장은 아이들 프로그램만이 아니라 가족 단위 수련 시간도 운영한단다. 지역 축제나 한인 축제, 세계 문화축제 등 다양한 축제에 태권도 시범을 보이며 좋은 반응을 얻고 있다고 했다. 대우도 좋다고 했다. 하지만 가기 어렵게 되었다며 멀리 창밖에 시선을 묶었다. 개인사를 묻기 주저되어 듣기만 했지만, 사람들은 다 저마다 삶의 무게를 지고 살아내고 있구나 싶었다. 꿈은 지금 내가 노력해 이룰 수 있어야 삶의 원동력이지, 로또처럼 대박이 나야 가능한 일이라면 그것은 오히려 나를 괴롭히는 망상이라는 생각이다. 그런 망상에 시달리기 싫어 나도 일찍 그림을 향한 꿈을 접었다.

태일은 나와 나이가 같았다.

"나이도 같은데 우리 말 놓고 이름 부를까?"

'흠, 직진남이군.'

속으로 그런 생각을 하며 싱긋 웃어 보이며 "그래!"라고 답했다. 말을 놓고 이름을 부르니 조금 더 가까운 벗이 된 기분이었다. 그리고 말하기 편했다. 어떤 유명인 부부는 평생 서로 존댓말을 한다는데, 어떻게 그럴 수 있을까 싶었다. 집으로 뚜벅뚜벅 돌아오는 발걸음이 무거웠다. 암울한 터널에 주저앉아만 있는 나에게 이제 걸어 나가야 한다는 출구 불빛을 그가 켜 준 듯했다. 그와 동시에

살아남은 자가 감수해야 할 징벌처럼 영원히 터널에 있어야만 하는데 나가려느냐는 일종의 죄의식이 느껴졌다.

저녁 시간에 우리는 가끔 만났다. 그와 나는 한강 공원에 앉아 있기를 좋아했다. 나는 인공호수를 증오하고, 흐르는 강물을 좋아했다. 자연을 최대한 이용했다지만 나는 그 인공호수를 인간의 쾌락, 향락을 위해 자연을 훼손하며 억지로 조성한 괴기물 취급했다. 그에 비해 예전 사대문 안에서 이제 어디까지가 서울인지 혼란스러울 정도로 폭발한 대도시 한복판을 넓은 줄기로 흐르는 한강은 얼마나 큰 자연의 축복인가 싶다. 살아서 생명의 젖줄과도 같은 자연을 누림이 매일의 기적으로 다가왔다. 매일 매일 생명이 가치 있는 것처럼, 매일 똑같이 흐르지만 매일 새로운 강의 흐름이 좋았다. 태양 빛을 받아 반짝이며 흐르는 물결도 좋았고, 어둠이 내린 뒤 조명 빛 아래 하루의 고단함을 가져가 버리는 신비한 색 물결도 좋았다.

여름철이라 저녁 8시면 음악이 나오고 반포대교 양쪽에는 무지개 색 조명이 켜지며 분수처럼 물줄기가 뿜어져 나왔다. 사람들은 환호하고 사진을 찍기도 했지만, 나와 태일은 잔디밭에 묵묵히 앉아 이야기를 나누었다. 각자에게 있는 삶의 이야기, 그 무게가 그에게서도 얼핏 얼핏 보였다. 어머니는 어떻게 지내시는지, 아버지

병세는 어느 정도인지, 네 꿈은 어떻게 할 건지 이야기 나누고 싶었지만, 그가 말을 꺼내지 않아 나도 묻지 않았다. 나도 떠나간 오빠, 말을 잃은 아버지, 가슴이 송곳에 찔리는 것 같은 통증을 감내하며 꿋꿋하게 딸에게 엄마로, 남편에게 아내로서의 자리를 안간힘쓰며 지켜내는 엄마 이야기가 입에서 나오지 않았다. 서로 차마 꺼내지 못하는 이야기가 있음이 오히려 서로에게 위로가 된 것일까. 특별할 것 없는 우리의 만남이지만 편안했다.

태일의 집은 금호동인데 어머니는 그의 이름으로 작은 아파트를 장만해 현재 전세를 주고 있었다. 어머니는 태일에게 네 인생을 찾아 그 집을 빼서라도 캐나다에 가라고 하신단다. 하지만 그의 어깨에는 장남, 병환 중인 아버지, 생계를 이어가는 어머니, 그리고 형이라는 무게가 얹혀 있었다. 나와 태일의 어깨에 얹힌 철갑 같은 무게는 특별할 것도 없는 수많은 지붕 아래의 이야기다.

"자식들은 왜 뒤늦게야 엄마의 아픔이 보일까."

내가 마치 나는 아닌 것처럼 말했다.

"그래서 '불효자는 웁니다.' 노래가 나오면 모두 다 따라 울잖아."

태일이 가볍게 미소 지으며 말했다.

그 무렵 나에게 태일은 어두운 터널에 붙어 있는 연두색 불빛으로 빛나는 "EXIT"(출구)처럼 다가왔다. 그만 일어나 여기에서 나가라고, 이제 나가도 된다는 안내 불빛 같았다. 무거운 침묵과 슬픔을 껍질을 벗어내고 새로운 성취의 발걸음을 옮기고 싶었다. 선배들 중에는 교육대학원을 진학한 경우도 많고, 가끔 석사학위만 2개 이상인 분도 있었다. 교육대학원에서 입학을 권하는 공문이 날아오기도 했다. 굳이 긴요한 학위도 아닌 터라 그쪽으로는 관심이 가지 않았다. 무언가 도전하고 싶은데 잡히지 않으니 답답하기만 하다. 하지만 지금보다는 밝아진 부모님의 표정을 보고 싶다. 그 온전한 책임이 나에게 달린 것처럼 무겁다. 일단 나부터 오빠가 그렇게 갔는데 잘도 살아가려 하느냐는 죄책감을 거둬내야 한다. 그게 가능한 일일까? 인공호수로 나를 질질 끌어대는 그 쇠사슬을 끊어내는 일이.

네 엄마 품

　태일은 나를 무남독녀로 알고 있다. 오롯이 혼자 성장했으리라 생각하며 자랄 때 동생과 툭탁거리던 이야기를 자주 해 주었다. 두 살 아래인 남동생과 형제의 기 싸움인지 초등학교 때까지 자주 싸웠다고 했다. 엎치락뒤치락 싸우기보다 땀을 뻘뻘 흘리며 방의 양 끝에 서서 노려보며 말로 싸우다 엄마한테 혼났다고 한다. 조금 자라서는 체격이 비슷해 외출할 때 입을 옷을 뺏기지 않으려 전날 미리 감추는 전쟁을 했다며 웃었다. 한 번은 자기가 주말에 소개팅이 있어 마음에 드는 옷을 비닐봉지에 넣어 아버지 차 트렁크에 숨겨두고 잤는데, 아버지가 낚시 가느라 새벽에 차를 몰고 나가 낭패를 보았다고 했다. 살짝살짝 미소 지으며 그의 말에 반응했지만, 오빠와의 추억이 내 마음을 찔렀다. 이런 내 마음의 송곳은 다른 이 앞에서 꺼내야 없어질까, 눌러야 사그라질까.

어머니는 작은 가게를 하신다는데, 더 이상은 묻지 않았다. 저녁 시간을 태권도장에서 보내는 아들을 위해 태일의 어머니는 늘 도시락을 준비해 주셨다. 예전에는 태권도장 안 탈의실에서 '혼밥'을 했는데, 나와 함께하면서 개방된 옥상 쉼터를 이용했다. 나는 같이 먹기도 하고, 주전부리나 음료를 마시며 옥상 데이트를 했다. 매번 태일의 도시락은 운동하는 사람을 고려한 깔끔하고 정성이 가득한 음식이었고 후식까지 잘 갖추어 있었다. 작고 조용조용한 분으로 그려지는 그의 엄마는 내 엄마의 모습과 많이 겹쳤다. 내 엄마나 태일의 어머니나 아버지를 감싸고 자식에게 모든 것을 내어주는 엄마는 이런 품을 지니는구나 싶었다.

태일이 오가는 것을 말없이 흘깃 건네 보던 엄마는 지나가는 말처럼 내게 말했다.

"정희야, 교사는 배우자로 교사가 제일 좋대. 근무 조건도 서로 맞고, 특히 방학 때 같이 여행 다니기도 좋고……."

얇은 블라우스의 솔기를 감치던 엄마는 잠시 손을 멈추고 나를 쳐다보며 말했다. 엄마는 나의 반응을 기다리는 눈치였다.

"근데 엄마, 문제는 학교에 총각 남자 선생님이 없어. 모두 아저씨들이야."

어색한 분위기를 무마하기 위해 내가 농담처럼 웃으며 말했다. 엄마가 무슨 말을 하고 싶은지 나도 알고, 내가 알아들었다는 것을 엄마도 아신다. 그 문제에 관해 엄마와 더 이상의 이야기는 나누지 않았다.

아버지는 마을버스 기사로 오늘도 말없이 하루를 보냈다. 전출입이 그리 빈번하지 않은 지역이라 승객 가운데는 익숙한 얼굴도 많고, 승하차에 인사를 건네는 이도 제법 있다. 속도 방지 턱이 늘어서 있고 막히는 거리라 브레이크 조절을 잘하며 부드럽게 운행해야 하기에 아버지의 운전 스타일은 달라졌다. 이 지방, 저 도시를 과속 티켓을 끊는 한이 있어도 급박하게 오가던 아버지는 온데간데없다. 아버지는 천천히 달리는 작고 낡은 마을버스처럼 점점 삭아 작아지는 듯했다.

내가 보아온 아버지는 늘 옷을 깔끔하게 차려입은 신사였다. 그런 아버지를 엄마는 괜스레 어깨도 털어주고, 바짓단도 매만지곤 했다. 엄마의 장롱 서랍에는 여전히 아버지가 사용하던 가위가 들어있다. 그 가위는 아버지기 아름다운 옷의 곡선을 탄생시키는 도구였다. 아버지는 토시를 끼고 그 큰 가위를 날렵하게 다루었다. 엄마는 그런 아버지의 모습에 가슴이 설렜을 터이다. 공인중개사가 된 아버지는 뛰어난 감각을 지닌 매너 좋은 달변가로 거래를

승승장구 성사해 나갔다. 아버지는 늘 엄마에게 든든한 남편이었다. 불안한 시기에 세상의 흐름을 꿰뚫는 타고난 총기로 아버지는 엄마의 삶을 지탱하는 기둥이었다.

이제 아버지는 양 볼의 처짐만큼 어깨까지 처진 초로의 노인으로 사그라져갔다. 아버지에게 엄마는 점점 아내에서 엄마의 자리로 이동해갔다. 아버지는 일을 하고 돈을 벌어오는 남편이었지만, 더 이상 남편으로서 배포를 드러내고 가장으로 위풍을 풍기는 엄마의 울타리가 아니었다. 아버지는 엄마가 챙겨 주는 손길과 품에 기대야만 숨을 쉬는 어린아이처럼 되었다.

집에 가는 길에 잠시 들렀더니, 엄마가 반색하며 말했다.

"마침 너 잘 왔다. 이거 저녁에 아버지 드릴 건데 냉장실에 좀 넣어두렴."

부스럭부스럭 소리 내며 둘둘 만 비닐봉지를 내게 건넸다. 아버지가 좋아하는 부세 보리굴비인데 10마리가 한 세트라 다른 아주머니와 사서 반 나누었다고 한다.

"부세면 부세고 굴비면 굴비지, 부세 굴비가 뭐야? 그냥 부세네…. 맛은 괜찮대요?"

"참조기만은 못하지만 맛이나 식감은 비슷해. 맛있다고 하기에 한번 사 봤다."

봉지를 건네받는데 목이 물컹해졌다.

"엄마가 고생이 많아요."

"어쩌겠니. 아버지가 저리 지내는 것만도 기적이다 싶다. 아버지를 내가 아니면 누가 돌보겠니. 힘들어도 아버지 챙길 사람은 엄마뿐이니… 너도 시집보내야 하고…. 엄마는 그 생각으로 다른 겨를이 없다."

엄마의 목소리는 한탄이나 슬픔은 묻어나오지 않는, 정말 책임만이 가득한 결연한 음성이었다.

태일이 토요일에 2시간 열리는 주말 레크리에이션 수업을 마치고 바람 쐬러 가자고 했다. 춥지는 않지만 선선한 11월이었다. 청재킷을 걸치고 방울토마토와 보리 음료를 들고 만났다. 태일은 튀기거나 기름기 많은 음식을 먹지 않기에 우리는 한강 공원은 자주 가지만 '치맥파'는 아니었다. 태일은 푸른 실에 얼핏얼핏 흰색 실이 섞인 카디건 스웨터를 입었는데, 따뜻하고 보드라워 보였다. 주차장에서 안으로 강을 따라 깊숙이 걸어 들어가 요트장이 있지만 사람은 비교적 한산한 곳에 자리를 잡았다.

태일은 캐나다에서 워킹 퍼밋을 운 좋게 받았지만 시점을 놓쳐, 장기어학연수 등 다른 길을 알아보는 중이다. 엄마가 적극 권한다고 했다.

"그래, 네 엄마나 우리 엄마는 남편과 자식에게 삶의 좌표를 맞춘 분들 같아. 그것만 보고 파도가 치는지, 폭풍우가 이는지 상관없이 거친 바다를 꿋꿋하게 항해하시는 분들이지."

나는 시선을 강물로 향한 채 낮게 말했다.

"네 어머니가 바라시는 것은 네가 꿈을 이루는 것이겠지. 아프신 아버지는 엄마가 온전히 감당하려 하시고. 장남이지만 네게 그 짐을 나누기를 원하지는 않으시는 것 같아."

혹시 남의 집 사정도 모르고 하는 말이 될까 봐 여태껏 하지 않았던 말을 했다. 마치 나에게 주문처럼 하는 말과 같았다. 엄마는 절대로 엄마 짐을 내가 나눠지기를 원하지 않으며, 내가 세상에서 훨훨 날기를 바라신다고, 나는 이제 그렇게 살아야 한다고 나는 수시로 뇌었다. 내가 그만 탈출구를 찾아 나감을 합리화했다. 그런 사정은 태일도 비슷할 것 같았다.

이야기를 나누던 중 태일이 나를 가볍게 안았다. 나란히 앉은 자세에서 긴 오른팔을 벌려 내 어깨를 감쌌다. 그러다 감정이 복받친 듯 왼팔을 뻗어 나를 둥그렇게 감싸 안더니 머리를 내 품에 묻었다.

"후우~ 엄마 품 같아."

그가 한숨을 토로하듯 뜨거운 입김을 품으며 짧게 외쳤다. 왜 그랬을까. 나는 그 말에 강한 거부감이 치솟았다. 그의 감정과 이 모든 상황이 뒤틀린 모습으로 다가왔다. 언젠가 나도 엄마가 될지 모르지만, 그에게 엄마 품으로 다가가는 여자는 되고 싶지 않았다. 송곳으로 찔려도, 흉통을 감추어도 엄마 품은 나로 인해 세상에 나온 내 아이를 향한 무한 책임의 품이다. 이미 내 엄마를 통해 절감하고 절감했다. 나를 위해 오늘도 삶을 감내하는 내 엄마, 내 엄마이기에 그 품을 나에게 열어주고 계심이다. 그런 품을 태일이 나에게서 느낄 수는 없다. 느껴서도 안 된다. 나는 강하게 말했다.

"난 너의 엄마 품이 아니야!"

태일을 밀어내고 조금 옆으로 떨어져 앉았다. 내 행동이 의외라 여겼는지 쌍꺼풀진 큰 눈이 더 휘둥그레졌다.

"나에게 엄마 품을 기대하지 마. 나는 네 엄마 품이 될 수 없어. 그만 가자."

나는 주섬주섬 가방과 음료수병을 챙기며 일어섰다. 태일이 당황해하며 따라 일어섰다. 태일이 무어라 말을 이었지만 귀에 들리지 않았다.

도대체 '엄마'란 무엇인가. 세상에는 오늘도 온갖 종류의 엄마 이야기가 넘쳐난다. 갈수록 엄마와 자식의 관계를 천륜으로 포장하는 일이 말이 안 되는 세상이다. 엄마와 자식의 수만큼 서로 너무나 다른 엄마들이 천지이다. 얼마 전에 본 영화 『디 아워스』(The Hours)에 나오는 세 여인이 생각났다. 시간과 공간이 달라 얼핏 달라 보이지만, 나의 이해로는 자신들의 이름을 잃은 삶에 대한 저항이 각각 자살, 도피, 순응으로 나타났다. 그 가운데 어린 남자아이가 창 안에서 떠나가는 엄마를 절규하며 부르는 장면이 기억에 오래 남았다. 어린 자기 아들의 부르짖음을 뒤로 하며 걸음을 옮기는 엄마의 얼굴이 화면 가득 클로즈업된다. 그 얼굴을 보며 나는 소리 없이 뇌였다.

'아, 어떻게 엄마가 저렇게 모질게 집을 나가버릴 수 있을까! 단한 번 돌아보지 조차 않는구나. 세상에는 정말 엄마의 수만큼이나 서로 다른 엄마가 있다.'

엄마로서의 경험은 없지만 내 엄마를 반추해 보며 영화의 그 장면은 나에게 충격이었다. 뒷날 그녀는, '가족을 떠난 것은 선택이아니라 숙명이었습니다. 절망적인 현실보다 삶을 택했습니다.'라고 회상했다. 그러나 그 어린 아들은 평생 대답을 들을 수 없는 물음을 묻고 또 물었으리라. 왜 엄마는 나를 떠나갔느냐고. 결국 그 아들의 상처는 끝내 아물지 않았다. 그리고 극단적 선택으로 생을 마감했다.

나는 모성 이데올로기에 따른 어머니 노릇을 내가 다시 재생산하여 되풀이할 생각은 없다. 특히 가부장 체제에 부합하는 어머니상은 내게 한 조각도 없다. 하지만 흉통을 감내하며, 남편이건 자식이건 다른 사람을 먼저 배려하는 인간의 그 희생과 사랑을 감히 존경한다. 그러나 태일을 그런 엄마 품으로 품어줄 의향은 내게 전혀 없다. 그 뒤, 나는 태일을 만나지 않았다. 혼잡한 거리를 걷느라 그의 팔을 내가 슬쩍 잡고 걸은 일은 있지만 딱히 손을 잡은 적도 없는 사이였다. 그러니 '이별'이나 '헤어짐'이라는 용어를 적용하기도 어정쩡했다. 관계의 단절, '없던 일'이 되어 버렸다. 하지만 정말 없던 일은 아니었다. 마음 한편에 그의 어깨에 얹힌 무게가 아직은 뻐근하게 느껴졌다. 내가 나누어질 것도 아니고 해결해 줄 수 없는 일인데도 그랬다. 또한 그는 내 안에 눌러 둔 분노와 슬픔, 우울을 이기고 걸어 나가도록 안내해 준 불빛이었다. 그에게 나와의 시간은 '어떤 일'로 남았을까. 어떤 의미로 남았건 더 이상 내가 곰곰이 짚어볼 문제는 아니다. 다만 나는 태일에게 엄마 품이 되고 싶지 않았다. 분명한 사실은 그 어떤 남자에게도 나는 '엄마 품'일 수 없음이다.

차
라
리
잘
됐
어

나머지 공부

제출할 이력서를 작성할 때마다 곤혹스럽다. 7개나 되는 초등학교명을 그대로 놔둘까, 적당히 줄일까 하는 갈등 때문이다.

진해초등학교, 광주 비아초등학교, 광주 중흥초등학교, 원주 단계초등학교, 서울 노량진초등학교, 서울 마포초등학교, 서울 봉천초등학교.

나는 이렇게 7개의 초등학교에 다녔다. 사실 초등학교 졸업은 아무 증명서도 필요 없는 이력이다. 매번 최종 졸업학교인 서울 봉천초등학교만 기록하고 싶은 마음 가득하다. 하지만 그때마다 잊을만하면 세상을 떠들썩하게 하는 유명인의 학력 위조, 사문서위조, 위장 전입학이라는 꺼림칙한 단어가 떠오른다. 그와 전혀 상관없는 나의 이력이지만, 어떻든 그 부류에 포함되는 것 같아 싫었다. 결국 날짜순으로 컴퓨터에 엑셀로 저장해 둔 기록을 두 번 세 번 확인하며 7개에 이르는 초등학교명을 그대로 두었다. 만일 이 이력서로 면접까지 가면 사정을 설명할 말은 늘 준비되어 있다.

"아버지가 군인이셨습니다."

나의 출생지 주소는 강원도 화천군 간동면 '무번지'다. 산악지역인 화천에 발령받은 아버지는 이동한 즉시 가족과 함께 살 곳을 찾아나섰다. 부모님은 간신히 거처할 곳을 얻었는데, 번지수가 없었다. 어머니 말에 따르면 당시 화천은 첩첩산골이고 전기도 없었다. 집에는 군용 비상전화가 있고, 아버지는 잠잘 때조차 늘 총을 찼으며, 툭하면 새벽에도 비상이라며 나갔다고 했다. 그렇게 외진 지역인 화천의 무번지 집에서 나는 산파의 도움으로 태어났다. 어느 여름은 긴 장마에 화천댐이 무너진다는 소식에 군인들이 군용 트럭을 동원해 주민들을 모두 태워 산으로 대피시켰다. 엄마는 언니와 갓난 나를 안고 비가 억수같이 쏟아지는데 트럭을 타고 끝도 없이 비포장 언덕을 올라간 기억이 남아있다고 했다. 그다음 옮겨 간 곳은 경기 양주시 남면 신산리인데 역시 무번지였다. 군인 아파트가 제대로 보급되지 않던 시기였고, 특히 외진 지역이면 무번지라도 얻으면 다행이었다. 대개는 일시금을 주면 매달 일정 금액을 제하는 방식이었다고 했다.

사택에서 살게 되고 내가 초등학교에 입학한 곳이 진해였다. 소위로 임관한 아버지가 장교로 다시 육군대학을 다니시느라 진해로 갔는데, 작은 마당이 있는 사택이 제공되었다. 엄마는 그 마당에 푸성귀를 심어 거두어 먹고, 병아리를 키웠다. 그곳에서 나는 진해 초등학교에 입학했다. 그 뒤로 군인 아버지를 따라 나와 언니는 일 년이 멀다 하고 초등학교를 옮겨 다녔다. 한 학교에서 한 학년을 온전히 끝내지 못한 경우가 대부분이었다. 이 학교에서 배우다가 저 학교로 가면 지난번 학교에서 이미 배운 내용이었다. 그 경우는 그나마 다행이었다. 대개 새 학교의 진도는 이전 학교에서 두어 단

원 건너뛰어 있었다. 나는 배우는 내용을 이해하기 힘들었고, 시험 성적도 좋을 리 없었다.

광주 중흥초등학교 2학년일 때였다. 방과 후 청소로 분잡한 교실에서 선생님이 조용히 나를 불렀다.

"미혜야, 남아서 따로 공부 좀 더 하자."

선생님은 교사 책상을 마주한 제일 앞자리에 나를 앉게 했다. 국어와 산수를 중심으로 내가 배우지 않은 단원을 간단히 가르쳐 주었다. 받아쓰기를 시키며 맞춤법과 띄어쓰기를 점검했고, 국어 책을 큰 소리로 읽게 하였다. 산수는 두 자릿수 이상의 곱셈과 나눗셈을 시키고 구구단도 확인했다. 다른 과목은 교과서 내용을 공책에 옮겨 쓰게 했다. 매일 한 시간씩 몇 달 동안 '나머지 공부'를 했다. 나는 너무 부끄럽고 수치스러워 엄마에게 말도 안 했는데, 지금 생각하니 선생님이 방과 후 당신의 시간을 기꺼이 내어준 따뜻한 관심과 열정의 표현이었다.

나머지 공부를 마치고 조심조심 집안으로 들어섰다. 무등산 유원지에 벚꽃을 구경한다고 친척들이 몰려와 집은 북새통이었다. 엄마는 식사 준비와 꽃놀이 수발로 분주했다. 나와 언니를 챙길 겨를이 없어 보였다. 하지만 나의 늦은 하교가 계속 이어지자 드디어 엄마가 물어왔다.

"미혜야, 너 왜 언니보다도 더 늦게 집에 오니? 네 학년 다른 아이들은 다 왔는데, 너만 안 와서 기다렸다. 왜 매일 늦는 거니?"

나는 엄마 앞에 가방을 품에 앉은 채로 입술을 달싹거리다 정말 모르겠어서 물었다.

"언니도 아니고 기헌이도 아닌데, 나를 왜 기다려?"

엄마 질문을 들은 내 심정은 정말 그랬다. 나머지 공부한 것을 알면 혼날까 봐 말을 안 했지만, 정말 엄마가 나를 왜 기다렸을까 갸우뚱했다. 엄마는 두고두고 나의 그 말을 서운해 했다.

'나머지 공부'가 광주 중흥초등학교에서의 경험만은 아니다. 전학할 때마다 나 혼자서 겪어낸 어려움이다. 제대로 따라가지 못해 야단맞기도 했지만, 따뜻하게 격려하며 가르쳐 준 선생님도 있었다. 두 살 위 다혜 언니는 나와 달라 보였다. 나머지 공부를 마치고 살그머니 집으로 가면 언니는 이미 집 어딘가에서 흥얼거리며 놀고 있었다. 방바닥에 엎드려 두 발을 앞뒤로 흔들며 책을 보거나, 부엌에서 엄마 뒤를 폴짝폴짝 따라다니며 무언가를 먹기도 했다.

진해초등학교 다닐 때 온 가족이 버섯을 먹고 모두가 배탈이 나서 고생한 기억이 있다. 마침 태풍이 와서 그 와중에 문짝을 붙잡고 가재도구를 챙겼지만, 지붕이 반이 날아가 버렸다. 원주 단계초등학교에서는 사령부 옆 스케이트장에서 겨우내 스케이트를 타며

재밌어했다. 하지만 정이 들 겨를도 없이 학교와 친구, 사는 곳은 계절만큼이나 자주 찾아오는 변화였다. 이사라면 도가 튼 엄마가 뒤적뒤적 모아 둔 끈들을 챙기면 곧 옮겨감을 의미했다. 엄마는 헌 넥타이, 이불 홑청을 길게 잘라 꼬아 만든 끈 등으로 혼자서 야무지게 짐을 묶었다. 그러면 언니를 따라 나도 주섬주섬 교과서와 공책, 필통, 인형 등을 엄마가 준 보자기에 담아 묶었다. 아버지 군부대에서 보내 준 군용트럭에 짐이 실리면 우리는 덜덜거리는 지프차를 타고 차멀미에 시달리며 어디론가 또 옮겨갔다.

초등학교 내내 학교나 동네에서 친구를 사귈 만하면 헤어졌다. 등하굣길을 조잘거리며 함께 오가던 친구와 익숙해질 만하면 작별했다. 학기 중에 불쑥 끼어든 전학생이라는 어색한 시기를 지나 급우들과 말을 섞고 어울릴 무렵이면 다시 지프차에 올랐다. 경상도 말투를 벗고 간신히 전라도의 어투에 익숙해지면, 다시 또 사투리를 쓴다고 놀림 받았다. 어린 시절에 친구는 얼마나 일상에 비중이 큰 관계인가. 하지만 난 매번의 전학에 친구와 헤어지게 된 슬픔보다, 누군가 싫어질 만하면 헤어져서 좋았다. 놀림에서 벗어나 홀가분했다. 길을 익힐 만하면 새로운 장소에 다시 익숙해지는 것처럼 이별에 무덤덤해졌다. 마음을 온전히 열지 못함이 성장판에 차곡차곡 새겨졌다.

나와 달리 언니는 매번 단짝을 만들고, 전학할 때면 선물을 받아왔다. 한동안 '우리의 우정은 영원하자'는 등의 편지가 오갔다. 하지만 곧 새로운 단짝과 갈래머리를 나풀거리며 학교에서 함께 돌아왔다. 친구들에게 나와 동생을 소개한 뒤 방에서 깔깔거리며 노는 소리가 들렸다. 친구가 간 뒤에는 엄마나 나에게 친구와 나눈 이야기를 장황하게 또 했다. 지프차에 오를 때도 언니는 선물받은 인형을 품에 안고 폴짝 올라탔다. 차창 밖에 지나가는 빛바랜 가게 간판, 늘어선 나무, 저 멀리 알지 못하는 사람이 사는 집을 향해 손을 흔들기까지 했다. "빠빠이, 빠이 빠이~~"

기헌이는 2학년부터 서울에서 살았고, 단 한 번 전학을 경험했다. 기헌이는 두 누나의 책과 엄마의 막내아들에 대한 각별한 관심으로 입학 전부터 동화책을 줄줄 읽었다. 원주 작은 아파트에 살때부터 이미 기헌이는 동네 아주머니들로부터 신동으로 칭찬받았다. 서울에서 기헌이는 깨끗한 옷차림으로 학교도 으쓱거리며 다녔다. '나머지 공부'의 수모와 7번의 전학, 어리바리한 전입생으로 겉돈 기억은 나만의 이야기다.

전국을 찍고 찍듯이 오간 초등학교의 화려한 전학 이력은 5학년 이후 더 이상 새로운 지방이 추가되지는 않았다. 하지만 집을 갖기 전까지 서울에서 이리저리 옮겨 다녔다. 아버지가 서울 육군

본부로 발령받아 온 가족이 처음 서울로 올라왔다. 미처 월세방을 얻지 못해 여관에서 한 달을 살며 학교에 다녔다. 엄마는 간신히 노량진 언덕에 녹슨 양철 대문집의 반지하 셋방을 구했다. 나는 그 집 주인 할머니가 무서웠다.

"아니 아이가 셋이나 되는데 왜 미리 말을 안 했어! 마당에서 뛰어놀지 못하게 좀 해!"

기헌이가 마당에서 공이라도 차려하면 할머니는 우리들 앞에서 엄마에게 큰 소리로 노기를 드러냈다. 내가 학교에 오갈 때도 할머니는 한 소리씩 했다.

"야야, 그 철문 약하다. 쾅쾅 닫고 다니지 마라."

서울 살기는 그렇게 야멸스러운 집주인의 눈총을 감내하며 시작했다. 아버지와 엄마는 남산에 올라가 도심을 가득 채운 반짝이는 불빛을 내려다보며 이야기를 나누었다고 했다.

"이 넓은 서울에 저렇게도 집이 많은데, 우리 집은 없구료."

아버지는 새로운 발령지인 김해 공병학교로 다시 내려갔다. 엄마는 노량진 양철 대문 집을 떠나 마포에 전세를 얻었다. 지프차가 뒤로 밀려 내려갈 것 같은 가파른 언덕에 서서 우리를 내려 주었다. 밑동 페인트가 벗겨진 하늘색 나무 대문을 열면 앞마당을 두고 바로 보이는 현관이 주인집이었다. 그 문을 끼고 왼쪽으로 돌아가면 앞마당과 뒷마당 사이에 작은 '집'이 또 있었다. 옆 마당인지 옆길이라고 해야 할지 어정쩡한 공간을 앞에 두고 작은 방 두 개와 마루, 그 옆에 부엌이 붙어 있었다. 언니와 내가 한 방을 사용했고, 기헌이는 엄마와 지냈다. 나와 동생은 서울 마포초등학교 5학년과 2학년이 되었다.

평생을 알뜰살뜰하며 손끝이 야무진 엄마는 일 년 뒤 봉천동에 작은 집을 사고 아버지 이름이 새겨진 나무 문패를 달았다. 얼키설키한 이삿짐을 실은 트럭이 봉천동 고개를 넘어가는데, 도로포장 상태가 안 좋아 차가 심하게 흔들렸다. 그 경사지에 위치한 방 2개에 문간방이 따로 있는 작은 집이었다. 나의 마지막 초등학교 이력은 봉천초등학교로 마감됐고, 언니는 봉천 여자 중학생이 되었다. 엄마는 자다가도 일어나 손으로 마루를 쓸어보고, 기둥도 만져보며 꿈인가 생시인가 할 정도로 내 집에 사는 게 기뻤다고 했다. 엄마는 문간방에 하숙생 2명을 들였다. 지금은 흔적도 없는 그 집에서 엄마는 아버지에게 오가면서 아이들 셋과 하숙생 두 명을 건사했다.

엄마는 결혼할 때 혼수 하나 못 받았다며 부모님을 자주 원망했다. 8남매에서 둘째 딸인 엄마는 위로 언니, 제일 막내 여동생, 그리고 엄마 아래로 남동생만 줄줄 다섯 명이 있었다. 엄마는 자랄 때 개구지고 말썽꾸러기인 남동생을 모두 둘째 딸인 엄마가 업어 길렀다고 했다. 하지만 언니가 결혼할 때는 큰딸이라고 자개장에 뒤에 혼수를 트럭으로 바리바리 실어 보내고, 막내는 막내딸이라고 두루두루 챙겨 보내고 엄마만 아무것도 안 해주셨다고 했다. 엄마 부모님은 신랑이 늘 옮겨 다녀야 하는 군인이니 이다음에 정착하면 그때 혼수를 장만해 주마고 약속하셨다 한다.

은수저 세트 말고 아무것도 못 해간 엄마는 사과 궤짝 엎어 놓고 밥공기 2개, 수저 2개로 신접살림을 시작했다고 분한 목소리로 말하곤 했다. 엄마는 이 산골에서 저 시골로 옮겨 다니며 시부모님께 생활비를 보냈고, 친정 부모님의 약속을 믿었다. 안방에 자개 장롱과 문갑을 두고 살 것을 상상하며 가난하고 척박한 환경을 감내했다. 하지만 봉천동 집을 장만했어도, 막상 양가 부모님께 아무것도 받지 못했다. 두 집안의 부모님과 형제들도 사정이 있었겠지만, 엄마에게는 평생 남는 가장 마음 상한 일이었다. 결국 엄마에게 봉천동 집은 첫 내 집이라는 기쁨인 동시에 양가 부모님으로부터 완전히 마음이 돌아선 전환점이었다. 엄마는 가끔 부모 형제를 향한 노여움을 표출하면서 언제나 마무리는 아끼고 아껴 봉천동 집을 마련했다는 자부심이었다.

봉천동에 살게 된 뒤부터 엄마는 자주 집을 비웠다. 지방에 혼자 살던 아버지에게 다녀오기 위해서였다. 엄마의 일정은 이삼일로 끝나기도 했지만, 일주일로 이어진 경우도 많았다. 일찍부터 다혜 언니는 엄마가 만들어 둔 반찬이 있어도, 혼자 김치를 담그고 국을 끓이는 등 장녀의 몫을 톡톡히 해냈다. 학교에서 돌아오면 어느 순간 부엌에서 언니가 외치는 소리가 들렸다.

"미혜야, 기헌아, 떡볶이 먹을래?"

언니의 솜씨는 떡볶이에서 조리 과정이 복잡하고 시간도 오래 걸리는 점점 더 어려운 요리로 발전하였다.

아버지에게 다녀온 엄마는 늘 눈이 동그래져 흡족함이 섞인 말투로 물었다.

"다혜야, 네가 김치를 담갔냐?"

"시상에나. 이 코다리를 다혜 네가 졸여놨니?"

엄마와 언니의 도돌이표 같은 대화가 이어지면서 언니의 음식 맛은 갈수록 엄마가 한 맛과 비슷해졌다. 나는 어정쩡한 표정으로 언니와 엄마를 번갈아보며 먹기만 했다. 엄마의 흐뭇한 미소와 언니의 조잘거림 사이에서 모든 음식을 젓가락으로 깨작거리며 먹었다. 맛있다는 말도 꾹꾹 삼켰다. 사진으로 남은 어린 시절의 나는 키가 크고 성숙한 언니와 통통한 기헌이 옆에 혼자 바싹 말라 창백한 얼굴이다. 아버지가 얼른 카메라 셔터를 눌러 햇빛 아래 선 부동자세를 벗어나기만 기다리는 찡그린 표정이다. 가족사진에는 엄마를 뒤로하고 기헌이가 가운데 있고, 누가 더 추가되건 빠지건 나는 늘 줄 끝에 서 있다.

봉천초등학교부터 나는 관계의 항상성을 습득해야 했다. 교단 위에 올라가 무표정한 급우들에게 어색한 작별 인사를 하고, 이삼일 뒤면 낯선 얼굴을 마주하며 만나서 반갑다는 말을 건넬 일은 더 이상 없었다. 새로 온 전입생인 나에게 쏠리는 눈길을 의식하며 의자 끝에 걸터앉던 반복된 경험도 그쳤다. 하지만 언니가 친구들과 언덕길을 조잘조잘 오르내리고, 집으로 친구들을 끌어들여 쏙살거려댈 때, 나는 신발주머니만 휘휘 흔들며 혼자 오갔다. 괴롭히는 백조들도 없는데 나는 스스로를 무리에 끼지 못하는 미운 오리 새끼로 생각했다.

부모님이 편애한다는 느낌을 받은 일은 없다. 하지만 나는 집에서도 왠지 주눅이 들었다. 엄마의 빈자리는 언니가 넘치게 채웠고, 부모님의 웃음은 막내를 향했다. 나는 엄마와 언니의 요리 솜씨를 흉내 낼 재간이 없어 아예 요리에 관심을 끊었다. 설거지나 뒷정리를 돕는 것으로 둘째 딸의 임무를 면피했다. 언니는 나보다 키만 조금 더 컸다. 길이는 약간 손 봐야 했지만 체격이 비슷해 언니 옷을 물려 입어야 마땅했다. 하지만 어릴 때부터 나는 한사코 언니 옷을 입지 않았다. 일일이 따로 사 주기 힘든 시절에 엄마는 나를 옷 투정하는 까다로운 딸로 나무랬다. 하지만 알록달록 꽃무늬, 만질만질하게 미끄러지는 옷감, 반짝이가 장식되어 있는 언니 옷은 내게 너무 어색했다. 결국 벗어버리고 차라리 쑥쑥 커가던 기헌이의 무채색 셔츠를 입었다.

무채색 둘째 딸

중학교에서 도서반에 들어간 것을 계기로 나는 책을 읽고 발표하는 활동에 큰 흥미를 느꼈다. 도서관 봉사 시간이면 서가에 즐비한 책을 구경하며 넋을 잃었다. 관심이 가는 책을 언제든지 읽을 수 있음이 꿈만 같았다. 사서 선생님은 얼굴이 갸름하고 키가 큰 미혼의 여자 선생님이었다. 학과목 선생님들과는 달리 미소가 가득한 얼굴로 친절히 반겼다. 도서반 공식 활동이 아니어도, 도서관에 들른 우리들에게 책을 소개해 주고, 가끔 소감도 물었다. 단테의 『신곡』을 읽고 쓴 어쭙잖은 나의 독후감을 읽고 선생님은 격려의 눈빛을 보내며 감탄의 말도 건넸다.

"오우~ 대단할 걸!"

　나는 어깨가 으쓱하여 개인적인 '독후감 노트'를 만들고, 비록 청소년용으로 축약된 내용이지만 세계 명작을 섭렵하였다. 나라, 지역, 이름도 낯설었지만, 글이 상상하게 해 주는 세상에 빠졌다. 중학교 3학년이 되어서야 내 말에 여러 지방의 억양이 뒤섞인 말투가 사라졌다. 가정통신문에는 발표를 조리 있게 잘한다는 담임선생님의 칭찬이 쓰여 있었다. 가끔은 여러 지방에 두루 살았고, 봉천동 이후로 내내 서울에 사는 엄마가 평생 고향의 억양을 사용하는 게 의아했다. 어릴 때의 말투, 음식, 경험 등은 지울 수 없는 '타투'처럼 새겨지는 것일까.

언니는 여대 의류의상학과에 진학했고, 부모님은 흡족해했다. 언니가 한창 밝고 화려한 차림새와 싹싹한 미소로 대학 생활을 할 때, 나는 한국 고전문학에 빠져들었다. 우연히 잡은 『용재총화』라는 책을 읽으며 완전히 그 세계로 몰입되었다. 옛 선비들이 쓴 '고전시가'는 내가 접한 그 어느 글보다도 감정표현이 절절했다. 그 시대의 환경을 상상하며 감상한 그들의 사랑, 이별, 그리움은 나를 격정으로 끌고 들어갔다. 결국 나는 남자들이 득실거리는 남자학교와도 같은 이미지를 가진 남녀공학 국문과에 입학했다. 고전문학을 전공하리라는 결심과 함께였다.

나의 선택에 대해 아버지는 별말씀이 없었다. 아버지는 자신에게 엄격했지만, 평생 자식들에게 이래라저래라가 없는 분이었다. 하지만 어머니는 달갑지 않은 목소리로 내게 퉁명스럽게 물었다.
"그 성적으로 여자대학 가면 엄마들이 선도 안 보고 데려갈 텐데, 왜 하필 그 학교냐? 그리고 문학해서 어디에 취직을 하냐?"
'엄마, 세상의 가치를 꼭 돈으로만 환산할 수는 없는 거예요.'라는 말이 하고 싶었지만, 입술만 오물오물했다. 그 무렵에 처음으로 난 언제 독립할 수 있을까 하는 생각을 했다.

의상학 전공자답게 언니의 차림새는 화사하고 밝았다. 긴 머리를 웨이브지게 잘 가꾸었고, 화장도 곱게 잘하고 다녔다. 나는 긴 생머리 단발에 무늬라면 질색하며 늘 무채색 민무늬 옷을 입었다. 머리숱이 많아 더운 날이면 검정 고무줄로 질끈 한데로 묶고 다녔다. 화장은 할 줄도 몰랐지만, 해도 어울리지 않을 거라며 시도조차 안 했다. 화려한 무늬가 있거나 레이스 풍 옷도 내겐 맞지 않는다고 지레 확신했다. 아버지는 가끔 나에게 한마디를 건넸다.

"너도 그 칙칙한 회색이나 감색 말고, 밝은 색 옷을 좀 입어봐라."

언니 남자친구에 대해서는 자세히 모르지만, 언니는 곧잘 선물로 여겨지는 물건을 들고 왔다. 언니가 4학년이 된 뒤로 그런 물건들은 점점 비싸고 의미가 담긴 제품으로 바뀌었다. 그 전에 작은 스탠드, 예쁜 파우치, 머리핀 등이었다면 차차 팔찌, 귀걸이, 시계로 변했다. 4학년 2학기의 어느 날 언니는 그 모든 물건을 정리하고 부모님께 결혼하게 중매를 넣어 달라고 했다. 나이 어린 신부이고 싶고, 아버지가 현직에 있어야 좋은 혼처를 알아볼 수 있다는 이유였다.

늘씬한 키에 피부도 뽀얗고, 무엇보다 성격이 밝고 명랑한 언니는 처음 본 사람에게도 어색하지 않게 말을 걸고, 돌아설 때면 친구로 만들어 버리는 능력이 있었다. 그리고 손길이 야무졌다. 중학생 이후 이미 엄마를 앞선 요리 실력은 우리 식구의 입맛을 한 등급 올려놓았다. 식탁에서 아버지는 허허 웃으며 늘 집에서 먹는 밥이 제일 맛있다고 했다. 어느 겨울 하굣길에 신형 중형세단에서 밝은 미소로 내리는 언니를 보았다. 얼마 뒤 언니는 그 안에서 손을 흔들던 남자와 약혼식을 올렸다. 엄마는 곧 결혼식인데 별도로 약혼식을 해야 하냐며 부담스러워했다. 언니가 한사코 호텔 약혼식을 원했고, 부모님은 첫 혼사니 원하는 대로 해 주자고 뜻을 합쳤다. 형부는 키가 헌칠하고 빠질 곳 없는 미남이었다. 말수가 적고 매우 예의 바른 부잣집 아들이었다.

결혼을 앞두고 언니는 가져가지 않을 옷, 신발, 가방, 액세서리 등을 모두 꺼내놓았다.

"미혜야, 여기에서 너 가지고 싶은 거 다 가져."

아무리 골라 보고, 거울 앞에 서서 내 몸에 대어 봐도 언니 옷 가운데 내가 소화해 낼 옷은 하나도 없었다. A4용지가 들어갈 넉넉한 책가방을 들고 다니는 내게 가는 쇠줄 끈이 달렸거나 작은 장식이 붙은 언니의 조그만 가방은 모두 적당하지 않았다. 신발은 언니가 나보다 한 치수 컸다. 무언가 얻어내고 싶었는데 공연히 손해도 아닌 손해를 보는 기분이었다.

언니의 혼사 때문에 할머니가 올라와 며칠간 머물렀다. 할머니는 언니가 거실 한구석에 가져가지 않을 물건을 내다 놓을 때마다 한마디씩 했다.

"우리 아들 돈 많이 벌었다. 이제 보니 우리 아들 돈 많이 벌었네."

언니의 옷가지며 가방을 들척이며 던지는 할머니의 말은 엄마의 심경을 몹시 상하게 하였다. 큰고모가 와서 며칠간 함께 한다며 할머니를 모셔갔다. 마침 돌아온 기회를 놓치지 않고 저녁에 아버지가 들어오자 엄마는 할머니에 대한 불만을 볼멘소리로 쏟아 놓았다.

"아니, 어머니는 혼사가 아니라 나를 괴롭히러 오셨나 봐요. 사사건건 참견하며 다혜 결혼식 핑계로 며느리에게 하루 종일 어거지를 쏟아 내고 있어요."

아버지는 편치 않은 표정으로 말없이 식사만 했다. 둘러앉은 우리들도 유달리 조용하게 밥만 먹었다. 그건 어릴 때부터 우리의 불문율이었다. 엄마가 할머니에 대한 불만을 아버지에게 드러낼 때 끼어들지 말고, 편들지 말고 조용히 있을 것.

양가의 첫 혼사는 시끌벅적한 축하와 덕담으로 잘 마쳤다. 결혼식장의 신부와 신부 부모님은 늘 보는 이의 코끝을 찡하게 만든다. 막상 웨딩드레스를 입고 아버지 손을 잡고 식장에 언니가 들어설 때 나도 목젖이 뭉클하게 뜨거웠다. 가족과 친척이 몇 줄로 놓인 계단에 올라 사진을 찍는데 아버지가 표정 관리가 안 되어 시간이

지체되었다. 눈물을 참느라 아버지의 표정이 자꾸 우그러졌다. 엄마가 곤란한 표정으로 아버지를 손으로 쿡쿡 쳤고, 아버지도 뒤통수로 쏟아지는 눈총을 의식해 간신히 감정을 수습했다. 아버지는 두고두고 친척들로부터 딸 결혼식에 눈물을 보였다는 놀림을 들었다. 신부가 나였어도 아버지가 그랬을까. 결혼식과 피로연에서 일가친척과 언니 친구들, 누군지 정확히 모르는 하객들로부터 수시로 받은 인사말과 질문에 내 표정이 어땠는지는 모르겠다.

"아유, 미혜 너는 올해 몇이냐?"

"다음은 미혜 네 차례구나."

"미혜 지금 무슨 일 하니?"

언니와 형부는 내 눈에 영화배우처럼 아름다웠다. 보이지도 않다가 갑자기 두 사람을 묶는 인연은 참 신비한 끈이다. 지금까지도 언니는 형부와 한 번도 크게 싸워본 적이 없다고 한다. 내 인연의 끈은 어디 우주를 유영하고 있을까? 언젠가 나도 그 한끝을 잡아당기면, 저편을 잡고 있는 누군가와 영원히 엮이는 날이 올까?

아버지는 대령으로 55세에 계급 전역을 했다. 나도, 군대를 다녀온 기헌이도 둘 다 학생이었다. 기헌이는 부모의 지원에 의지해도 되는 대학생이지만, 나는 부모님 앞에 나이가 꽉 찬 무능력한 대학원생이다. 구박을 받거나 눈칫밥을 먹는 것이 아닌데도 바퀴달린 편안한 내 공부방 의자가 자꾸 불편하게 다가왔다. 석양 햇살이 창문 안으로 깊숙이 늘어져 들어올 무렵 내내 의자에 앉아 있던 나는 허리를 펴기 위해 일어나 몸을 뒤로 크게 한번 젖혔다. 시계를 보니 마침 오후 5시 30분이다. 문밖으로 나가 보았다. 언덕 아래 저 멀리에 아버지가 걸어오는 게 보인다. 군복 대신 양복을 입은 큰 키의 아버지가 휘적휘적 올라온다. 아버지의 스치는 소매 끝단과 바짓단에서 무거운 담배 냄새가 풀풀 날리는 듯하다.

"엄마, 저기 아버지 오세요."

정확한 아버지의 귀가 시간에 맞춰 엄마도 압력밥솥을 올려둔 가스 오븐에 불을 켠다. 평생 모든 일정이 정확하게 들어맞는 두 분의 삶이다.

걸어오는 아버지를 바라보고 있자니 어깨에 가장의 무게, 오늘 나누었을 대화의 무게가 느껴진다. 새카만 얼굴에서 20년 동안 하루 2갑씩 피운 담배의 인이 묻어나올 것 같다. 마음 깊숙한 곳이 아파 온다. 아직 새로운 자리를 얻지 못한 아버지는 아침마다 양복을 차려입고 같은 입장의 전역 동료들이 모이는 기원에 간다. 그리고 정확한 시간에 돌아온다. 엄마는 오로지 예금, 적금, 안 쓰고 안 먹기로 살아왔다. 투기 바람이 불어도, 부동산 시장이 들썩해도 부모님은 위험부담이 있는 일은 아무것도 안했다. 전역 뒤 군인 연금에 의지하며 절약과 검소로 일관했고, 그 덕에 나도 학업을 지속할 수 있었다. 우리 집에는 나나 기헌이 나이보다 더 오래된 물건들도 제법 많았다. 선풍기, 밥솥, 토스터 등 전자제품에서 소소한 생활용품과 그릇에 이르기까지 망가지거나 부서지지 않는 한 새로 사는 일은 없다.

기원에 오가는 담배 연기 매캐한 시간을 1년여 보낸 아버지는 준 공공기관에 3년 임기로 자리를 얻었다. 평생 하루 담배 2갑으로 새카맣던 얼굴에 조금씩 혈색이 살아났다. 살림에 애착이 강한 엄마는 실력을 한껏 발휘하며 아버지의 퇴근을 기다렸다. 월급이 얼마인지 모르지만 부모님은 흡족해 보였다. 아버지는 군대가 정말 싫었다고 절레절레 고개를 흔들었다. 농담 반, 진담 반으로 하루 담배 2갑이 그 싫은 군대 삼십 년을 버티게 해 주었단다. 아버지는 원래 외과 의사를 꿈꾸며 의대를 다녔다. 그런데 부모님이 땅 팔고 패물 팔고, 뭐든 돈이 될 만한 것은 다 내다 파는 것을 보고 자퇴하고 육군사관학교에 들어갔다. 육군사관학교에 간 까닭은 온전히 학비가 무료라는 이유 때문이라고 했다. 그렇게 꿈을 접었기에 아버지는 내가 계속 공부하는 것을 말없이 격려해 주었다.

내가 느끼기에 아버지는 문과 성향이 강했다. 내 책꽂이에서 고전 책을 슬쩍슬쩍 가져다 읽으며 재미있다는 말을 건네기도 했다. 운동은 정말 소질이 없어, 군대에서 선착순 달리기하면 미리 자진해 일명 '꼬라박기'를 했다고 한다. 술은 한 모금도 못 하니, 부하들이 편하지는 않았겠다 싶다. 전역 뒤 아버지는 군복과 비슷한 색이 섞인 셔츠조차도 안 입었다. 선물로 받은 체크 셔츠에 국방색이 아주 가는 줄로 들어가 있었는데, 당장 교환했다. 옷은 물론 모자, 가방을 비롯해 집안 어디에라도 국방색이 들어간 물건을 질색했다. 어느 날 아침에 불쑥 아버지는 가족들 앞에서 선언했다.

"나 오늘부터 담배 안 핀다."

그 뒤로 아버지는 정말 다시는 담배를 피우지 않았다. 하루아침에 금연한 아버지를 두고 사람들은 모두 대단하다고 혀를 내두른다. 흡연의 강한 동력이 군대였기에 이제 금연이 가능해진 것일까, 아버지가 엄청나게 독한 분이신 걸까.

인생 2막에 아버지는 잘 적응했고, 엄마는 본격적으로 중년 여성의 즐거움을 누리며 보냈다. 안정된 삶에 친구들과의 온천 나들이와 고스톱을 곁들였다. 기헌이는 졸업도 하기 전에 정부의 벤처 정책, IT 산업지원 정책의 붐으로, 성공한 남자의 보증수표처럼 간주되는 기업에 취직했다. 4년 전 결혼한 다혜 언니는 첫딸을 낳고, 둘째를 임신 중이다. 언니는 올 때마다 깨알같이 결혼생활의 재미를 털어놓아 어머니의 깔깔 웃음소리와 아버지의 얼굴을 미소로 가득하게 하였다. 첫 외손녀의 모든 말과 행동은 부모님에게 돈을 내고 하라 해도 서로 나선다는 자랑거리였다.

나는 늘 부모님께 감사하고 언니와 동생도 사랑한다. 볼 때마다 달라지는 조카의 성장은 우주의 경이로움만큼이나 가슴이 뭉클해지는 신비한 세계다. 하지만 난 늘 뭔가 주위가 휑했다. 내가 물러선 것인지, 다른 가족이 한 걸음 덜 다가온 것인지 빈 공간에 에둘려 있었다. 언니는 내게 상냥했고 성장기에 엄마의 빈 곳을 넘치게 채워 주었다. 일찍 결혼한 언니는 지금은 언니라기보다는 아예 막내 이모처럼 여겨진다. 친정에 오면서 바리바리 밑반찬을 싸 오고 식구들을 챙긴다. 동생은 아이스크림을 먹을 뿐이어도 귀엽다. 양복을 입고 회사에 다니지만, 식구 모두의 눈에 동생은 영원히 개구진 막둥이다. 나는 어떤 둘째 딸일까?

대체 가능 인력

평생 군인의 생활이 몸에 익은 부모님은 일찍 잠자리에 들고 4시 어간이면 일어났다. 내가 새벽까지 깨어있다 잠을 청할 때 벌써 안방에서는 부스럭부스럭 부모님의 기침 소리가 났다. 우리 집은 몇 시에 잠이 들었건, 각자 무슨 사정이 있건 아침 7시, 저녁 6시 식사 시간에 식탁에 앉아야 했다. 부스스한 머리로 눈도 제대로 못 뜨고 비척거리며 멍하게 아침상에 앉은 나에게 엄마는 간혹 지나가는 말처럼 한마디씩 던졌다.

"그냥 대충 먹고살 만한 남자 만나서 편하게 살아라. 넌 왜 그리 사서 고생을 하냐. 언제 돈 모아 시집갈래?"

"그러게요. 그런데 엄마, 나는 이 공부가 재미있어요."

주눅이 들린 내 대답에 엄마가 말을 더 이어가지는 않았다. 나를 배려해서라기보다 엄마는 누구에게나 마음을 깊게 들이밀지 않는 분이다.

문학을 하면서, 특히 고전문학에 빠져 내가 느끼는 감동, 더 깊은 사람이 되고 싶은 인격 수양 등이 엄마에게 의미가 있기를 기대하지는 않는다. 내가 느끼는 학문적 경험을 딱히 설명할 방법도 없고, 그게 가치가 있다고 설득하기도 어렵다. 수입으로 연결되지 않는 한, 엄마 앞에서 나의 열정은 부질없는 치기일 뿐이다. 사실 엄마에게는 내가 밤을 새워 쓴 논문보다 새로 개업한 슈퍼마켓의 광고지 전단 문구가 더 솔깃한 읽을거리다. 그 점을 나는 너무 잘 이해하고 인정한다. 석사논문이지만 두꺼운 겉표지에 내 이름 석 자를 확인했을 뿐, 엄마는 더 이상 들춰보지도 않았다. 학회지에 실린 내 논문도 마찬가지다. 나도 내가 무엇을 하는지, 어떤 논문을 쓰는지 등 내 삶에 대해 말하지 않았다. 다만 나도 무언가 열심히 하고 있다는 것만을 보여 드렸다.
'엄마가 내 학교는 알지만, 전공을 알기나 하시는 걸까?'
내가 나서서 말하지도 않는 주춤거림과, 엄마가 관심 있게 묻지도 않는 거리 사이에서 나는 가끔 그런 생각을 했다.

세상에서는 온갖 현인의 말을 빌려 '여기, 지금, 나, 내 옆에 있는 사람'이 가장 의미가 있고 중요하다고 외친다. 지난날의 쓴 뿌리를 없애라는 의미에 방점이 찍힌 듯하다. 지금 여기의 나는 옛글을 탐독하며 동학과 학문적 교류를 나누고, 나머지 공부로 움츠러들었던 나를 반추하며 위로한다. 글자에서 울려 나오는 선비의 쉿소리 울리는 간언, 벗들과의 유쾌한 대화, 사랑과 이별, 자연에 대한 감흥 등 그들의 글에 내 삶을 집어넣어 다잡는다. 그들 주변에 있었을 실루엣만 그려지는 때 국물 묻은 흰옷의 백성, 솥단지 없은 군불 앞에서 눈물 흘리는 여인네, 골목에 오가는 아이들, 그들이 어우러져 살아온 도시를 다시 걸어본다. 하지만 현실적인 경제적 능력과 이어지지 않으면 엄마에게는 의미를 공감하기 어려운 보이지 않는 세상일 뿐이다.

아버지의 안정된 수입과 엄마의 알뜰함이 모여 2006년에 부모님은 봉천동 단독주택을 팔고 재건축으로 분양한 강남의 아파트에 입주했다. 아버지는 지금 큰돈을 쓰다 만에 하나라도 잘못되면 다시 일어서지 못한다며 걱정을 앞세웠다. 하지만 야무진 엄마는 일을 추진해 내었다. 방 3개 아파트에서 나는 현관 옆 왼쪽에 있는 작은 방을 사용했다. 처음에 어질어질하던 14층에 곧 익숙해졌다. 복잡하고 매연만 뿜어대는 차들이 늘어선 길가 옆 아파트지만, 엄마는 신혼살림을 꾸민 것처럼 좋아했다. 집안의 재정을 공개하지 않는 엄마의 신조는 분명했다.

"자식에게 돈 주면 그날로 부모 모른다 한다더라. 나는 죽을 때까지 내가 쥐고 살 거다. 나 죽으면 방석 밑이나 떠들어 보아라."

그 말에 아버지는 물론 어떤 자식도 토를 단 일이 없다.

나는 다행히 연구재단에 신청한 박사학위논문 지원금을 받게 되어 부모님께 손 내밀지 않고 학업을 마쳤다. "계란 한 판"이라고 말해지는 나이를 채우고도 두 해를 넘겨 학위를 받아, 교양강의 하나를 모교에서 얻었다. 내 위로 자리 못 잡은 선배가 줄 서 있으니, 한 강좌라도 경력을 쌓게 해 준 학과장의 큰 배려였다. 시간강사 보수로는 부모님께 용돈을 드리기는커녕 손 안 벌리고 꾸려가기도 벅찼다. 과외나 학원 강사를 알아볼까 고민하던 차에 후배가 아르바이트를 알선해 주었다. 유명한 입시논술학원의 논술답안지를 채점하고 간단히 코멘트를 써 주는 일이었다.

'와, 이 문제를 어떻게 풀어가야 하는 걸까?'

채점에 앞서 제출된 문제를 본 내 첫 느낌이다. 문제 앞에서 답안의 갈피를 어디부터 잡아야 하나 순간 당황했다. 하지만 그것은 아무 정보 없이 문제를 받아 들었을 때뿐이다. 곧 입시 논술 문제의 유형을 파악했고, 학원이 제시한 채점 기준도 있었다. 학생들의 답안은 대부분 훈련받은 티가 나는 정형화된 글이었다. 그중에 눈에 띄게 독창적이거나 특이한 글에 후한 점수를 주고 싶었지만, 학원의 훈련 방침을 존중했다. 장소를 오가기 위해 길에서 시간을 들여야 하는 일도 없고, 보수 대비 채점과 코멘트 작성에 들이는 시간을 점점 줄일 수 있어 부수입으로 괜찮았다. 한때 입시를 코앞에 둔 고3 학생의 논술 과외를 한 일이 있다. 과외선생으로 어머니와 학생을 직접 대면하는 자리는 참으로 어색하고 불편했다. 굳게 닫힌 아파트 철문 앞에 서서 초인종을 누를 때마다 심호흡을 했다. 사실 동료와 선배들 사이에서 과외선생은 가장 흔한 부업이다. 누군들 좋아서 했을까 싶다. 논술지 채점을 알선해 준 후배에게 고마워 꼼꼼하게 읽고 최대한 세밀하게 논평을 썼다.

학생 때나 선생이 되어서나 아침 등교 시간은 변함없이 촌각을 다툰다. 지하철에서 내려 강의실까지 올라가노라면 갈수록 숨이 차온다. 헐레벌떡 숨을 진정하고 짐짓 진지한 표정으로 강의실 문을 열면 저마다 딴생각에 빠진 학생들이 빼곡하게 앉아 있다. 2시간, 또는 3시간을 잡아당겨야 할 학생들의 집중력은 내가 붙잡은 줄다리기의 한쪽 끈이다. 그렇게 진을 빼는 16주의 학기가 끝나가고 새 학기 시간표에 따라 결정될 다음 학기 내 운명은 나도 알 수 없다. 시간강사의 극단적 선택이 뉴스에 오르고, 생활고를 다룬 방송이 나오는 등 대학의 시간강사를 둘러싼 논의는 늘 칼자루를 쥐지 못한 강사들의 목소리일 뿐이다. 주도권을 갖지 못한 자의 그 어떤 몸부림도 견고한 대학의 구조를 바꿀 수는 없다. 오랜 시간과 노력, 삶의 에너지를 쏟아 부은 학위와 강사 자리지만 대학에서 나

는 언제든 대체 가능한 인력일 뿐이다.

그것은 학생들에게도 마찬가지다. 가끔 학문에 관한 관심으로 진지한 상담을 원하며 다가오는 학생도 있다. 나를 선생보다는 선배로 바라보며 인간적으로 잘 따르는 학생도 있다. 하지만 내 안에 적절한 선을 그어놓고 넘어서지 않는다. 그들에게는 모두 담당 지도교수가 있으므로, 나는 시간강사가 지킬 선이 있다는 생각이었다. 수강생들과 나는 한 학기 강의 이후에 딱히 다시 만난 일이 없는 관계다. 내 수업을 들었던 누군가에게 그때 그 수업이 좋았다는 한 자락 의미로 남으면 충분하다. 나는 얼굴과 이름이 가물가물한 '어떤 강사'였어도, 내 수업은 새뜻한 지적인 자극을 받아 사고의 전환을 맞고 문제의식을 키운 강의로 기억되고 싶다.

수업을 마치고 걸어가는데 남학생 한 명이 뒤에서 조용한 목소리로 말을 걸어왔다.

"교수님~, 저어 잠시 시간 괜찮으세요?"

질문이라도 있는 걸까 하는 생각에 걸음을 멈추고 돌아보았다. 모은 두 손안에 포옥 들어가 흰 가시가 듬성듬성한 청록색 머리끝을 내놓은 작은 선인장 화분을 들고 있었다. 그 학생은 특정 주제를 발표한 일이 있는데, 발표 마무리에 호주에 다녀온 이야기를 했다. 호주에 머무는 동안 자신이 일하던 카페의 매니저 형과의 만남과 이별 이야기로 말을 맺었다. 중국 전국시대 초나라 정치가이며 시인으로 유명한 굴원(屈原, B.C. 340~B.C. 278)의 시를 인용하며 말을 맺었다.

"굴원이 말했습니다. 사람을 새로 아는 것은 큰 즐거움이지만, 생이별은 가장 큰 서러움이라고요. 이별은 정말 아픔, 상처를 넘어 서러움이라는 말에 공감했습니다."

나는 그 학생이 매우 섬세한 사람이라는 인상을 받았다. 이름은 기억나지 않는다. 매번 수십 명에서 때로 백 명이 넘는 수강생의 이름을 가능한 한 많이 외우려고 나 나름대로 노력을 기울인다. 출석부 이름 옆에 뿔테안경, 긴 파마머리 등 눈에 보이는 특징이나 소속 학과를 적어 두기도 한다. 하지만 한 강좌에 열 명 남짓만 외워도 성공이다.

"저희 집이 화원을 해요. 교수님께 드리고 싶어서 제가 작은 화분을 직접 만들었어요."

두 손을 모은 채로 내게 화분을 내밀었다. 매우 부담스러웠지만 거절하기도 곤란했다.

'이 보게나, 나는 그저 한 학기로 끝나는 한 강좌를 담당한 시간강사야. 나는 한 학기 강의 이상 아무것도 할 수 없어. 그리고 이건 너무 부담되는 선물이잖아. 생명을 돌보는 중책을 맡기다니……'

하지만 마음속에 일렁이는 외침을 누르며, 가벼운 미소로 답했다.

"어머나. 작은 선인장이네! 내가 경험은 없는데, 요령을 검색해서 잘 길러볼게. 고마워."

강단에 진액을 다 쏟아낸 것 같은 몸을 추스르기 위해 강사 휴게실 창가에 선인장을 놓고 커피를 사려고 지갑을 꺼냈다. 다행히 '비정규교수노동조합'이 결성되는 흐름을 타고 많은 대학에 '강사 휴게실'이 만들어졌다. 내가 강의하는 건물인 인문관에도 3층 엘리베이터에서 내리면 왼쪽에 바로 한적한 '교수 휴게실'이 있고, 가로지른 복도를 조금 비껴 '강사 휴게실'이 생겼다. 작은 로커도 있어 참고서적과 개인 물품을 학교에 비치할 수 있으니 편했다. 작업 중에 가방과 노트북을 놔두고 들락날락해도 되니 한갓졌다. 강사 휴게실 문을 열면 직사각형의 커다란 테이블에 강사들이 촘촘하게 어깨가 닿을 듯이 둘러앉아 있다. 인구밀도가 높아 후끈하다. 저마다 노트북에 시선을 고정하고 작업을 한다. 서로가 서로에게 말을 걸지 않는다. 우리는 왜 서로가 어색할까. 안면은 익숙한데 말을 나누지 않은 사람과 복도에서 마주치면 참으로 어색하다. 이런저런 겸연쩍음을 피하기 위해 시선을 내리깔고 걷는 게 상책이다.

다음 시간 수업이 시작해 복도가 조용하다. 어딘가 문이 열린 강의실로부터 강의 소리가 들린다. 대리석 바닥에 구두 발소리가 날까 봐 조심조심 걸어 엘리베이터 앞으로 향하는데, 문이 열린 교수 휴게실 안에 누군가 서성인다. 교수 휴게실은 앞면이 유리여서 안이 들여다보이는 구조이다. 그 앞을 지나가는 순간 얼굴이 사각형인 남자가 불쑥 몸을 내밀며 말을 걸었다.

"여기, 커피를 어떻게 마셔야 하는 거죠?"

"아, 거기 비치된 인스턴트커피를 드시면 돼요. 생수통에서 온수를 내려 타 드시면 돼요."

좀 어이없는 질문에 기가 찼지만, 방문객인가 싶어 '1 더하기 1
은 2입니다'와 같은 대답을 했다. 그런데 그 남자는 두리번두리번
하며 한 수 더 떴다.

"이 커피와 여기 이 커피 컵을 마음대로 사용해도 되는 겁니까?"

"아 네. 그냥 사용하시면 됩니다. 굳이 원하시면 돈을 놓고 가셔
도 돼요."

어이없어 덧붙인 말에 그는 소리를 내지는 않았지만 킬킬거리는
웃음을 지으며 말했다.

"그럼, 제가 돈을 놓고 갈 테니, 한잔 같이 드시죠. 제가 누구를
만나기로 했는데 좀 일찍 와서요."

'헐! 별 어이없는 사람 다 보겠네'

속으로 그런 생각이 들었지만, 인문관에 있는 교수 누군가를 만
나러 왔나 싶어 기본 예의를 갖추고 답하였다.

"아, 제가 지금 일 때문에 내려가 봐야 해서요."

말을 마치고 돌아서는데 철학과에 안면 있는 민건우 교수가 휴
게실로 들어섰다.

"아, 강 교수, 벌써 와 있었네! 어… 두 분이 아는 사이야?"

"아, 아뇨."

"네, 지금 막 알게 되었습니다."

그 사람과 나의 엇갈린 말이 겹쳤다.

철학과의 민 교수와는 학회지 건으로 몇 번 자리를 같이 했다. 문학, 사학, 철학 분야의 논문을 두루 게재하는 학회지에 민 교수가 편집장이고 나는 편집 조교였다. 그 뒤로 인문관을 오가다 종종 마주쳐 형식적 인사말 정도를 나누곤 했다. 인간관계의 끈을 맺고 기름칠을 하는 데 능숙한 민 교수는 나에게도 함께 커피 한 잔하고 가라고 권했다.

"저는 지금 막 복사실에 가보려는 참이어서요. 그럼 두 분 말씀 나누세요."

역시 교수 휴게실은 근처도 가지 말고 피해 다녀야 하는 장소였다. 왜 이리 가깝게 붙여 두었을까 투덜거리며 엘리베이터를 탔다. 강 교수라는 사람은 어깨가 넓고 다부진 체격이었는데, 안경 너머로 보이는 크게 쌍꺼풀진 눈이 호기심으로 이글거린다는 느낌을 받았다.

두어 시간의 공백

저녁 시간이 가까워져 오니 촘촘했던 강사 휴게실에 듬성듬성 빈 의자가 생겼다. 학기 말이 다가오니 학생도 교수도 긴장이 누그러진 탓도 있었다. 대학에 입학한 이래 인생은 학기 단위로 흘러갔고, 학생 때나 선생이 되어서나 한 학기 16주 일정은 매번 길게 여겨진다. 지치기도 하고 지루함도 느껴져 그만 집에 들어갈까 하는 생각이 들 때였다. 강사 휴게실 문이 조용하게 열리다 멈추더니 지난번 교수 휴게실에서 나에게 커피를 거의 타달라고 할 뻔했던 그 남자의 얼굴이 쑥 들어왔다. 안경 너머 보이는 상기된 그의 눈이 흠칫 놀란 내 눈과 마주쳤다.

'강 교수라 했던가? 이름이 뭐더라…'

즐기는 야외 운동이 있는지 피부색이 좀 검은 그 남자는 몸짓이 조심스럽지 않았다. 눈과 입가에 미소를 슬쩍 지으며 고갯짓으로 나와 달라는 동작을 했다. 다른 강사들의 시선이 흘긋흘긋 나와 문을 번갈아 가며 꽂혔다. 일단 일어나 나갈 수밖에 없었다. 민건우 교수와 프로젝트라도 함께 하나 보다는 생각과 더불어 왜 나를 불러내는가 하는 의문이 그 짧은 몇 초 사이에 오갔다.

"커피 한잔하시죠?"

그가 대뜸 교수 휴게실을 향해 손을 뻗으며 말했다.

"아…. 아뇨. 저는 오후에는 커피 안 마셔요. 그리고 곧 집에 들어가야 해요."

그 남자의 갑작스러운 등장과 조심스럽지 않은 행동에 적이 당황했다. 긴 외국 유학에서 막 돌아온 사람이 분명하다. 대학의 '계급별' 구분에 따른 차이에 익숙하지 않은 것으로 보아 북미보다는 유럽 쪽에서 학위를 받았나보다 넘겨짚었다. 아니면 어떤 의미로든 전혀 다른 사람을 돌아볼 줄 모르는 타입인지 모른다. 나는 그 남자에게 어떤 호기심도 일지 않았고 갑작스러운 출현에 불쾌감이 스멀스멀 올라왔다.

강사 휴게실을 사용하는 강사들 사이 암암리에 퍼진 소문이 하나 있다. 한 강사가 강사 휴게실에 생수가 떨어져 교수 휴게실을 갔다고 한다. 거기 있는 봉지 커피를 뜯어 종이컵에 뜨거운 물을 부어 나오려는 순간 들어오는 아무개 교수와 마주쳤다.

"자네는 누군데 여기 들어와서 커피를 타 가나?"

아래위를 훑으며 불쾌한 어조로 말했다고 한다. 양복 정장 차림새를 보면 충분히 '누군지' 짐작할 있는 일이다. 그 발언을 던진 교수의 평소 인품에 대한 누덕누덕한 덧칠과 함께 소문은 퍼져나갔고, 그 강사가 당한 '신분 차별'은 강사 모두의 공분이 되었다. 거기에서 커피를 마시자고 하다니! 늦은 밤에도 곧잘 커피를 홀짝홀짝 마셔대는 나였지만 딱딱한 말투로 오후 커피를 안 마신다며 거절했다.

곧 집에 들어가야 한다는 나에게 대신 그는 저녁을 먹자고 했다.

"사실은 제가 긴히 여쭤보고 싶은 일도 있고, 조언이 필요해서요…"

나는 민 교수와의 공적인 연결도 있고, 조언이 필요하다는 말 앞에 더 이상 거절하기 곤란하였다. 엄마에게 저녁을 먹고 들어간다는 전화를 드린 뒤, 밖으로 나가기는 번거로우니 학교 카페테리아가 어떠냐고 했다. 아무 곳이나 좋다는 대답에 학생들이 북적이는 곳을 피해 학교 카페테리아 한구석 테이블에 앉았다. 그 남자는 독일에서 중세철학을 공부했고, 아퀴나스 철학이 전공이라고 했다. 9년 만에 귀국해 시간강사를 했는데, 얼마 전에 자리를 잡았다고 했다. 자기보다 늦게 학위를 받은 후배가 먼저 교수가 되어 시간강사였던 시절이 힘들었다고 얼굴빛까지 시커메지면서 말했다.

'지금 사람 놀리나?'

담백하게 자기를 소개하는 발언으로 받아들이기 어려웠다. 자기중심적인 사려 깊지 못한 발언이었다. 학자에 앞서 학계에 야망도 있어 보였다. 서양 철학, 그것도 중세의 아퀴나스 철학, 나와는 멀어도 너무 먼 전공이어서 학문적으로 나눌 이야기도 없었다. 묻고 싶은 게 뭘까.

"저어…. 제게 묻고 싶은 게 무엇인지요?"

행여 밥알이라도 튈까 봐 조심조심 식판의 음식을 먹으며 내가 물었다. 그 순간 '이 사람과 절대로 가까이 엮이지 말자'는 속말이 튀어 나올 뻔했다.

그는 민건우 교수의 제안으로 1년에 4번 열리는 이곳 철학연구소 정기발표회에서 다음 달에 논문을 발표할 예정이라고 했다. 사실 학회에서의 발표가 다른 이에게 긴히 물어볼 정도로 특별한 사안은 아니다. 학회의 발표는 어디를 막론하고 대동소이하기 때문이다. 하지만 그는 대사라도 치를 사람처럼 몇 명이나 오는지, 주로 참석하는 사람 전공은 어떤지 등을 묻고, 발표할 내용을 장황하게 이야기했다. 사실 나도 철학연구소 발표회는 거의 참석하지 않아 별다른 정보가 없다고 했다. 발표할 내용은 전혀 모르는 분야라서 뭐라 할 말은 없지만, 다만 듣기에 용어가 생소하다고 말했다. 철학 외에 문학, 사학을 전공하는 사람들도 참석하니 용어를 조금 풀어줬으면 좋겠다는 뜻을 전했다. 그는 그날 참석해 자기 발표를 듣고 의견을 말해달라는 뜻을 표했다.

식사와 길어진 이야기를 마치고 밖으로 나왔다. 5월 말인데 습기를 머금은 공기가 후덥지근하였다. 교내 카페의 실외 의자에 앉아 나는 카모마일 차를, 그는 커피를 주문해 후식으로 마셨다. 그와의 대화는 왠지 기분이 산뜻하지 않았다. 얼른 핑계를 둘러대지 못한 나의 둔한 순발력을 스스로 탓했다. 석양이 넘어간 시간에 인사를 나누고 돌아섰다. 갑자기 찾아와 번거롭게 해드렸다며 안전운전하고 집에 도착하면 잘 도착했다는 문자를 달라고 하며 전화번호를 알려 주었다. 어차피 학회 건도 있고, 한 다리 건너면 연관되는 전공이라 받아두었다. 참 지루한 시간이었다.

집으로 오는 길에 고속버스 터미널 지하상가에 들렀다. 시간만 나면 가장 자주 가고 좋아하는 장소이다. 글자만 골똘히 들여다보며 쌓인 스트레스를 온갖 다양한 상품을 아무 생각 없이 구경하며 풀곤 했다. 살 것은 없지만 뇌 속에 아무런 생각도 집어넣지 않은 멍한 시간을 갖고 싶었다. 상가는 2개의 라인으로 이루어져 있는데, 한쪽 라인을 따라 한참 아래로 내려갔다 중간 통로를 통해 다른 라인으로 다시 올라왔다. 마지막에 양쪽으로 늘어선 꽃가게를 지나며 연분홍 장미와 보라색 라벤더를 한 다발 사서 집으로 왔다. 나는 고속버스터미널 지하상가 입구에서 꽃을 가끔 사 들고 들어간다. 꽃값은 살짝 부담되지만, 내가 누리는 이른바 '소확행'이다.

엄마는 누구든지 꽃 사 오는 것을 한 번도 반긴 일이 없다. 엄마에게 꽃은 금방 시들어 돈만 버리고 쓰레기처리도 번거로운 쓸데없는 물건이다. 현관문을 열고 들어서자 열린 안방 문을 통해 "왔니?" 소리가 들려온다. 평생 일찍 주무시는 분들이라 살금살금 들어왔는데, 엄마가 아직 잠자리에 들지 않았다.

'나를 기다린 것은 아닐 텐데…'

유리 화병에 물을 채워 연분홍 고운 장미꽃과 화려한 보라색 라벤더를 담아 거실 탁자에 두었다. 집안에 향기가 가득 퍼진다. 오후에 쌓인 굿은 기분이 개운해진다. 참! 아까 강 교수가 집에 도착하면 문자 달라는 말이 기억났다. 예의를 갖춘다는 생각에 문자를 보냈다.

'식사 감사했습니다. 좋은 논문 발표하시리라 기대합니다.'

그리고 일주일이 지났다. 오전 강의를 마치고 나오는데 강 교수가 강의실 바로 앞 복도에 서 있었다. 나는 소스라치게 놀랐다.

"여기는 웬일이세요?"

그가 미소 지으며 말했다.

"열강을 하시던데요!"

내 시간표와 강의실을 확인하고 차를 몰고 오면서 못 만나면 어떻게 하나 했는데 다행이라며 클클거렸다.

'어머! 이 사람 왜 이래? 미친 거 아냐?'

순간 속으로 그런 말이 툭 튀어나왔다. 겉으로 어떻게 반응해야 할지 몰라 얼빠진 사람처럼 멍해졌다. 갑자기 지나가는 학생들과 교수들의 시선이 내게 와 꽂히는 것처럼 느껴졌다.

"저를 찾아오신 건가요? 뭐 용건이라도 있으신가요? 강의실 앞에 갑자기 나타나셔서 제가 좀 놀랐습니다."

인사도 없이 출석부와 강의안을 품은 채 내가 말했다.

"아, 잠시 차라도 할까요?"

그가 다시 말했다. 이 사람은 나와는 너무도 다른 방식으로 사는 사람이라는 생각이 들었다. 나는 저 깊은 곳에서 화가 치밀어 올랐다. 그다음 말이 나를 더 당황하게 했다.

"그런데 지난번에 저와 헤어진 뒤 바로 집에 가지 않으셨나 봐요. 귀가 뒤 제게 문자 보내신 시간을 보니 두어 시간 도중에 시간이 비던데요? 집으로 가신다더니, 어디 다른 곳에 가셨었나 봐요? 좋은 곳에라도 가셨었나요?"

그는 자신의 말이 내게 대한 관심의 표현이라도 되는 듯 싱글싱글 웃으며 말하였다. 나는 누가 목을 화악 조르기라도 한 듯 숨이 턱 막혀왔다.

'두어 시간이 빈다고? 어딜 갔느냐고? 이 사람 뭐야? 스토커야?'

살면서 들어온 수많은 말 가운데 가장 어이없는 말이었다. 이쯤 되면 철학과 민 교수와의 공적인 관계나 학회고 뭐고 간에 정색하고 말해야 했다.

"저와 머 사귀기라도 하는 분인가요? 그게 성립되는 질문이라고 생각하세요? 이렇게 불쑥불쑥 무슨 권리로 제게 찾아오시는 거죠? 너무 불쾌해 다시 마주치지 않았으면 합니다. 안녕히 가세욧!"

내 목소리가 어느 정도 컸는지는 잘 모르겠다. 자기의 출현을 반기리라고 생각했는지, 눈웃음을 지으며 말하던 그의 얼굴이 어정쩡하게 변했다. 나는 180도로 돌아서 엘리베이터를 타고 올라가 강사 휴게실로 도망치듯 들어갔다. 혹시 문을 열고 들어올까 봐 숨이 울렁거렸다. 화장실에 가고 싶어도 나가지 않고 들어박혀 논문 자료 정리 작업을 했다.

'내가 왜 이러고 있어야 하지?'

쿡쿡 숨이 막히는 답답함과 불쾌감에 눌렸지만, 아직 그가 학교 어딘가 있을까 봐 버텼다. 점심도 걸러 배도 고팠다. 세 시간 정도를 보내고 가방을 챙겨 나오며 고양이처럼 걸었다. 혹시 다시 마주처도 '투명 인간'으로 취급하자고 마음을 다지며 아랫입술을 질근 물었다. 두어 시간이 비다니! 어떤 사고방식이어야 그런 말이 나올 수 있을까.

식사 시간에 식탁 앞에 앉지 못하는 상황이면 반드시 미리 연락해야 하는 게 우리 집 규칙이다. 사실 우리 집의 수많은 규칙 가운데 하나이다. 모든 규칙은 '시간'이라는 단어로 축약된다. 기상 시간, 식사 시간, 취침 시간, 약속 시간 등 일상의 모든 일을 일정한 시간에 반드시 진행하는 아버지의 대원칙이 있다. 나는 저녁 시간 이전에 들어가기 위해 부지런히 움직였다. 저녁을 먹는 자리에서 아버지가 말을 꺼냈다.

"기헌이가 결혼할 결심을 굳힌 여자가 있나 보더라."

막내로 어리게만 보이는 기헌이가 그러고 보니 29살 직장인이다. 아버지의 말을 이어 엄마의 질타인지 걱정인지가 길게 이어졌다.

"언니도 쏙쏙 알아서 결혼해 자식도 쑥쑥 잘 낳고, 남들은 취직이 어렵다 어떻다 해도 기헌이는 쏙쏙 취직만 잘하고 알아서 이제 결혼도 하는데, 넌 어쩌냐! 양쪽 자식이 부모 성가시게 구는 거 하나 없는데, 중간인 너는 결혼을 할 거냐? 취직을 할 거냐? 언제까지 우체부 마냥 가방만 들고 왔다 갔다 할 거냐?"

미처 기헌이를 축하하거나, 신부 될 사람에 관해 물을 시간도 갖지 못한 채 쏟아지는 엄마의 말에 아무 말도 하지 못했다. 셋 중에서 공부도 제일 잘하고, 대학입시 성적도 가장 좋아 제일 좋은 대학에 들어갔다. 부모님 앞에서는 사춘기도 없었고, 말대답하거나 말썽을 부린 일도 없다. 하지만 부모님에게 나는 '나머지 공부'에 불려 다닌 영원한 지진아인가 보다. '두어 시간'의 행적을 캐묻는 그 불쾌한 눈길로 망친 하루였지만, 삼십이 넘기까지의 노력과 꿈을 부모님에게 인정받지 못하는 삶 같아 더 슬펐다. 독립을 위한 자금을 이리저리 도모해 봐도 방법이 없다. '흥부의 박'이 백성에게 꿈이고, 로또가 탈출구임에 헛웃음이 나왔다.

오리와 백조의 중간 즈음

나는 어릴 때부터 어학을 좋아해 국어만큼이나 영어도 좋아했다. 아버지는 기회가 될 때마다 병사에게 우리들 과외를 부탁(?)했다. 원주에 살 때는 일류대학 영문과에 다니다 입대한 군인 오빠가 언니에게 『성문종합영어』를 가르쳤다. 나는 옆에 붙어 앉아서 꼬박 몇 달을 같이 들었다. 행여 자리를 비키라고 할까 봐 방해되지 않게 숨죽여 듣기만 했다. 아버지가 김해 공병학교 교감이었을 때 우리 셋은 모두 엄마를 따라 방학에 아버지에게 내려갔다. 그때도 아버지는 병사에게 방학 내내 언니와 나에게 『성문종합영어』와 『수학의 정석』을 가르치게 했다.

나는 『성문종합영어』를 중국무협소설에 나옴 직한 검법 비법서처럼 읽고 또 읽으며 익혔다. 학창 시절에 난 국어만큼 영어를 좋아했고, 좋아하는 영어권 영화를 VCR로 빌려 열 번씩 보곤 하였다. 박사학위 과정을 마치고 논문을 준비하기 전에 캐나다에 10개월 정도 어학연수도 다녀왔다. 원래 1년 예정이었는데 아버지의 전역 소식에 귀국했다. 세상의 변화에 비껴서 있는 것 같은 만년 서생인 나에게 흥미로 하던 영어가 밥벌이 수단으로 다가왔다. 결정적 요인은 정부의 세계화 정책이었다. 정부의 세계화 구호는 국어국문과에도 '나비효과'의 태풍을 몰고 왔다. 전공과목 가운데 영어로 하는 강의를 개설해야 했다.

조교가 나를 찾아왔다. 최승우 학과장이 부른단다. 연구실 문을 작게 두드리니 들어오라는 굵직한 목소리가 들린다. 문을 여니 컴퓨터 앞에 앉아 작업하던 그는 나를 향해 의자를 돌려 앉으며 앉으라고 권했다. 검정 뿔테안경을 벗어들고 피곤하다는 듯이 두 중지를 펴 양 미간을 비벼댔다. 다시 안경을 쓰더니 의자에 푹 꺼지게 앉아 난감한 표정으로 말을 꺼냈다.

"그게 말이야, 우리 중에는 영어로 강의할 사람이 없어. 수고스럽지만 김 선생이 우리 학과 전공 영어강의를 좀 맡아 주었으면 해."

"아…, 전공을 영어로 강의요?"

"전공과목으로 개설되는데 한국 학생과 외국인 교환학생이 모두 수강해야 하는 수업이야. 특히 외국인 교환학생에게는 한국사와 함께 한국문학이 필수야. 강의안을 좀 잘 짜서 다음 학기부터 좀 해줘."

학과 교수들에게 한 강좌 이상을 영어로 강의하라는 정부의 정책은 몹시 성가신 일이었다. 선배 강사들은 모두 고개를 휘휘 저었다. 학과장이 곤란한 기색으로 내게 말했지만, 사실 '우리'는 성가시니 네가 맡으라는 뜻이다. 그렇게 나의 영어강의와의 사투가 시작되었다. 별다른 야망이나 계획은 없었다. 답답한 마음에 새로운 도전을 해보자는 마음이었다. 강사료는 조금 더 받았지만, 강의 준비와 매번의 부담감을 조금 더 두툼한 강사료가 위로해주지는 못했다. 고유한 문화에 바탕을 둔 언어를 다른 언어로 변환해 전달하는 작업은 줄곧 내게 과부하가 되었다. 전례 없는 강의에 참고할 자료가 거의 없었으므로, 한국문학을 영어로 번역한 북미권 학자의 용어를 거꾸로 참고해 자료를 만들었다.

영어를 잘하는 학생들도 한국 역사, 한국문학, 한국 고전문학 등 '한국'이라는 분야에 들어오면 영어로 된 용어를 낯설어했다. 한국인에게 가장 익숙하고 제일 기본적 용어인 유교, 선비, 사대부조차 학생들에게 영어로는 생소했다. 들어가기 시작하면 한이 없었다. 양반, 처첩, 노비도 영어권 학자들이 사용하는 용어와 딱히 개념이 같지 않았다. 목마른 사람이 우물 판다는 심정으로 매번 강의에 그날 강의하는 내용에 관련된 용어를 정리해 학생들에게 배부했다. 그나마 벽보고 말하는 것 같은 답답함을 덜기 위해 엄청난 시간과 노력을 투자했다.

내가 봉착한 더 큰 문제는 다양한 학생들이었다. 수강생은 대부분 한국 학생이고, 다양한 국적의 외국인 교환학생이 섞여 있었다. 한국 학생의 영어 실력도 천차만별이지만, 외국인 학생의 경우는 영어가 모국어인 학생과 제2외국어인 학생과는 접점을 만들 수 없게 차이가 났다. 강의 시간에 영어권 학생들은 금방금방 반응이 나왔고, 한국 학생들은 서로 눈치를 보았고, 비영어권 외국인 학생들은 멀뚱하게 앉아 있었다.

'이런 강의가 대학에 있어야 하나? 아니 이 강의를 내가 해야 하나?'

영어강의가 누르는 무게가 점점 더 무거워졌다. 일단 영어로 강의하려니 강의하는 내가 재미가 없었다. 나는 농담처럼 강의실 문을 열고 들어가는 순간에 내게 '강의의 신'이 내려온다고 말했다. 열심히 준비했고 누구보다 열정을 토해냈다. 하지만 영어강의는 나부터 수업 시간을 채우기가 고역이었다. 선배들은 너의 위치는 독보적이니 잘 발전시켜 나가라고 격려했다. 하지만 나는 이 길에서 행운을 만나고 싶지 않았다. 내심 동의하지 않는 정책에 순응한 일을 하는 게 얼마나 힘든지 절감했다. 정책적으로 대학에 꼭 필요한 강의라면 내가 아닌 그 누군가가 하면 그만이다. 대체 가능 인력의 장점 아닌가!

대학마다 교수 채용에 '영어강의 가능자' '영어강의 경험자'를 우대한다는 문구가 첨가되었다. 마침 경기도의 한 대학에서 채용공고가 났다. 나는 그때만 해도 드문 인력인 영어강의 경력자이므로 지원해 보기로 했다. 제출해야 하는 서류가 정말 많았다. 영어로 당장 강좌를 개설해야 하는 상황이므로, 지원자는 강의 가능한 전공과목을 3과목 만들어 강의 제목과 16주에 걸친 강의 내용을 영어로 자세히 작성해야 했다. 연구계획서는 물론 영어강의의 발전 방향처럼 학교의 향후 영어강의 정책까지 영어로 작성해 제출했다. 그 서류 준비만으로도 많은 시간과 노력을 투자했다. 큰 기대는 하지 않았는데, 서류를 작성하다 보니 오기 내지는 승부욕이 생겨 매우 꼼꼼하게 지원서류를 작성했다.

일단 최종 선발인원인 3명 안에 들었다. 아마 '영어강의 가능'이 많은 사람들에게 걸림돌이기에 그나마 나에게 기회가 왔다는 생각이었다. 영어로 시범 강의를 하는 관문과 면접이 남았다. 시간 차이를 두고 시범 강의를 진행해 다른 후보인 두 명에 대한 정보는 알 수 없었다. 사뭇 진지하게 예를 다하는 공손한 조교의 안내에 따라 준비된 시범강의실로 갔다. 긴장보다는 깊은 곳에서 헛웃음이 나왔다. 대개 중년 이상의 한국인 교수들을 앉혀 놓고 한국인인 내가 고전문학에 관한 강의를 영어로 하는 촌극을 벌였다. 뒤쪽 의자에 포진한 조교와 학생들은 이 촌극을 대학에서 자신들이 들어야 할 과목으로 진지하게 받아들였을까.

결과는 낙방이었다. 복사해서 붙이기 같은 틀에 박힌 문구의 이 메일을 받았다. 사실 언제나 '혹시는 역시'가 세상사의 결론이라 곱씹으며 살았다. 그다지 실망하지 않았고 정말 괜찮았다. 하지만 나를 구렁텅이로 빠트린 일은 그다음에 일어났다. 지원했던 학교 학과의 학과장에게 전화가 걸려 왔다. 자기소개를 하며 말이 이어졌다.

"박 선생님. 이번 교수 채용에 영어강의 가능하다고 지원하셨죠? 저희가 신규 교수를 채용했지만, 영어강의를 당장 개설하기가 좀 어려운 상황이어서요. 선생님이 지원서에 계획하신 영어강의를 시간강사로 와서 해 주셨으면 해서요."

하! 이 전화를 하는 분의 속내는 어떠했을까? 나름 민망했을까, 아니면 이제라도 나에게 기회를 베푼다는 생각이었을까. 그 속사정을 알 필요 없지만, 나는 내 자존심을 지키고 싶었다.

"아, 제가 이미 다른 강의 일정이 짜여있어서 하기 어렵게 됐습니다. 죄송합니다."

거절을 했어도 그 전화 자체는 나에게 큰 회의를 불러일으켰다. 그것은 떨어뜨려 버린 지원자에 대한 예의가 아니었다. 나는 공적으로 낙방한 것과 달리 개인적으로 인격 모독을 당한 기분에 허우적거렸다. 정체모를 분노를 삭이고 자존심을 회복하기 위해 한밤중에 뛰쳐나가 양재천가를 숨이 턱에 차오르도록 달리고 또 달렸다. 어디로든 탈출해야 한다는 생각이 들었다. 그리고 결심했다.

'다시는, 정말 다시는 어느 대학에도 지원하지 말자.'

인격과 덕을 가르치면서 막상 나 자신은 '대학', '학계'라는 곳에서 일회용 도구 같은 존재임이 끔찍했다. 고통은 아니지만 그 자괴감은 내가 자꾸 거꾸러지는 고난이었다. 대체할 수 있는 임시직은 커다란 구조를 유지하기 위한 수단일 뿐이다. 그 커다란 구조에서 더 이상 이도 저도 아닌 수단적 존재로 살 필요가 없다고 결정했다. 삶에서 맺어지는 다양한 관계, 그 가운데에 문제없는 관계가 어디 있을까. 좋아하는 사람만 만나고, 좋아하는 일만 하는 세상은 존재할 리 없다. 하지만 자괴감에 빠져 자주 허우적거려대니, 어떤 방식으로든 그 불필요한 소모전을 끝내야 했다. 두어 시간이 비었다고 어디 갔었냐며 클클거리던 무례한 강 교수의 표정까지 떠올라 마음을 가라앉히기까지 한참 전투를 치렀다.

독립 세대주

나는 동생 기헌이의 결혼을 이유로 부모님께 독립하고 싶다는 뜻을 밝혔다. 생활비는 알아서 꾸려갈 테니 내 결혼 비용으로 전세를 얻어 달라고 했다.

"엄마, 기헌이 처 입장에서 시댁도 어려운데, 결혼하지 않은 손위 시누가 있으면 얼마나 더 오기 싫겠어요. 나 때문에 아버지 엄마가 기헌이 내외와 불편해지면 어떻게 해요. 내가 여기 없어야 아버지 엄마도, 기헌이 내외도 편해요."

아버지는 눈빛에 걱정을 가득 담은 채 말없이 엄마의 반응을 살폈다. 엄마는 처음에 처녀가 어딜 혼자 사느냐며 펄쩍 뛰었다. 하지만 엄마도 외며느리를 보는 입장에서 나의 존재가 부담임을 인정했다.

엄마부터 고모들과 사이가 좋지 않아 왕래가 끊어진 지 오래이다. 두 분의 고모한테서는 아버지 생신이나 명절마다 우체국 택배로 선물이 왔고, 엄마는 언니나 내 손에 선물을 들려 고모 댁에 보냈다. 언니와 내가 선물 보자기를 들고 큰고모를 방문하면 큰고모는 꼭 밥을 먹고 가라며 우리를 붙잡았다. 아버지와 비슷하게 키가 크고 눈매가 서글서글한 큰고모는 둥근 좌식 나무 밥상을 방에 차려 왔다. 상에는 건새우를 넣은 아욱 된장국과 굴비 구비, 해물파전이 올라왔다. 아버지가 제일 좋아하는 메뉴이다. 큰고모는 혼잣말처럼 웅얼거렸지만 우리가 들을 수 있게 말했다.

"네 엄마가 성격이 어려워서……."

엄마가 고모와 한자리에 앉은 모습은 언니 결혼식을 제외하면 내 기억에 없다. 엄마는 가끔 결혼할 때 고모들이 당신을 키가 작다는 이유로 무시했다고 분개했다.

"혼인하게 되어 내가 인사가니까 큰고모가 네 아빠에게 '너는 어디서 저렇게 쪼끄만 여자를 얻어 왔냐.'고 그러더라. 내 귀에까지 다 들렸다. 내가 키가 작고 조그매도 아들을 못 낳았어, 딸을 못 낳았어, 살림을 못 했어!"

엄마와 고모 사이에 일어난 사연 가운데 한 토막이지만, 아무튼 고모 두 분과 엄마는 서로 오가지 않는다. 엄마 자신도 그런 사정이 있다 보니, 독립한다는 내 뜻을 반대하지 않았다. 어느 날 법으로 묶어진 시누이와 올케 관계는 영원히 가족이 될 수 없는 가장 조심스러운 사이 같다.

　엄마는 아버지와 함께 내가 살 전셋집을 알아보러 다녔다. 이유를 분명하게 짚기 어렵지만 엄마의 기색은 언짢았다. 나는 엄마 기분을 모른척하며 짐을 정리하고 앞으로 살아갈 계획을 잘근잘근 머릿속에서 곱씹었다. 아버지는 가능하면 집 가까이에 적당한 전세 아파트를 구해주려 했다. 신축 아파트는 비쌌지만, 오래된 작은 아파트는 그럭저럭 얻을 만했다. 아버지는 조금이라도 더 좋은 곳을 알아보았고, 엄마는 볼멘 목소리로 아버지를 제재하였다.
　"부모 싫다고 시집도 안 간 애가 나가겠다는데, 뭐 그리 비싼 데를 얻어 주려고 해요!"

　부모가 싫어서도 아니고, 시집을 안 가겠다고 버틴 일도 없고, 비싼 데 얻어달라고 조르지도 않았다. 내가 나가겠다니 서운한 것인지, 목돈이 들어 못마땅한 것인지 속마음을 알 수 없지만, 엄마의 말은 나를 콕콕 질렀다. 엄마는 내 표정을 유심히 보신 일이 있을까. 내 표정을 읽고 그에 따른 감정의 반응이 일어난 경우가 있을까. 나는 때마다 지은 엄마의 표정이 파노라마처럼 펼쳐지는데, 그렇게 야무진 말을 내게 쏟아내는 엄마는 내가 눈에 들어왔을까? 내 표정이, 내 마음이.

워낙 차가 막히는 거리여서 변수가 크지만, 부모님 집에서 대략 차로 15분 정도 떨어진 논현동 지하철역 가까이에 작은 아파트를 전세로 얻었다. 벽지를 새로 바르고 부엌 싱크대와 욕실을 수리하고 드디어 이삿날이 왔다. 엄마는 돈 들여 사지 말라며 이것저것 집에 있는 가재도구를 한 살림 챙겨주었다. 이사 트럭이 오고 아저씨 두 분이 왔다. 순식간에 내 방이 휑해졌다.

'드디어 내가 집에서 나가는구나.'

그 방에서 수없이 지샌 잠 못 들던 새벽과 머리를 쥐어뜯던 갈등이 현재로 쿵 하고 다가왔다. 그 울림에 목젖이 물컹하게 아팠다. 엄마가 내 빈방을 보고 울컥 솟구치는 눈물을 참지 못했음은 아주 나중에야 들었다. 아버지는 출근하여 안 계셨고, 짐을 다 내보낸 뒤 현관에 멀뚱하게 선 엄마에게 인사했다.

"엄마, 일단 가서 짐 정리부터 좀 하고요, 곧 전화 드릴게요."

"그래, 먼저 가라. 아버지랑 함께 나중에 들리마."

엄마가 왼발로 현관문 고정 발굽을 풀며 왼손으로 현관문 손잡이를 잡은 채 오른손을 어서 가라고 휘휘 흔들었다.

집이라는 공간에서 이제 나는 둘째 딸도, 미혼의 시누이도 아닌 자발적으로 선택한 '1인 가구'의 '무주택 세대주'였다. 누구의 무엇이 아닌 내가 대표자로 사는 공간을 확보함이 기뻤다. 지은 지 오래된 아파트라 '빌트 인' 가전제품이 없었다. 살뜰한 언니가 동생

분가 선물이라며 냉장고를 사 주었고, 기헌이는 세탁기를 장만해 주었다. 수저, 주걱부터 칼, 도마, 그릇, 밥솥 등 엄마가 챙겨 준 당신의 손때 묻은 살림살이는 여전히 부모님과 천륜으로 엮인 내 존재를 말해 주었다. 최신형 냉장고와 세탁기를 바라보는 마음은 달랐다. 언니와 기헌이가 사 준 새 가전제품을 보노라니 한 나무에서 뻗어나 이제 각각의 가지로 분리되어 새 뿌리를 내림이 동기간의 순리구나 싶었다. 언니와 기헌이가 자신의 뿌리를 내린 것처럼, 나 역시 엉겨 붙어 있지 않고 나오기를 잘했다 싶었다.

독립을 하니 생계와 취업이라는 부담을 뒤로 젖히고 1년 365일 7시 이전에 일어나야 하는 괴로움에서 해방되었다. 부모님 집에서는 몇 시에 잠이 들었건, 7시 아침 식탁에 앉아야 했다. 요일도, 방학도 상관없었다. 입 안이 사막 같고, 씹는 빵이 모래알 같아도 부모님 앞에서 아침 식사를 꼭 같이 해야 했다. 새벽녘에 잠자리에 들고 입도 짧은 나에게 꼭두새벽 같은 7시 아침 식사는 고역이었다. 독립은 평생 처음으로 느끼고, 앞으로도 누릴 수 있는 아침의 자유를 선사했다. 내 일정에 따른 시간에 일어나 여유 있게 커피를 내리고 빵을 굽는 아침은 잔잔한 행복이었다.

아버지가 주로 저녁 시간에 가끔 혼자 들렀다. 오시기 전 아버지는 꼭 전화를 했다.

"집에 있냐? 내가 잠깐 들르마."

현관문을 열어두고 기다리면, "땡!" 하는 엘리베이터 소리와 함께 아버지가 옅은 미소를 머금고 아파트 복도에 나타난다. 늘 어딘가를 다녀오고 집으로 돌아가는 길의 '깜짝 방문'이다. 신발도 안 벗고 현관에서 두툼한 흰 봉투를 건네주고 곧바로 돌아선다.

"이거 네 엄마한테 말하지 말고, 너 혼자 쓰고 싶은데 써라."

아버지는 방문 전후로 그 두 문장만 말씀한다. 나오지 말라며 다시 엘리베이터를 향해 걸어가는 아버지의 뒷모습을 어둠이 뿌옇게 덮는다. 내 눈이 뜨거워진다.

수업을 마치고 강사 휴게실로 갔는데, 학과목 조교가 살그머니 찾아왔다. 조용히 다가와 귀에 가까이 대고 말했다.

"선생님, 김상우 교수님이 연구실에서 잠시 뵙자고 해요."

까치발을 들고 강사 휴게실을 나와 김 교수 연구실로 갔다. 짙은 고동색 소파에 김상우 교수와 나보다 5년 선배인 배현식 선생이 나란히 앉아 있었다. 맞은편에 앉으라고 손짓을 보냈다. 배현식 선배는 내가 석사과정에 있을 때 박사과정에 있었다. 술을 좋아하는 배 선배는 수업을 마치면 후배들을 끌고 3차까지 가야 집에 갈 수 있게 놓아주었다. 배 선배는 워낙 박식한네나가 입담까지 좋아 몇 시간이고 말이 끊어지지 않고 좌중을 압도했다. 술을 마시지 않는 나에게 길어지는 술자리가 지루하고 불편했지만, 주워들으며 배우는 것도 많았다. 그러나 배 선배도 교수지원에 매번 실패했고, 지금은 고전문학 관련 연구소에 연구실장직을 맡고 있다.

우리 세 사람은 선후배로 공적이면서도 사적이고, 사적이지만 허물없는 벗은 아닌 그런 사이였다. 앉으라고 권한 뒤 김상우 교수가 말을 나누라는 눈짓을 하며 소파에 앉은 자세에서 몸을 뒤로 뺐다. 배현식 선배가 말을 꺼냈다.

"그 말이야. 우리 연구소가 사업을 확장해서 새로 책임연구원이 필요해. 자네가 좀 와줬으면 좋겠어. 연구소에서 공모과제도 수주하고, 고전문학을 번역 정리하는 사업에 영어 번역 사업을 새로 포함하려고 하거든. 그 일을 책임연구원으로 담당해 줬으면 해. 물론 기계적 번역은 외부에 의뢰하거나 아래 연구원들이 담당할 거야. 자네는 2차적으로 전문용어를 검토하고 주석도 달아 가공된 번역물을 생산하고, 연구기획과 더불어 외국인 학자들과의 학술발표회나 연구를 진행했으면 해. 어때, 괜찮겠어?"

배 선배가 연구실장으로 있는 연구소는 이미 잘 알고 있다. 그 연구소 주관 학술발표회에서 발표도 하고, 지정토론자로 토론하거나, 연구소에서 출간하는 학술지에 게재될 논문심사도 품앗이로 여러 번 맡았다. 일단 나는 전공을 살릴 수 있고, 매달 월급에 4대 보험이 적용되는 직장을 가질 수 있는 것만으로도 거절할 이유는 없었다.

"아⋯. 그런데 제가 영어에 능통하지는 못해요. 기계적으로 번역하는 작업을 연구원들이 해 주면, 주석과 전문적 해석을 손보고, 그 자료의 활용방안 등을 기획, 연구하고 발표하는 등의 활동은 기꺼이 하겠습니다."

배 선배는 말을 이어갔다.

"그럼, 머 책상은 마련하면 되는 거니까 다음 주부터 나오면 어때? 강의하러 학교 오는 시간은 연구소가 알아서 빼 줘. 연구소 근무 이외에 외부 강의를 한 강좌는 허용해."

"예에, 다행입니다. 그렇게 하겠습니다. 감사합니다."

"서류로 보관해야 하니 이력서를 작성해 가져오고, 슬리퍼와 개인용품 챙겨 가지고 와. 월급은 많이 못 줘."

나는 로버트 프로스트의 '가지 않은 길'이라는 유명한 시를 떠올리며 내가 지금 걷고 있는 길이 내 운명이고, 내가 걸을 수 있는 가장 아름다운 길이라고 만년필로 꾹꾹 눌러 쓰듯이 마음에 새겼다. 하지만 서른 중반이 되도록 세상을 살아낼 경제적 능력을 갖추지 못했다는 구렁텅이에 툭하면 굴러 떨어졌다. 논문이 아무리 좋은 평가를 받은들 그저 그런 수많은 연구자의 한 명일 뿐이었다. 예로부터 '남산골 딸깍발이'라면서 비새는 초가집에서 곡기를 마련할 대책도 없이 글만 읊는 선비를 조롱하지 않았는가. 이 길에서 꼼짝도 하지 않음이 어리석은 고집인 것은 아닐까, 학자가 그토록 고집해야 하는 내 삶의 의미인가 하는 구렁텅이에 쭈그리고 있노라면 아버지의 등이 생각난다.

평생 그 싫어하던 군대를 담배를 피워 물며 집을 나섰던 아버지, 아버지의 그 등을 더 시리게 만든 온기 없는 빈방과 새벽 찬바람. 담배와 함께 빈방보다 더 빈 것 같은 마음으로 새벽 공기 속으로 발걸음을 옮겼을 아버지. 저녁에 돌아와 다시 담배 연기로 하루를 마감하며 빈방의 냉기를 혼자의 체온으로 감내했을 아버지. 평생 군인이었지만 내내 군대가 싫었던 아버지, 그 아버지가 보인다. 나는 내가 좋아하는 길을 걷고 있으니, 얼마나 호사스러운 삶인가. 어떻든 밥은 먹고 살고 있지 않은가. 연구소라는 곳이 빤하지만, 누군가에게는 그 곳이 꿈일지 모른다. 아버지의 담배와 새벽바람에 시린 등, 그것은 늘 내가 다시 중심을 잡게 하는 버팀목이다.

인연의 물꼬

배 선배의 지시대로 이력서와 몇 개의 서류를 준비해, 연구소로 출근하였다. 연구소는 복잡한 서울 도심 한복판을 조금 벗어나 삼일대로와 수표로 사이에 있는 10층 콘크리트 빌딩에 자리하고 있다. 발걸음이 분주한 아침 출근길 직장인들 무리에 섞이는 경험이 신선하게 나를 감쌌다. 나도 이 사회에 실질적으로 쓸모 있는 사람이 된 기분이 들었다. 그즈음 나는 학문하는 즐거움에 완전히 빠졌지만, 그 결과물에 회의를 느끼고 있었다. 분야와 매체를 막론하고 매일 쏟아져 나오는 헤아릴 수 없는 읽을거리, 거기에 내 글을 보탬이 무슨 의미인가, 과연 누군가가 시간을 들여 읽을 만한 가치가 있는가 하는 부끄러움이었다. 보이지 않는 학문의 가치가 너무 답답해 자동차 수리를 배웠다는 선배도 있었다. 자신이 한 활동의 결과를 눈에 보이게 확인하고 싶었다고 했다. 나도 연구소에서 '근무'라는 활동을 한다는 사실이 위로로 다가왔다.

직장이 어딘지, 무슨 일을 하는 곳인지와 상관없이 엄마는 내가 '취직'했다는 사실에 기뻐하였다. 사실 세부 사항을 묻지도 않았다. 아버지가 말을 건넸다.

"혹시 취직과 관련해 신세진 사람이 있으면 아버지에게 말해라. 간단히 인사치례라도 해야 하면 돈이 필요할 거 아니냐."

나는 펄쩍 뛰며 그런 일 없다고 잘라 말했다. 인사하고 나오는 나에게 아버지는 엄마의 눈길을 피해 기어코 두툼한 봉투를 질러주었다.

지하철에서 내려 보도블록을 울리는 온갖 구두의 바쁜 발걸음 소리에 내 신발 소리도 섞어 부지런히 걸음을 옮겼다. 들어가기에 앞서 건물 앞에 선 채로 가지런히 늘어선 창을 차례로 올려다보았다. 내 생애 처음으로 대학 캠퍼스라는 곳을 벗어난 직장이었다. 연구소는 3층부터 6층까지를 사용했고, 연구실은 5층이었다. 커다란 방에 파티션으로 구분된 각자의 공간은 넉넉하였다. 나를 포함해 박사학위를 가진 책임연구원이 3명이고, 석박사과정에 있는 연구원이 5명이다. 내 자리는 창가를 등진 기역자 공간으로 사람들이 오가는 동선을 벗어나 있고, 책꽂이와 파티션으로 막혀 거의 독립된 공간 같아 만족스러웠다. 배 선배의 연구실에 먼저 들렀다. 이력서와 여러 증명서를 건넸다. 배 선배는 총무부에 넘겨 보관할 거라고 했다. 6년 동안 채 1년도 같은 학교였던 적이 없는 7개의 초등학교 이력은 마지막 봉천초등학교만 기록했다. 배 선배에 대한 호칭을 '실장님'으로 바꿨다. 다양한 학교 출신이 모인 곳이라 다른 연구원 앞에서 '선배'가 뒤섞여 나오지 않게 조심했다.

연구소의 업무는 어렵지 않았다. 내게 할당된 자료를 번역하고, 주석을 달면서 그때그때 나오는 용어를 가장 최근에 반포된 로마자표기법에 따라 작성해 나갔다. 1960년 이후로 북미권에서 한국사, 한국문학에 관해 축적된 번역서와 연구서를 참고하여 작업을 진행하였다. 다만 국어의 로마자표기법은 19세기에 선교사 등 외국인이 만든 것, 국내 학자가 만든 것, 조선어학회의 표기법, 해방 이후 3번에 걸친 문교부안, 문화관광부에서 나온 것 등 여러 안이 뒤섞여 있어 머리가 지끈지끈 아팠다. 가장 쉽게 조선왕조만 해도 Yi-dynasty, Chosun, Chosŏn, Choseon, Joseon 등으로 저마다 뒤죽박죽이었다. 안으로 들어가면 한이 없었다. 이 문제는 앞으로도 계속 발생할 것이다. 나는 현재의 시점에서 정리할 수밖에 없었다.

연구소 업무와 내 연구, 그리고 외부 강의를 적당히 조절하며 지냈다. 연구소에서 연구원들은 온순하고 말수가 적었다. 파티션으로 가려져 있을 뿐 숨소리도 들리는 한 공간이므로 업무 이외의 일에는 서로 지극히 조심했다. 나 이외의 책임연구원 두 명은 남자였는데, 그들과 아주 가끔 커피도 마시고, 짧은 잡담도 나누었다. 캠퍼스를 서성거리며 지내온 세월이 긴 탓인지, 하루 종일 앉아만 있기가 답답했다. 점심시간이 되기 무섭게 쌩하니 나가 혼자서 1시간을 꼭 채우고 걷다 들어왔다. 다른 책임연구원들도 비슷한 모양새로 파티션 너머에 있다가 없다가 했다.

배현식 선배는 학위과정에 있을 때 나와 세부 전공이 비슷해 비교적 잘 알던 선배였다. 개인적으로 가까운 사이는 아니었지만, 수업과 각종 세미나에서 학문적 조언과 격려를 아끼지 않던 고마운 선배였다. 그런데 연구소에서 실장과 연구원으로 만나니 그 선배에 대해 아주 조금만 알고 있음을 깨달았다. 학교에서 동학으로 10년 가까운 세월을 보냈지만, 직장에서 같이 일하면 또 다르다는 사실을 절감하였다.

새로 수주한 프로젝트를 의논하자며 책임연구원들을 실장실로 불렀다. 건물 자체가 금연 건물인데, 실장은 자기 연구실에서 줄담배를 피웠고, 문틈으로 담배 연기가 복도로 새어나오곤 했다. 메모할 것을 챙겨 실장실 문을 열었더니, 그날도 어김없이 화재경보기라도 울릴 정도로 담배 연기가 공기를 꽉 메우고 있었다.

"아우, 담배 연기가 심하네요. 회의하려고 사람들을 불렀으면 환기라도 좀 해 두시지. 담배 연기가 너무 매워요."

학교에서라면 더 신랄하게 한 마디 했을 텐데, 직장이다 보니 속으로 한 모금의 분노와 함께 나오려는 말을 꿀꺽 삼켰다.

"아 얼마나 구수~하고 좋아!"

대꾸할 필요조차 없는 어이없는 반응인데, 나도 그만 순간적으로 말이 나왔다.

"피우는 사람이나 구수하죠. 다른 사람이 내뿜는 담배 연기는 비흡연자에게 구수하지 않아요."

"아니 그러면 남이 들이마시고 내쉰 공기는 어떻게 마시나!"

실장의 말은 완전 시비였지만, 그에게는 일상의 말투였다. 같이 간 다른 연구원이 인상을 찡그리며 창문을 열었다.

"환기를 좀 시키고 시작하시죠."

연구원들이 앉지도 못한 채 서성서성 환기를 시키는 동안, 그는 회전의자 앉은 채 둥글둥글 몸을 움직이고만 있었다. 배 선배는 연구실장으로 연구원의 구성원에게 신임을 얻지 못하고 있었다. 공동으로 해 내야 할 프로젝트에서 자신의 일을 아래 연구원들에게 분산해 넘기기 일쑤였다. 사적인 외출도 잦았다. 나도 근무 시간 중 사우나와 이발을 하고 반질반질해져 들어오는 그와 마주친 일이 있다. 여기저기 실장을 향한 불만의 목소리가 수군수군했다.

그러다 드디어 일이 터졌다.

6층 도서실로 가기 위해 복도로 나온 나는 바쁜 걸음을 옮기던 총무관리팀장과 마주쳤다. 그가 갑자기 다가와 귓속말을 하였다.

"선생님, 일이 터졌어요."

"무슨 일이요?"

"아주 큰 일이요."

내가 눈을 동그랗게 뜨고 쳐다보자, 그는 고개를 절레절레 흔들며 계단으로 통하는 문을 열고 내려갔다. 총무관리팀장이 사라진 복도에서 나도 계단을 통해 6층 도서실로 올라갔다. 짧은 머리를 늘 꽁지처럼 하나로 묶고 화장기 없는 사서는 처음에는 몹시 사무적이었다. 결정적으로 자료를 묻거나 책을 대출 반납할 때 절대로 얼굴에 미소를 짓지 않았다. 나에게만 그런 것은 아니었는데, 나는 그렇게 무표정으로 일관할 수 있음이 참 굳은 결심이다 싶었다. 하지만 어느 순간부터인지 책의 대출과 반납을 처리하고, 자료를 묻는 잠깐의 시간에 아이들과 함께 놀러 간 사진도 보여주고, 남편과의 일상도 언급했다. 작은 입의 입꼬리를 올리며 미소도 보였다. 직장에서는 무뚝뚝하지만 가정에서는 밝은 사람이구나 싶었다. 자료를 문의하고자 사서에게 다가갔는데 유달리 얼굴이 흙빛이었다.

"선생님, 연구소에 무슨 일이 있는가 봐요. 뒤숭숭해요."

"아, 그래요? 무슨 일이요? 연구실에는 다들 조용하고 아무런 변화가 없어 보이는데……."

나는 연구소 일에 별로 개입하고 싶지 않아 한걸음 떨어진 태도를 취했다.

20여 분 동안 서고를 뒤져 몇 가지 자료를 빌려 나왔다. 책 먼지로 목이 메케해 음료수를 하나 사기 위해 책을 품에 앉고 지하 1층의 작은 매점에 갔다. 보리 음료를 하나 사서 나왔는데 엘리베이터 앞에 감색 양복을 입은 남자가 서 있었다. 굳은 표정에 입을 꾹 다물고 고개를 들어 엘리베이터에 켜지는 숫자를 물끄러미 바라보고 있었다. 무표정이었는데 야무지고 반듯한 인상이었다. 나는 그와 1m가량 떨어져 섰다. 양복 소매 아래의 그의 두툼한 손이 눈에 들어왔다. 함께 엘리베이터에 올랐는데 그가 먼저 4층 버튼을 눌렀다. 내가 말없이 5층을 누르자 나를 슬쩍 쳐다봤다. 순간 그의 입매에 보이지 않는 미소가 지나갔다. 얼핏 본 눈빛도 따듯했다.

'4층이면 연구소 행정부서가 있는 곳인데…….'

나는 혼자 5층 복도 끝에 있는 비상문을 열고 비상계단으로 나갔다. 그곳은 연구원들의 비밀 휴식 공간이었다. 건물의 비상계단은 1층에서 10층까지 통해있고, 계단 앞 전면이 유리였다. 계단 한 구석에 앉아 창을 통해 복잡한 거리를 내다보며 보리 음료를 천천히 다 마셨다. 자리에 돌아오니 연구실 분위기가 뒤숭숭했다. 연구원들이 서성거리며 뒤쪽에 모여 있었다. 늘 조용한 심창섭 연구원이 나에게 다가왔다.

"선생님, 외부 감사가 나왔는데, 연구원들에게 물을 게 있다 해서 한 명씩 모두 다녀왔어요."

"응? 외부 감사가 연구원에게? 뭐를?"

내가 눈이 동그래지자 심 연구원이 복도로 나가자고 눈짓을 했다. 우리 두 사람은 다시 복도 끝 비상계단으로 통하는 문을 열고 나갔다. 외부에서 회계감사가 나왔는데, 실장과 재무회계팀 여직원이 부정을 저지른 것 같다고 했다.

"지난번 저희들이 수주한 연구 프로젝트 있었잖아요. 그런데 각 연구원에게 연구소 급료 이외에 개인마다 연구비를 별도로 추가 지급했다고 지출이 잡혔데요. 그 돈이 어디로 갔는지 모호하데요. 그게 지난번만이 아닌가 봐요."

심 연구원은 임금 이외에 어떤 추가 보수도 받은 일이 없다고 하였다. 외부 감사가 연구원들을 모두 불러 확인 차 사실을 물었고, 받은 일 없다고 진술했다고 하였다.

"어머나! 그래? 그런 일이 있었구나. 공론화되었으니 연구원 이름으로 지출된 돈이 어디로 갔는지 밝혀지겠지. 처리 결과를 지켜보자."

계단을 통해 4층으로 내려갔는데 복도에서 총무관리팀장의 목소리가 웅웅 들렸다. 총무관리팀장은 아까 엘리베이터에서 만난 남자를 배웅하며 인사말을 나누는 참이었다. 엘리베이터 문이 닫히며 그가 사라지자 진땀이 난다는 듯 이마를 짚으며 내게 말했다.

"장 변호사라고, 연구소 상임감사가 조사 나왔었는데… 문제가 크네. 우리는 조용히 있을 수밖에."

'아, 외부에서 나온 상임감사가 아까 4층에서 내린 그 남자였구나.'

연구소 이사회가 열리면 회의실에 대동소이하게 모두 짙은 양복을 입은 남자들이 모여 앉은 것을 얼핏 본 일이 있었다. 하지만 학문적으로 관련이 있는 대학교수 한두 명을 제외하고 개개인을 알지는 못했다. 그 가운데 앉아 있던 사람이었구나 싶었다.

사건은 연구소를 두어 달 동안 완전히 들쑤셔 났다. 회계팀 여직원은 해고되었다. 배 실장은 술을 잔뜩 먹고 나타나 총무관리팀장에게 사표를 던지고 사라졌다. 두 사람을 비난하는 무성한 소문이 오갔다. 전체 회의가 소집되었다. 소장이 불미스러운 일이 있었지만 다 같이 새로운 마음으로 각자의 업무에 최선을 다하자며 자리를 만들었다. 우리 모두 부족한 인간으로 누구를 미워하지는 말자고 당부하였다. 그동안의 모든 인연을 한순간에 놓아버린 두 사람, 오랜 시간 알고 지내던 모든 이의 일상에서 그들은 회색빛 그림자를 흩뿌리고 사라졌다.

뒤숭숭한 분위기가 겉으로 수그러지고 연구실장도 새로 왔다. 학교의 선배도 아니고 사적으로 전혀 알지 못했던 사람이라 오히려 공적으로 대하기 편했다. 어느 날 퇴근하려는데 학교 선배인 김민철 선배가 전화했다. 나보다 3년 선배인데 명동에 나왔다가 이쪽으로 올 테니 나오라고 하였다. 시끄러운 주변 소음을 배경으로 민철 선배는 목소리를 높여 말했다.

"어이~ 미혜야. 뭐 하니? 우리 지금 저녁 겸 한잔하려는데 가까우니까 너도 이리 와라!"

학창 시절에 그렇게도 뭉쳐서 몰려다니던 기억이 아스라이 피어올랐다. 민철 선배와는 박사과정 선후배로 잘도 어울리던 사람 가운데 하나였다. 그때는 왜 그렇게 밤을 새워 할 말이 많았던 것일까.

'우리? 다른 일행이 있나?'

지금 그렇게 회상되는 것일까, 정말 그랬던 것일까. 민철 선배가 '우리'들이 있다는 곳으로 향하던 발걸음은 유달리 가벼웠었다. 가을이 코앞인데 아스팔트에서 낮에 달궈진 지열이 후끈하게 올라왔다. 주점 앞 보도블록 위에는 간이 식탁과 희거나 빨간 플라스틱 의자가 제멋대로 뒤섞여 어수선하게 놓여 있었다. 야외인데도 불구하고 건물 앞 트인 공간이 꼬치 냄새로 가득했고 흩어진 알코올

분말 속에서 저마다 얼굴이 달아오른 사람들로 왁자지껄했다. 그
들 사이에 김 선배와 박사 동기 김미희, 그리고 지하 엘리베이터
앞에서 손이 푸근해 보였던 그가 있었다.

단 한 번의 눈물

나를 발견한 민철 선배는 멀리서 손을 번쩍 들었다. 연한 아이보리색 긴 치마에 흰 블라우스를 입은 내 차림을 본 김 선배는 붉은 플라스틱 의자를 손으로 탁탁 치며 닦는 흉내를 냈다.

"야아~ 미혜 오랜만이다. 어서 와."

그 남자는 살짝 취기가 오른 얼굴로 나에게 슬쩍 눈인사를 보냈다. 그는 미혜와 영화 이야기를 하고 있었다. 마침 리처드 기어가 주연한 영화 "하치 이야기"가 주제에 올라 있었다. 영화소개는 '따듯하고 감동적인 이야기' 운운하지만, 강아지라면 말 그대로 죽고 못 사는 나는 그 영화 본 것을 몹시 후회했다. 영화는 리처드 기어가 갑자기 사망하자 그의 개였던 하치가 주인이 오던 길목을 내내 기다리는 이야기다. 아무것도 모르는 그 강아지가 안타깝고, 마음

아파 내내 목에 가시가 걸린 것 같았다. 행복한 결말이건, 감동이라고 소개하건 나는 강아지 나오는 영화는 안 본다. 강아지의 눈망울을 보면 나는 무조건 마음이 아팠다. 미희는 고양이를 2마리기른다.

강아지와 고양이에 대해 우리는 맥주를 홀짝홀짝 마시며 말 그대로 의미 없는 수다를 나누었다.

"나는 그 영화 보면서 하치가 너무 가엾어서 보기 힘들었어. 냥이라면 그렇게 스토리를 전개하지 못했겠지?"

내 말이 끝나자 합석한 나에게 눈인사만 보내고 말았던 그가 말을 걸어왔다.

"강아지 좋아하세요?"

"네에, 그럼요. 좋아해요. 너무 사랑스럽잖아요."

"으…. 나는 강아지 기르는 사람을 참 이해하기 힘들 때가 있던데……"

'아니, 이 사람 뭐야. 대놓고 사람 무안을 주네.'

비난조는 아니었지만 정말 잘 모르겠다는 표정으로 그가 이야기를 했다. 자신이 의뢰받은 사건이 있었는데 입양 보낸 강아지를 파양해 데려오고 싶다는 소송이었단다. 그런데 원고인 의뢰인이 사용하는 언어가 정말 낯설었다며 어이없다는 표정으로 비식 웃었

다. 강아지를 다시 데려오고 싶다며 소송을 건 그 여성은 입양해 갈 때와 달리 '우리 아기'에게 '집밥'도 해 주지 않고, 외로움을 많이 타는 푸들인데 혼자 있게 한다며 '엄마' 노릇을 안 하니 파양해 다시 데려오게 해달라며 소송을 걸었다고 한다. 그는 강아지를 놓고 그 여성이 사용한 '우리 아기' '집밥' '엄마' 등의 단어에 방점을 두며 말했다.

"아, 강아지를 자식처럼 사랑하면 진짜 말이 그렇게 나오나…. 저는 일단 그 용어부터 이해가 안 되더라고요."

반려동물과 살아본 경험이 없으면 그럴 수도 있겠구나 싶었다. 예전에는 나도 그랬었으니까.

장 변호사와 나는 우리가 서로 구면인 것을 알고 있었다. 하지만 그 일에 관해서는 서로 언급하지 않았다. 변호사로 연구소의 비상임감사라는 것 말고 그에 대해 더 알게 된 것은 없었다. 그도 나의 출신학교 정도를 더 알게 되지 않았을까. 민철 선배의 입담과 미희의 재치 있는 받아치기로 자리는 내내 즐거웠다. 다음에 다 같이 영화를 보러 가자는 가벼운 약속을 하며 서로 전화번호를 저장했다. 자리를 털고 일어설 즈음 그가 잠깐 사라졌다 나타났다. 이마가 땀으로 살짝 번들해지고 손에 두 개의 아포가토를 들고 있었다. 내가 아포가토를 좋아한다는 말을 마친 뒤였다.

"아포가토 하면 이 집 젤라또가 제일 맛있습니다."

그가 미희와 내게 내밀며 말했다. 에스프레소 아래 여전히 동그란 형태를 유지하고 있는 젤라또는 정말 시원하고 쫄깃했다.

시간이 늦어져 모두 주섬주섬 가방을 챙겨 찻길을 향해 걸었다. 내가 택시 타고 들어가겠다고 하니, 그가 택시를 잡아 준다며 앞으로 나서 택시를 불렀다. 민철 선배가 뒤에서 바라보며 잘 가라고 한 손을 들어 올리며 미소를 보냈고, 미희는 버스를 타고 간다며 정류장을 향해 돌아서 갔다. 크로스 가방을 멘 채로 보도블록을 내려가 택시를 휘휘 잡는 그의 등이 알 수 없게 따뜻했다. 취객이 쏟아져 나오는 복잡한 명동이라 택시는 한참 만에 잡혔다. 고맙다는 목례를 하고 택시에 오르니, 그가 문을 가볍게 닫아 주었다. 택시를 타고 가는 도중에 그에게 문자가 왔다.

'집에 도착하면 잘 들어갔다고 문자 주세요.'

한 글자 한 글자를 끊어서 읽고 또 읽었다. 그 문자는 왠지 다른 말을 감추고 있는 것 같았다. 아파트 현관을 열고 들어가자마자 나는 답문을 보냈다.

'집에 잘 도착했습니다. 감사합니다.'

'다행히 차가 막히지 않았나 봅니다. 편히 쉬세요.'

잠시 소파에 멍하니 앉았다. 호흡이 흔들리고 있었다.

민철 선배가 지난번에 말이 나왔으니 다 같이 '인셉션'을 보러 가자며 연락을 보냈다. 동학들과 노닥거리는 소박한 재미가 그리운 나는 대뜸 그러마고 했다. 만나기로 한 신촌 CGV 앞에 갔더니 입구 옆 스타벅스 앞에 민철 선배가 와 있었다. 손에 커피를 들고 담배를 피우던 민철 선배가 대뜸 말했다.

"장 변호사가 너 좋아하는 것 같더라. 연락했더니 자기도 오겠다고 했어."

"에이, 지난번 한번 우연히 합석했을 뿐인데요. 우리 연구소 상임이사로 오갔는데 저와는 상관없는 일이…. 사석에서는 그날 처음 본 걸요."

민철 선배는 그날 내내 그런 느낌을 받았다며, 그가 최근 로스쿨 제도 도입에 따라 민철 선배가 재직 중인 학교의 법학전문대학원에 전문 교수로 자리를 잡았다고 했다. 나는 민철 선배의 상상력에 날개를 달아 줄까 싶어 그와 문자를 나누었다는 말을 하지 않았다.

곧 미희가 오고, 그도 왔다. 그는 적은 돈으로 두 시간 동안 머리를 쉴 수 있어서 영화 보는 것을 좋아한다고 했다. 그날도 우리 네 명은 영화를 보고, 저녁을 먹고, 맥주를 마시고 제법 즐겁게 시간을 보냈다. 나는 그에게 시선을 보내지 못했다. 그쪽을 향하는 순간 눈이 마주쳤기 때문이다. 그렇게 그는 나에게 몇 시간 내내 시선을 묶어두었다. 나도 그 앞에서 곱게 말하고 상냥하게 웃으려 내내 신경 쓰고 있었다.

'그의 눈에 지금 내 모습은 괜찮을까? 어디 화장이 번지거나, 뭐가 묻지는 않았을까?'

손거울이라도 꺼내 점검하고 싶은 마음을 참았다. 헤어질 때 그는 또 택시를 잡아 주었고, 같은 문자를 또 나누었다. 그의 문장이 하나 추가되었다.

"오늘 함께 해서 즐거웠습니다."

잠자리에 들면서 나도 내내 즐거웠음을 되짚었다. 잠을 청하는 내 입꼬리는 올라가 있었다.

토요일 오후였다. 엄마가 집에 들러 저녁도 먹고 김치와 밑반찬을 가져가라는 전화를 했다. 아버지와 엄마는 언니나 기헌이 내외가 올 때면 나에게도 오라고 전화했다. 형제간의 우애를 위해 함께 식사하자는 요청이다. 하지만 분가한 뒤부터, 아니 더 정확히는 기헌이가 결혼한 뒤부터 부모님 집에 있노라면 소외된 느낌이 스멀스멀 기어 올라왔다. 푹신한 소파에 앉아 있어도 지방 소도시 초등학교에서 나무 의자 끝에 엉덩이를 걸치고 앉은 전학생 기분이었다. 한 집 건너 다 아는 사이인 작은 지역의 초등학교, 학기 중간에 끼어든 전학생인 나는 무리에 섞이지 못했다. 소극적인 나는 나의 소외감을 내성적 성격이라는 두꺼운 가면으로 가렸다. 부모님 집에서 나는 다시 가면을 꺼내 쓰고 있었다. 꾸역꾸역 가면으로 숨긴 내 모습이 여전히 똬리를 틀고 안에 뭉쳐 있었다. 결국 부모님 집에 갈 때 가능한 기헌이 내외가 올 만한 시간을 피했다. 기헌이 아내에게 불편함을 더해주고 싶지도 않았다. 시부모도 어려운데, 결혼하지 않은 시누이가 얼마나 부담일까 싶었다. 언제나 밝고 화사한 웃음으로 손에 가득 먹을 것을 챙겨 들어오는 언니, 그 뒤를 올망졸망 따라 들어오는 조카들, 짐을 이고 진채로 선한 웃음을 빙긋이 지으며 성큼 들어서는 형부, 언니 가족은 행복 바이러스를 모두에게 확산시키는 사람들이다. 어느 순간부터 나는 그 화사한 행복에도 섞이지 못한 이물질 같았다.

엄마에게 일요일 저녁에 잠시 가겠다고 답하고 밀린 청소와 빨래, 연구소에서 꼼꼼하게 정리하지 못한 내 논문과 강의안을 검토하며 보냈다. 저녁 5시가 다 된 시간에 장 변호사, 아니 장 교수가 전화했다. 아파트 벤치라고 했다.

"제가 지금 댁 가까이 있다가 아파트 앞에 왔는데, 괜찮으시면 커피 한잔하시죠."

'허! 갑자기 오면 곤란한데…….'

목 늘어진 셔츠와 무릎 나온 추리닝 차림으로 분주하던 나는 감지도 않은 숱 많은 긴 머리를 칭칭 돌려 검은 고무줄로 고정하고 대충 청바지에 셔츠로 갈아입고 나갔다. 그는 오른손에 테이크아웃 커피를 들고, 다른 한잔은 바로 옆 벤치 위에 올려놓고 나를 기다리고 있었다.

"여자는 갑자기 불러내면 안 되는 거예요. 청소하다가 머리도 못 감고 나왔어요."

내가 옆에 앉아 커피를 들며 말했다. 추레한 내 차림새를 변명하고 싶었다. 그는 혼자 바람 쐬며 커피 마시다가 내 생각이 나서 왔다고 하였다.

"나는 유안진의 〈지란지교를 꿈꾸며〉와 같은 그런 관계를 늘 소망했어요. '저녁을 먹고 나면 허물없이 찾아가, 차 한 잔을 마시고 말할 수 있는 친구가 있었으면 좋겠다.' 얼마나 아름다운가요. 문득 보고 싶을 때, 허물없이 만날 수 있는 그런 친구. 난 그런 친구이고 싶어요."

진지한 그의 말에 어떻게 반응해야 할지 몰랐지만, 싫지 않은 것은 분명했다.

"그분의 시에서처럼 입은 옷을 갈아입지 않고 만나는 것은 좋지만, 김치 냄새가 나는 것은 싫은데요."

나는 살짝 장난스럽게 답했다. 그렇게 벤치에 앉아 조근조근 한 시간 정도 이야기를 나누고 그는 돌아갔다. 우리는 서로 신상을 묻지 않았다. 삼십 중반의 여자가 결혼했을 가능성은 고려하지 않나 하는 생각을 했다. 나 역시 그의 나이도 정확하게 몰랐고, 결혼하지 않은 사실만 알 수 있었다. 어떤 삶을 살아왔는지 몰라도 과거 삶의 결과물인 현재의 모습이 좋으니 그만이었다.

그날부터 그는 나에게 아버지보다 더 아버지 같았고, 온 마음을 다 주었다. 곰살갑지 않았지만, 흔들림 없는 속 깊은 정을 내게 주었다. 사막에 던져진다고 해도, 깊은 산에 고립된다 해도 그는 흔들림 없이 내 손을 잡고 길을 찾아내 줄 것 같았다. 그가 꿈꾸는 관계라고 말한 〈지란지교를 꿈꾸며〉에 나오는 구절처럼 그의 인품은 조용하고 은근하며 성숙하였다. 그리고 수수하며 몸가짐이 가볍지 않았다. 얇은 종잇장처럼 잘 찢어지는 나의 감성과 눈물, 예민함을 커다랗고 두꺼운 옹기가 되어 푸근히 담아 주었다. 아무리 바빠도 거의 매일 퇴근하는 나를 데리러 왔고, 자기 눈앞에서 저녁을 먹게 하였다. 자기 전에 반드시 전화를 했고, 아침이면 오늘도 수고하라고 문자를 보냈다. 장을 잔뜩 봐다 주기도 하고, 주전부리나 건강보조식품을 고루고루 챙겨 오기도 하였다. 나는 '백조의 호수' 발레 공연에서 주역 프리마 발레리나가 된 것처럼 마음이 꽉 차올랐다.

그는 내 손을 잡고 있는 것을 좋아했다.

"나는 이렇게 손을 잡고 있는 게 참 좋아. 따듯하고 편안해. 이렇게 가만히 손잡고 있어도 편안한 사람, 그런 사람과 사랑하고 싶었어."

운전석에 기대앉아 내 왼손을 끌어다 두 손으로 포개어 잡고 눈을 감은 채 그가 말했다. 그의 손톱은 늘 정갈하게 관리되어 있었고, 아무런 스킨 냄새도 나지 않았다. 업무상 악수도 많고 해서 손에 냄새나는 것을 바르지 않는다고 하였다. 그의 손은 따듯하고 포근했다. 우리가 서로를 뜨겁게 품을 때도, 그는 포근했다. 성탄이 다가오면 강남 고속버스터미널 지하상가를 돌고 또 돌면서 크리스마스트리와 장식을 사서, 내 작은 아파트 거실을 동화 속처럼 꾸며 주었다. 제일 마지막 장신구인 별을 들고 의자에 올라가 손을 뻗어 올려 달면서 말했다.

"크리스마스트리는 뭐니 뭐니 해도 제일 위에 별이 달려야 해."

황금색으로 빛나는 별을 달고 뿌듯한 미소로 의자에서 내려와 바라보았다. 연말은 이 노래를 꼭 듣고 보내야 하는 거라며 "Oh Holy Night"을 손을 잡고 함께 들었다. 그렇게 함께 한 따듯한 성탄이 몇 번이나 지나갔을까. 네 번… 이제 곧 다섯 번… 아니 여섯 번째이다. 해를 넘기며 우리는 서로에게 아주 친숙했지만, 가족도 아닌 남도 아닌 사이였다. 이 어정쩡함을 어떤 식으로든 정리해야 하지 않을까 하는 생각에 내 마음이 술렁대기 시작했다. 의기소침하기도 했고, 나는 그에게 뭘까, 내게 있는 그의 자리를 어떻게 정의해야 하는 걸까 하는 생각이 오갔다.

나의 내면의 갈등은 파도처럼 출렁거리며 그에게 전해졌다. 어느 날, 긴 지방 출장을 마치고 곧바로 나에게 달려온 그가 말했다.

"오늘 단 한 번만 말할 거야. 다시는 안 해, 오늘만 한 번 말할 거야."

나는 눈동자도 움직이지 않은 채 그의 앞에 앉아 있었다.

"나는 내가 언젠가 사랑하게 되면, 조금의 후회도 남지 않게, 그때 더 잘해줄 걸 하는 등의 아쉬움을 남기지 않게 정말 진심을 다해 열렬히 사랑하리라 마음먹었어. 나에게 그 사랑은 너야. 너는 내가 마지막 날에 세상에서 가장 내 마음을 다해, 더 이상 할 수 없을 정도로 사랑한 유일한 사람이라고 말할 사람이야."

말을 하는 그의 흰자위가 점점 붉어졌다. 마침내 말을 마치자 눈물 한 방울이 뚝 떨어졌다. 떨어진 그의 눈물 한 방울은 내 심장과 영혼에 들어보지 못한 가장 크고 웅장한 소리를 내며 쿵 하고 들어왔다. 어떤 일이 일어나건, 어떤 상황이 전개되든 나는 이 사람의 늙어가는 모습을 곁에서 볼 수 있겠구나, 저 검고 굵은 머리에 힘이 빠지고 서리가 내려도 그는 여전히 커다란 옹기처럼 내 곁에 버티고 있겠구나 싶었다. 내가 더 나이 들고 몸이 아프게 되어도 이 사람이 곁에 있다면 그것도 다 감내하며 살 수 있을 것 같았다.

거울 속 똬리

　그즈음 나는 지쳐가고 있었다. 매번 학교에서 배정해 준 강의실을 더 큰 강의실로 바꿔야 할 정도로 수강생이 정원을 넘었고, 열강이라는 평을 듣고, 최우수 강의상도 받았다. 수업의 의미를 새기며 열심히 했지만, 강의에 대한 내면의 열정은 퇴색하고 있었다. 내 연구서는 학술상을 받았고, 늘 A급 학회지에 1년에 2편 이상 부지런히 논문을 발표하였다. 하지만 대형서점에 가보면 쏟아져 나온 읽을거리들, 그것을 보는 내 심정은 초라함이었다. 그렇게 밤새워 쓴 글이 학계나 일반에, 세상에, 내 삶에 어떤 의미인가를 잘근잘근 씹어보면 허무했다. 연구실의 큐비클(Cubicle) 안에서 반복되는 일에도 진이 빠져갔다. 전문성은 요하지만 창의성, 독창성은 그다지 필요 없는 작업을 하면서 나는 점점 바싹 마른 화분이 되는 것 같았다. 나만의 창의적이고 독창성 있는 문제의식이 담긴 글을 쓰며 아직 살아있는 뿌리로부터 싱싱한 가지를 뻗어내고 싶었다. 그 갈증에 시달렸다.

상처가 있으면, 거기에서 나오는 독은 자신에게가 아니라 가장 가까운 사람에게 간다고 했던가. 학교와 연구소에서 받은 소외감과 스트레스로 지친 나를 위로하고 격려하는 그에게 당신은 전공을 살려 정규 교수로 있으니 내 고충을 모른다고 애먼 소리를 했다. 아래위로 치이는 서러운 둘째 딸이라는 소외감을 당신은 장남으로 늘 사랑과 권위를 누렸으니 내 설움을 모른다고 항변했다. 우리 사이에 가끔 보이지 않는 먹구름이 낀 것 같은 느낌일 들 때, 그는 말했다. 내가 있는 그대로를 온전히 자기 앞에 드러내지않는다는 것이다. 우리 서로 완벽하지 못하고 부족하기 나름인데 너는 왜 너를 다 보여주지 않느냐며 서운해 하였다.

"하여튼 자기가 뭘 잘못하고 있는지도 모르지."

나는 알아들을 수가 없었다. 아니 내가 어떻게 했는지, 그가 무엇에 언짢아하는지를 정확히 이해하지 못했다. 핸드폰 충전상태가 %로 표시되는 것처럼, 마음의 %를 알려 주면 100% 충선을 확인할 수 있을 텐데, 나를 완전히 드러낸다는 것은 어떻게 하는 것일까. 그러나 이 모든 것은 내 생각인지 모른다. 그에게서는 결국 아무 말도 듣지 못했다.

　우리가 마지막 나눈 말이 무엇이었던가? 정확하게 기억나지 않는다. 분명한 기억은 언성을 높이거나 다투지 않았다. 일상적인 밤 인사였다. 내가 알아차리지 못한 내 무엇이 그에게는 '마지막 짚단'(Last Straw)이었던 걸까. 기억에 흐릿한 그 저녁의 내 말이 자존심을 무너뜨린, 또는 참아왔던 화를 건드린, 아니면 이도 저도 아닌 그냥 마음이 식어서 그랬던 걸까. 매일의 습관으로 잠들기 전 통화를 했고, 아침에 일상적으로 카카오 톡을 보냈는데 답이 없었다. 몇 번을 이런저런 말을 써서 보냈는데, 역시 읽기만 할 뿐 답이 없었다. 하루 종일 핸드폰만 확인하다가 저녁에 결국 우리의 마지막 문자가 된 한 줄을 보냈다.

'독백도 아닌데, 나만 계속 혼자 말하네.'

그 문자를 끝으로 나도 더 이상 보내지 않았다. 아니 또 보낼 수가 없었다. 그가 아무런 답을 보내지 않았기 때문이다.

하루, 이틀이 지났다. 피가 바싹바싹 말랐다. 그의 학교 홈페이지를 들어가 보았다. 아무것도 달라지거나 별다른 공지 사항이 없었다. 그는 여전히 수업하고 있었다. 일단 아프거나 별일이 생긴 것은 아님을 확인했다. 일주일이 넘어갔다. 나는 어떻게 해야 했던 걸까. 아팠다. 정말 아팠다. 그리고 처참하도록 슬펐다. 아주 오래오래 그랬다. 왜 그랬냐고, 그런 방법이었어야 했냐고, 단 한마디라도 설명을 들어보고 싶다는 생각에서 벗어나지 못했다. 그렇게 나 혼자 끝없이 돌고 돌았다. 나를 할퀴기만 하는 가시 돋은 이 챗바퀴에서 나갈 수 있는 날이 올까. 처참하게 구겨져 시궁창에 버려진 것 같았다. 헌신짝을 버릴 때도 들고 쓰레기통으로 가는 수고는 해야 하는 것 아닌가. 그냥 어느 날 구석에 처박아 버리고 다시는 돌아보지 않는 그런 비겁한 남자였던가. 그렇게 내가 아무것도 아니었던가. 우리의 6년이…….

그가 떠나갔음을 인정해야만 하는 시간이 흘렀다. 컴퓨터를 여

니 함께 만든 즐겨찾기가 여러 개 있었다. 이다음에 여행갈 곳을
모아 둔 〈가자〉, 맛집 모아 둔 〈먹자〉, 영화 묶어 놓은 〈보자〉를 다
삭제했다. 내 눈에서는 삭제되었지만 컴퓨터 어딘가 정보는 숨어
있듯이, 더 이상 보이지 않지만 마음에 저장된 그 사람은 쉬이 삭
제되지 않았다. 연구소를 그만두고 강의도 내려놓았다. 전화도 바
꿨다. 그와 동선을 함께 했던 장소와 지역에서 버틸 수 없었다. 회
전의자를 빙글빙글 돌리며 집안을 휘휘 둘러본 나는 무엇부터 해
야 할지조차 막막했다. 주변을 둘러보니 그의 손길을 거쳐 온 것
천지였다. 당근마켓이 생긴 뒤로 헤어진 연인들이 받았던 선물 가
운데 값나가는 물건은 거기에 내놓는다고 들었다. 나도 그럴 수 있
으면 얼마나 좋을까. 박스를 사서 하나하나 버블로 감싸 켜켜이 담
았다. 눈물이 한없이 나왔다. 뜨거웠다. 심장이 찔리는 알알한 느
낌으로 고통스러웠다. 추락하고 또 추락하다 보면 언젠가 다시 오
를 수 있을까.

둘이 묶는 인연의 끈은 한 쪽이 놓아버리면 다른 한쪽이 잡고
있거나 말거나 아무 의미도 차이도 없다. 왜 그랬냐고, 그런 방식
이어야만 했냐고 물어볼 기회도 없이 어느 날부터 시작한 그가 없
는 날들, 인연이 끊어짐은 어제까지 가장 가까웠던 사람이 모르지
않는 모르는 사람으로 살아가야 하는 일이었다. 그렇게 쏟아 부은
사랑을 어찌하고 그는 그렇게 단 한마디의 말도 없이 모질게 끊을

수 있었을까. 참으로 따뜻했던, 정말로 모진 사람이다. 하지만 세상은 예측하지 못한 이별로 가득하고, 나 역시 그 일을 겪고 있음이다. 이별이라 부르기 어색한 갑자기 당한 단절. 그가 다시 나를 찾지 않음을 확인한 '그날'이 이제 '여느 날'인 나의 일상이 되었다. 세상에는 오늘도 얼마나 많은 이들이 '그날'을 맞고 있겠는가.

'그래요, 우리 살아서 다시는 만나지 말아요.'

나는 십여 년 전부터 알고 지내던 미국 미네소타대학교에 아시

안 학과 학장으로 있는 조나단 교수에게 방문학자로 초청을 부탁하는 이메일을 보냈다. 조나단 교수와는 오래전 심포지엄에서 알게 되었고, 그의 몇 번의 한국 방문에서 자료조사를 도와주고, 학회 발표의 기회를 마련해 준 일이 있다. 그 뒤로 종종 학술발표나 학술지 기획논문에 참여하며 학적인 교류를 나누고 있었다. 그에게는 한국에서 입양한 막내딸이 있었다. 조나단 교수는 흔쾌히 내 요청을 수락했다.

꿈쩍도 안 하는 그처럼 자리하고 있던 몇 개의 박스를 포함해 내 짐을 모두 부모님 집 베란다로 옮겼다. 베란다 한쪽의 창고 안으로 짐을 밀어 넣는 내 뒤통수를 향해 걱정 반, 나무람 반이 뒤섞인 엄마의 목소리가 화살처럼 날아왔다.

"아니 정신 사납게 이게 다 머냐. 하이고, 네가 참 애물단지다. 결혼해서 아이를 학교에 보낼 나이인데, 무슨 또 미국엘 가냐. 연구소는 휴직도 아니고 그만둬 버렸다며. 갔다 오면 다시 뭐를 할 게냐? 미국 다녀오면 어디 다시 들어갈 조건이 유리해지니?"

짜증인지 염려인지 분간하기 어려운 목소리로 내 뒤에서 말을 쏟아낸 엄마는 거실로 들어가더니 소파에 털썩 앉았다. 표정이 편치 않았다. 나도 아무 말하지 않았다. 아버지는 손에 리모컨을 잡은 채 애써 시선을 TV로 보내고 있었다. 엄마 말을 부정도 못 하고 내 역성을 들지도 못하는 난처한 표정이었다. 대략 정리를 마치고 나는 거실로 들어와 소파 한끝에 잠시 쪼그리고 앉았다. 아버지는 추위도 많이 타면서 하필 그 추운 곳으로 가느냐며 필요한 거 있으면 언제든지 말하라고 했다. 아버지 말끝을 잡고 엄마가 한마디 더 보탰다.

"필요하긴 뭐가 필요해. 이제 자기가 다 알아서 해야지."

학교의 선후배들은 내게 부담 없이 훌훌 떠날 수 있으니 부럽다는 인사말을 건네거나, 인문학자의 현실로 연구소라는 직장도 괜찮은데 그만두었냐는 아쉬움을 비치기도 했다. 다른 이들 보기에 특별할 것 없는 방문학자라는 여정의 시작이지만, 나에게는 발을 뺄 수 없는 진 구렁텅이에서 나오려는 생존의 몸부림이었다. 방문학자의 자격은 1년 동안 유지되겠지만 나는 더 이상 대학 언저리에 있고 싶은 생각이 없었다. 그만큼 썼으면 됐지 더 이상 논문도 쓰지 않겠다고 결심했다. 후련하고 편했다.

미네소타 공항은 멀고도 멀었다. 직항이 없어 일본 나리타공항에서 4시간을 기다려 갈아탔다. 마침내 속이 메슥메슥해 아무것도 먹지 못할 즈음 비행기에서 내렸다. 공항에서 인터넷으로 예약한 렌터카 사무실까지는 셔틀로 이동했다. 셔틀 창밖을 보니 동서남북으로 하얀 눈만 보였다. 예약한 차를 받아 지도를 숙지하고 또 숙지한 뒤 힘이 잔뜩 들어간 두 손으로 핸들을 잡고 눈으로 뒤

덮인 초행길에 올랐다. 순간 또 그의 생각이 스쳤다.

'내가 이렇게 사라져 버리면, 그가 나를 한 번쯤은 찾으려 할까.'

나는 일 년에 6개월 정도는 쌓여있는 미네소타의 깊고 깊은 눈더미 속으로 영영 숨고 싶었다. 아니 그때만 해도 그는 지금 어떨까를 여전히 그려보곤 했다.

미네소타대학은 미국의 다른 대학에 비해 방문학자에게 제법 친절했다. 전화와 컴퓨터를 갖춘 두 명이 사용하는 연구실을 제공하고, 도서관을 비롯해 모든 대학시설을 자유롭게 사용하게 해 주었다. 나는 연구 활동을 진행할 생각은 전혀 없었다. 초청해 준 것에 대한 의무로 조나단 교수가 주관하는 학회에서 논문 발표를 한번 했다. 그 이상 내가 해야 할 의무는 없었다. 내게 제공된 연구실은 아시안 학부가 있는 건물의 6층에 있었고, 지하에 카페가 있었다. 함께 연구실을 사용하는 방문학자는 중동의 역사와 문화를 가르치기 위해 이스라엘에서 1년 계약으로 온 중년의 남자였다. 그는 참으로 말하기 좋아하는 사람이었는데, 불행히도 그의 영어 발음은 알아듣기 정말 힘들었다. 연구실에서 마주치면 그의 수다에 잡혀 중동 억양이 강한 영어를 알아듣는 척 하느라 머리가 아팠다. 그 남자가 수업이 있어 학교에 온 날은 연구실을 피해 이곳저곳을 어슬렁거리며 다녔다.

미네소타는 춥고도 추운 곳이었고, 미시시피 강을 중심으로 두 개의 도시에 펼쳐진 미네소타대학은 명성처럼 넓고도 넓었다. 워낙 추운 곳이라 모든 건물은 지하로 통하거나 지상 낮은 층 어딘가에 다른 건물로 통하는 통로가 있었다. 아무리 건물 사이를 연결하는 통로가 있어도 주차장에서 가장 가까운 건물까지는 5분 정도 걸어야 했다. 차를 주차하고 건물 현관 손잡이를 잡기까지의 짧은 시간이지만 TV로만 본 히말라야 설원을 걷는 게 이런 것일까 싶었다. 걷다 보면 동공 속까지 찬바람이 들어왔고, 조금만 더 걸

으면 얼어 죽겠구나 싶으면 현관에 닿았다. 이 눈 덮인 곳에서 그래도 살아내야 한다는 치기가 새롭게 올라왔다.

수업을 청강할 때면 제일 뒤에 앉았다. 학생들은 우주복처럼 둘둘 말고 강의실에 들어와 털모자, 털목도리를 벗고 제일 겉에 두툼한 옷도 벗어 의자에 걸쳤다. 난방이 들어오는 강의실은 점점 학생들 머리에서 솟아오른 김으로 습하고 후덥지근해졌다. 머리카락의 색상, 크기, 모양은 저마다였지만 모두의 뒤통수는 굴뚝이라도 된 것처럼 모락모락 연기를 피워 올렸다. 제일 뒤에 앉아 구경꾼으로 바라보니 수업의 진지한 분위기와 상반되어 비실 웃음이 나왔다. 꽁꽁 얼어붙은 세상에서 젊은이들은 복도 벤치나 길을 걸으며 차가워 보이는 피자, 햄버거 등을 콜라와 함께 먹었다. 나라면 금방 체할 것 같은데 사람들 각자에게는 자신이 처한 삶에 적응하는 능력이 있는가 보다. 생존해야 하니까.

분주하게 사람들이 오가는 중앙도서관 입구에 전신거울 두 개가 나란히 서 있다. 오목 거울과 볼록 거울이다. 그 앞에 서면 우스꽝스러워지는 모습에 장난기 가득한 젊은이들이 가끔 서로를 거울 앞으로 밀어대며 웃는다. 평소에 거울로 보아온 자기 모습을 알기에 웃을 수 있음이다. 그렇지만 우리는 정말 자기 모습을 제대로 보며 살아왔을까? 나를 비춰보는 내 거울이 어린 시절부터 어딘가

금이 가 있는데, 그것을 본래의 내 모습으로 생각해 온 것은 아닐까. 그는 내 모습을 어떤 거울로 보았을까. 진지한 성품의 그가 정말 진지한 말투로 있는 그대로의 나를 사랑한다고 말했었다. 세월 따라 설렘이 지금 같지 않아도, 주름이 생기고, 나이가 들고, 세상에 다른 수많은 사람이 있어도 있는 그대로의 너를 사랑한다고 했다. 그는 어떤 여자를 바라보며 말했던 것일까.

나는 어쩌면 그와의 단절보다 목젖에 걸려 내려가지 않는 건네지 못한 말이 더 힘들었다. 왜 그래야 했느냐는 물음, 잘 가라는 절차, 고마웠다고 해야 할 인사, 그 어떤 말도 전할 수 없음에 걸려 넘어져 있었다. 그것을 가까스로 정리했다. 나를 사랑해 주어서 고맙다고, 그리고 떠나가 주어서 고맙다고. 말없이 끊어낸 그 무참한 단절로 비로소 나를 비춰보는 거울을 보게 되었다고. 하지만 다시는 살아서 마주치지 말자고 입술을 깨물었다.

미네소타의 눈 속에서 보내는 시간은 그를 덜어내는 시간이 아니라 나를 보는 거울을 손보는 시간이었다. 지금 앞에 마주한 거울을 찬찬히 닦으며 들여다보니, 내 안에 아주 오래되어 인식하지도 못했던 똬리가 보인다. 똬리로 억제되어 나를 온전히 사랑할 줄 몰랐기에, 그에게 진정으로 다가가지 못했는지 모른다. 내가 보는 이 거울이 오목 또는 볼록 거울인지, 그대로의 거울인지, 어느 구석이 깨졌는지를 객관적으로 알 수는 없다. 하지만 지금 거울에 비치는 내 모습 그대로를 안아주며 사랑하리라, 잘 해왔고 잘할 거라고 나를 쓰다듬는다. 비로소 똬리가 스르르 풀어지는 느낌이다. 나머지 공부한 지진아, 소외감을 벗 삼은 전학생, 둘째로 미운 오리라는 위축, 대체 가능 인력이라는 자괴감, 학자라는 허울, 그 인연과 참혹했던 단절…. 차라리 다 잘된 일이다. 모두 내 삶이었으니, 내가 가장 사랑해야 하는 내 삶이니까. 이 눈 더미 속에 살아 있기에 나는 걸림돌을 넘어 다시 한 걸음 옮길 수 있었다. 비로소 온전히 편안하게 잠도 청할 수 있게 되었다. 그리고 혼자 조용히 된다.

'차라리 잘됐어. 정말 이 모든 게 차라리 다 잘된 일이야. 만나서 고맙고, 그렇게 떠나 또 감사해. 하지만 우리 살아서 다시는 마주치지 말아요.'

엄
마
의
담
장

프롤로그 : 절부(節婦) 딸

　나의 엄마는 26살을 막 넘긴 3월 봄날에 말 그대로 창졸간에 남편을 잃었다. 나는 생후 8개월 갓난아기였고, 오빠 성훈은 3살이었다. 더욱이 엄마는 셋째를 임신 중이었다. 여느 날처럼 퇴근한 아버지는 저녁식사를 마치고 먼저 안방으로 들어갔다. 상을 치우고 마루에서 빨래를 개키던 엄마는 방에서 잠꼬대와 같은 외마디 소리를 들었다.

　"으... 으으."

　악몽이라도 꾸나 싶어 달려가 보니 아버지는 이미 숨을 거둔 뒤였다. 맑은 하늘에 친 날벼락, 청천벽력이란 말로도 부족한 변고였다. 집에서 그렇게 숨을 거둔 경우는 부검을 하지 않아 원인을 알 수는 없다. 다만 나중에 의사가 사망원인을 '뇌경색'이라고 썼다고 했다.

　아버지가 돌아가신 뒤 주머니에서 돈 조금 나온 거 말고는 모아둔 재산이 없었다. 마침 아버지는 직장을 옮겨 연수를 마치고 발령을 기다리는 중이었다. 1968년이니 시절도 시절이지만, 정식 직원도 아니었기에 엄마는 아무 도움도 받지 못했다. 황망 간에 치른 초상 뒤 배가 찢어지는 고통과 함께 유산마저 했다. 세상 물정이라고는 아무것도 모르는 엄마는 당장 가장의 역할을 감당해야 했다. 혼자 힘으로 자식들을 잘 길러야 한다는 생각에 미처 슬픈 겨를도 없었다고 했다. 그 뒤 163cm 키의 엄마는 체중이 평생 40kg 초반을 오간다.

　다행히 아버지는 결혼하면서 서울 원효로에 집을 장만했다. 근대 이후 지어진 건축양식의 집이라 흔히 '양옥집'이라고 불리는 적당한 규모의 집이었다. 방 3개에 부엌과 마루가 있고, 앞뒤로 마당이 있었다. 작은 마루에 방과 부엌이 달려 세를 줄 수 있는 뒤채도 있었다. 아버지는 앞마당에 둥근 연못을 만들고, 제법 넓은 뒷마당에는 화단을 꾸며놓았다. 엄마는 아버지가 연못을 만들어 물을 채웠다 빼는 작업을 몇 번이나 반복한 뒤 물고기를 넣었지만, 매번 죽었다고 했다. 비닐을 바닥에 깔았지만, 콘크리트를 발라 채운 물에 결국 물고기가 살 수 없음을 깨닫고 포기했다 한다. 뒷마당 한편에는 연탄이며 삽 등 여러 물건을 쟁여둔 광이 있었다.

아버지가 돌아가시고 보니 집은 상당한 대출금이 있었고, 엄마가 그 뒤 몇 년에 걸쳐 갚았다고 했다. 나는 그 집에서 산파의 도움으로 태어나 중학교 3학년이 될 때까지 살았다. 아버지의 손길이 스친 곳이라는 사실은 인지하지 못한 채, 나에게 뒷마당과 화단은 최고의 놀이터였다. 아마 아버지는 벽돌을 쌓아 낮게 단을 만들고 꽃을 심어 화단을 꾸미며 자식들과 함께 뛰놀 날을 상상하며 미소를 지었으리라. 얼마 전 모처럼 놀러 간 식물원에서 많은 인파를 뚫고 마이크에서 익숙한 동요가 울려 퍼졌다.

"아빠하고 나하고 만든 꽃밭에 채송화도 봉숭아도 한창입니다.~"

온갖 꽃과 식물이 가득한 그곳에 적절한 노래였다. 그러나 나는 눈물이 터졌다. 이제 그 동요는 내 가슴을 후벼 판다.

엄마는 일가가 대대로 서울 사대문 안에 거처하며 양반가를 자처하는 반남 박씨 출신이다. 엄마를 포함해 사촌, 육촌을 포괄하는 이모들은 모두 서울 덕수국민학교와 경기여중고를 나왔다. 엄마 박영서는 서울대학교 사범대학에서 국문학을 전공했지만, 졸업을 앞둔 겨울에 8살 연상의 아버지 강민수와 결혼하였다. 친구의 오빠였던 아버지는 엄마를 처음 보자마자 매일 집으로 찾아와 구애하였고, 엄마는 주변 사람들이 보는 게 너무 부끄러워 아버지의 뜻을 따랐다고 하였다. 26살에 남편을 잃은 엄마는 학벌은 있지만 사회생활 경험은 전혀 없는 전업주부였다. 다행히 그다음 해부터 엄마는 사립 여중의 국어 교사로 근무하게 되었다. 내가 알 수 없는 어려운 사정이 있었겠지만, 사범대학 출신임과 집안 어른의 도움으로 가능한 일이었지 싶다.

얼마 전 이제 팔순이 넘어 백발의 노인인 외삼촌과 외숙모를 엄마와 함께 만났다. 일가 중에 유달리 각별한 외삼촌이 새로 출간한 책을 나에게 직접 주고 싶다는 뜻을 전해와 만든 자리였다. 책은 노년의 일상을 그린 그림 시집이었다. 작품에 대해 하나하나 설명하고 친필 서명을 하면서 말을 덧붙였다.

"사대부라면 서화(書畵)에 능해야지. 세상은 달라졌지만 그래도 선비로서의 품격은 지킬 만하다."

의례 살아온 날들에 대한 추억담이 화제에 오르다가 아버지 없이 치른 내 첫돌 잔치 이야기가 나왔다. 외삼촌이 문득 읊조리듯 말했다.

"갑자기 그 곱던 네가 남편을 잃고, 무엇을 해 먹고 살아야 하나 오가다 지쳐 걸어오는데 어찌나 마른나무 가지처럼 앙상했는지……"

마치 그때의 엄마를 보는 듯 외숙모의 눈은 촉촉해졌고, 외삼촌은 길게 숨을 내쉬었다. 이어 얼마나 기막힌 일인지 확인하듯 되물었다.

"그때 네가 몇 살이었지?"

"스물여섯이었어요."

엄마는 여전히 스물여섯 수줍은 처자 같은 목소리로 답했다.

외삼촌이 눈을 지그시 감으며 말했다.

"그래그래… 참으로 어린 나이부터 절부(節婦)의 삶을 살았다."

두 정녀(貞女)의 슬하

　서울 필동의 큰외삼촌 댁에 살던 외할머니는 창졸간에 혼자 된 막내딸의 집으로 거처를 옮겨 왔다. 외할아버지에게 담배를 배웠다는 외할머니는 놋쇠 재떨이에 긴 담뱃대를 탕탕 치며 큰아들 집에서 안방마님으로 군림하며 살았다. 그러나 홀로 된 막내딸과 어린 손자 손녀를 향한 사랑과 책임으로 단걸음에 내달아 왔고, 평생 우리를 살뜰히 거둬 주었다. 은으로 무늬가 들어간 긴 담뱃대가 안방 문갑 위에 늘 놓여있었는데, 외할머니가 사용하는 것을 본 일은 없다. 외할머니는 인정도 많고 품위도 있는 분이었다. 동네에서 '천사 할머니'라고 부를 정도로 차림새가 늘 깔끔했다. 나와 오빠를 돌보고 살림을 하면서도 옷차림은 평생 한복과 버선을 유지했다.

어릴 때 나는 여름마다 땀띠로 고생했다. 땀띠가 목덜미부터 시작해 온몸에 벌겋게 나서 간지럽고 따가웠다. 저녁이면 엄마나 외할머니가 미지근한 소금물로 씻기고 파우더를 발라 주었다. 하지만 외할머니는 늘 보기에도 불편한 한복과 버선 차림이었다.

"할머니는 안 더워요? 할머니는 땀 안나요?"

등과 목덜미에 파우더를 두드려 주는 외할머니에게 물으면 늘 같은 대답이었다.

"으응, 평생을 입고 있어서 더워도 추워도 그러려니 한다."

익숙함은 불편함도 넘어서게 하는가 보다. 외할머니에게는 익숙하지만 나에게는 불편한 것이 얼마나 많았던가.

기억을 거슬러 올라가면 아주 어릴 때부터 집에는 외할머니와 오빠, 엄마만이 아니라 끊임없이 객식구가 있었다. 어느 날은 촌수가 어떻게 되는지도 모르는 성(姓)이 다른 언니가 지방에서 올라와 두어 달 같이 살다가 어디 공장으로 간다고 나갔다. 택시 운전 배운다는 친척 청년이 한동안 머물기도 하고, 친할머니와 고모도 자주 와서 며칠씩 있었다. 큰어머니가 고혈압으로 돌아가셨다는 소식과 함께 내가 국민학교 4학년 때 5학년이던 사촌 언니가 작은 짐 몇 개를 들고 우리 집으로 왔다. 언니는 중학교를 마칠 때까지 나와 한방을 사용하며 학교에 다녔다. 두 사촌 오빠도 여전히 "작은 엄마"라고 엄마를 칭하며 방학이면 오빠 방에서 함께 지냈다.

그렇게 집에 머무는 사람들은 자고 먹을 장소를 위해 엄마에게 신세를 지고, 도움을 필요로 했다. 뒷마당에 설치된 빨랫줄에는 늘 크고 작은 양말이 줄줄이 걸려있었다. 그나마 큰외삼촌이 세탁기를 장만해 주어서 해낼 수 있는 빨래거리였다. 외할머니는 뒤에서 그들을 못마땅해 하였다. 드러나게 내색하지는 않았지만, 군식구들을 각다귀처럼 보았다. 대개 외가가 아닌 친가와 연관된 사람들이었기에 더 그러하였으리라.

생전에 자주 와서 며칠씩 묵던 친할머니와 고모는 볼 때마다 내가 아버지를 쏙 빼닮았다고 말했다. 외할머니가 오빠를 편애하였다면, 가끔 보는 친가 어른들은 나에게 애정을 함뿍 쏟았다. 친할머니는 내가 머리 난 모양과 엄지발가락이 짧은 것까지도 아버지와 똑같다며 내내 나를 쓰다듬고 매만졌다. 대여섯 살이 될 때까지도 친할머니는 나만 보면 등에 업고 마당을 돌았다. 아버지는 아들 뒤에 본 딸인 나를 매우 사랑했고, 딸 재롱을 무척이나 보고 싶어 했다고 한다. 재롱을 보려고 잠든 나를 일부러 슬쩍슬쩍 건드려도, 나는 그저 먹고 자고만 하는 엄청난 순둥이였다고 했다.

"결국 네 재롱 한번 못 보고 가 버렸다."

혼잣말처럼 중얼거리며 친할머니는 마르고 건조한 손으로 내 손을 꼭 잡고 눈시울을 붉히곤 했다. 외할머니보다 피부가 검고 주름 깊은 얼굴로 슬픈 표정을 짓던 할머니 앞에서 나는 그저 내 손을 빼고 싶던 기억만이 어슴푸레하다.

　큰아버지 댁에 살던 친할머니는 안사돈이 어려웠겠지만 자주 들렀다. 친할머니는 손자와 손녀에 대한 그리움을 길게 참지 못했고, 친할머니와 엄마는 아버지의 부재와 상관없이 여전히 고부간이었다. 엄마는 두 할머니를 모시고 온양 온천도 다녀오고, 모시고 나가 외식도 했다. 평양냉면을 좋아하는 할머니를 위해 을밀대나 우래옥 냉면집에서 냉면과 불고기를 대접하고, 우리를 위해서는 센베이 과자를 사 들고 왔다. 법과 촌수로 연결되어 자칫 서먹한 관계였지만 개인의 개성보다 집단의 조화가 미덕이고 우선시 되던 시절이어서 그랬던 것일까. 나의 작은 집에는 서로 가장 어렵다는 사돈 간을 비롯해 여러 관계의 사람들이 적당히 어우러지며 지냈고, 그 속에서 막내인 나는 외로움을 모르고 성장했다. 울타리 안 작은 공동체의 기초가 엄마의 헌신과 사랑, 그리고 외할머니의 도량이었음을 감지하지는 못했다.

　집에는 표지가 자주색 비로드 천으로 된 두툼한 앨범이 있다. 흰색 속표지에는 아버지가 푸른 잉크로 아들과 딸을 양쪽 끝에 그려 넣고, 『자라나는 모습』이라고 써 놓았다. 그 앨범에 아버지 사진은 제일 앞장에 단 세 장 있다. 사각모를 쓴 졸업사진, 결혼식 사진, 그리고 신사복과 나비넥타이에 중절모 차림으로 환히 웃고, 옆에서

엄마가 수줍은 미소를 짓고 있는 사진이다. 사진을 보면 나는 정말 아버지를 빼닮았다. 친할머니는 너무도 일찍 가버린 막내아들에 대한 그리움을 그 유전자를 강하게 물려받은 나를 통해 달랬지 싶다.

죽음이 무엇인지, 내 아버지가 그렇게 떠나가셨음을 내가 언제인지 인지하게 되었는지 분명하지 않다. 내가 3살이던 추석에 아버지한테 인사드리자며 엄마는 처음으로 나를 성묘에 데리고 갔다. 봉분 앞에서 엄마는 나에게 여기 아버지가 계시니 절을 올리라고 하였다.

"여기에 아버지가 계셔? 그럼 빨리 구멍 파서 얼른 나오시라고 해애. 아버지 나오시라고 해~"

엄마에게 그 뒤의 이야기를 듣지는 못했다. 오빠의 기억에 어렴풋이 내가 칭얼거리던 장면과 나를 업고 앞서가던 엄마의 뒷모습이 남아있다고만 들었다.

친, 외가를 포함한 집안 어른들은 물론 엄마 자신도 '청상과부'를 운명으로 흔들림 없이 지켜갔다. 친가에게 아버지의 존재 여부와 상관없이 엄마는 그 댁 며느리였고 오빠와 나는 강씨 자손이었다. 평생 참빗으로 빗어 내린 머리를 쪽을 지어 은비녀를 꽂고 한복을 입으신 외할머니도 윤관(?~1111)에서 윤원형(1503~1565)으로 이어지는 파평 윤씨 후손을 강조하며 엄마의 정절을 당연시하였다. 나는 그렇게 마치 조선시대 절부(節婦)의 상징과도 같은 엄마와 외할머니, 두 정녀(貞女)의 슬하에서 자라났다.

줄서기에 대한 반감

나는 아버지의 존재 자체를 아예 몰랐다. 단 한 번도 불러본 일이 없는 아버지, 본래부터 부재했던 아버지의 부재 자체를 느낄 수 없었다. 엄마에게 얼마나 엄청난 일이 일어난 밤이었는지 가늠도 못 한 채, 외할머니가 젊어 혼자된 막내딸이 가여워서 늘어놓은 이야기를 무덤덤하게 들었다. 외할머니에게 조각조각 들은 이야기를 국민학생이 된 뒤 성글게나마 짜 맞힐 수 있었다.

외할머니와 엄마는 나를 골목길에 나가놀지 못하게 했다. 오빠가 딱지치기로 골목을 제패하고, '술래 잡았다', '무궁화꽃이 피었습니다!'를 외쳐대는 아이들 소리가 들려도, 사실 나부터 골목 놀이에는 관심이 없었다. 그 덕에 나는 공기놀이, 줄넘기를 할 줄 모른다. 그래도 나에게는 중학교를 졸업할 때까지 붙어 다니던 단짝이 있었다. 골목을 두고 대문을 마주 보는 집에 살던 동갑내기 송미령이다. 미령이와는 친했지만, 미령이 엄마는 무서웠다. 내 엄마와 달리 체격과 목소리가 크고 조금은 퉁명스러운 분이었다. 미령이 집에 가면 마루로 들어서기 전에 그 엄마는 꼭 문간에 나를 멈추게 하고 말했다.

"소영아, 너 양말 바닥부터 좀 보자."

시키는 대로 발을 들어 양말 바닥을 보였지만, 어린 마음에도 편하지 않았다. 깔끔하게 나를 챙겨 주는 외할머니 손길이 무시당하는 기분이었다. 시험 성적이 나오면 미령 엄마는 꼭 내 평균 점수와 등수를 물었다.

미령 엄마와 마주치기도 싫었고, 우리보다 3살 어린 미령이 남동생도 성가셨다. 나는 외할머니의 솜씨 좋은 간식거리를 미끼로 주로 미령이를 우리 집으로 불러들였다. 화단을 올려 꽃씨를 뿌리고 가꿔 놓은 아버지를 인식하지 못한 채, 뒷마당에서 소꿉놀이, 인형 놀이를 하며 놀았다. 나팔꽃의 꽃자루를 잡아 늘여 귀걸이를 하고, 화단의 붉은 벽돌 쪼가리를 빻아 고춧가루로 만들어 잎을 뜯어 버무렸다. 하지만 소꿉놀이에서 흔히 하는 "여보-당신" 연극에 나는 서툴렀다. 밥을 지어 남편을 기다리는 '여보'도, 퇴근해 들어와 밥상을 받는 '당신'도 흉내를 낼 수 없었다. 아버지가 손수 벽돌을 쌓아 시멘트를 발라 만든 광은 숨바꼭질 놀이에 최적의 장소였다. 손잡이가 기다란 낡은 갈대 빗자루가 퀴퀴한 냄새를 풍기고 연탄 검댕이 묻기 쉬운 컴컴한 광은 어린 내가 정체 모를 비밀스러운 즐거움을 누리는 곳이었다.

국민학생 때 친구들이란 주로 학교에 오가는 동선이 같은 친구들이었다. 하굣길에 서로의 집을 오가는 친구들이 있었다. 친구들 집에 가면 현관의 커다란 남자 구두, 벽에 걸린 어깨가 넓은 아버지의 옷 등 아버지의 물품이 나에겐 다른 나라에서 온 기념품처럼 생소하였다. '우리 집에는 이런 남자 어른이 없구나.' 하는 낯선 느낌을 받았다. 외할머니와 엄마는 아버지를 모르고 자라는 나를 애틋하게 사랑해 주었다. 하지만 내가 아버지 없는 자식이라고 책잡힐 소리를 들을까 봐 늘 노심초사했다. 그 조바심으로 나의 언행을 당신들이 설정한 틀에 꾹꾹 눌러 맞추었다. '아버지'의 부재가 엄마를, 그리고 나를 얼마나 강하게 누르고 있는지 나는 미처 깨닫지 못했다.

엄마의 한마디에 서툴던 젓가락질을 바로잡은 날은 아주 어린 나이에 맞은 설날이었다. 1970년대만 해도 설날이면 집에서 차례를 올린 뒤 일가 어른들을 방문하여 세배를 드렸다. 엄마 손을 잡고 필동, 가회동, 서소문동 등 친척집을 돌았다. 그 당시는 육촌까지도 가깝게 지냈으므로 제법 여러 집에 세배하러 다녔다. 엄마와 함께 종일 방문해야 할 일가 어른들 댁에서 제일 먼저 필동의 큰 외삼촌 댁에 간 날이었다. 세배와 덕담이 오간 뒤 간단한 다과가 나왔다. 내가 젓가락으로 한과를 집어 먹으려 할 때, 엄마가 나지막하지만 분명한 어조로 내게 말했다.

"소영아, 젓가락질 제대로 해라. 가정교육을 판단하는 척도이다."

나는 움찔해서 긴 젓가락을 가지런히 잡아 약과를 집어 올려 소리도 안 내고 먹었다. 그날 아침만 해도 떡국을 서툰 젓가락질로 먹은 내가 일자로 나란히 젓가락을 잡아 사용한 순간이었다. 한없이 부드럽고 다정한 엄마는 경우에 따라 조용하게 단호한 분이었다.

생활비 절약을 위해 '전기세', '수도세'라 호칭하는 각종 요금을 아끼기는 중요한 실천 덕목이었다. 그런데 나는 공부한답시고 책을 보다 방에 불을 켜둔 채 잠들기 일쑤였다. 그럴 때마다 내가 혼난 이유는 전기를 낭비해서가 아니었다.

"어디 여자가 훤하게 자기 자는 모습을 다 드러내며 자니!"

아침에 내가 듣는 첫 마디였다. '세금' 낭비보다 정숙하지 못한 언행이 꾸지람의 이유였다. 나무람의 내용을 나는 이해하기 힘들었다. 더 길어질 '잔소리'를 피하려고 아무 말도 하지 않았지만, 그런 질책은 내가 부정이라도 저지른 것 같은 죄책감을 심어 주었다.

현관에 벗어 둔 신발을 정리하는 외할머니도 자주 나 듣게 한마디씩 했다.

"도둑이 들어 오려다가도 그 집 현관에 놓인 신발이 가지런하면 그냥 나가버린다. 여자가 신발을 이짝저짝 이렇게 벗어 던져 놓으면 못쓴다."

돌이켜 생각해 보니, 엄마와 외할머니는 늘 신발코를 문을 향해 가지런히 벗어 두었다. 함께 외출하면 신발을 끌거나 걸음걸이가 바른지를 지켜보는 엄마의 눈길이 내 몸에 화살처럼 꽂혔다. 엄마는 팔자걸음 조심하고 걸을 때 무릎이 서로 부딪히게 걸으라고 했다. 일거수일투족을 놓고 대개는 외할머니가, 때로는 엄마가 그렇게 당신들의 틀 안에서 나를 키웠다.

5학년 때, 음악 시간이 끝난 뒤 담임선생님은 '서울시립소년소녀합창단'에 들어가 활동하고 싶으면 신청하라며 희망자에게 신청서를 나누어주었다. 서울특별시 직할 합창단인데 예술단체 소속으로 여러 공연을 한다고 설명했다. 나는 선생님께 신청서를 신이 나서 받아왔다. 피아노를 배우다 진력이 나서 그만둔 상태였고, 새로운 활동에 대한 호기심으로 솔깃했다. 저녁에 엄마에게 합창단을 하고 싶다고 했더니, 의외의 요구에 놀랐지만 하고 싶으면 하라고 했다. 하지만 외할머니가 완전히 못마땅한 기색으로 반대하였다.

"네가 기생이냐! 무슨 '소리'를 배우러 다니려 하느냐!"

1978년이었다. 1980년대를 코앞에 둔 시기에 외할머니가 21세기를 살아갈 외손녀에게 한 말이었다. 결국 나는 할머니의 마땅치 않아 하는 눈길이 부담되어 정기연주회에서 공연하는 내 모습에 대한 짧은 상상을 접어버렸다.

오빠가 자신의 어린 시절을 어떻게 기억하는지 이야기를 나누어 본 일은 없다. 오빠의 성장기를 회상하면 외할머니와 엄마는 내게만 당신들의 틀을 적용했고, 특히 외할머니는 오빠를 망치는 것 같았다. 엄마와는 대개 식사 시간이 어긋났고 주로 외할머니와 나, 그리고 오빠가 함께 밥을 먹었다. 중간 정도 먹으면 외할머니는 나에게 오빠가 마실 물을 가져오라고 시켰다. 나는 볼멘소리로 항의했다.

"물 마실 사람은 내가 아니라 오빠인데, 오빠 물을 왜 내가 떠다 주어야 해요. 나도 지금 오빠와 마찬가지로 밥 먹고 있어요. 자기 물은 자기가 가져다 먹으라고 해요!"

나는 한 번도 일어서지 않았고, 외할머니는 나를 나무라며 오빠에게 보글보글 끓은 숭늉을 가져다주곤 하였다. 외할머니의 지시와 나의 거부는 자주 반복되었고, 오빠는 누구든 나에게 물을 가져오라는 듯 멀뚱히 앉아 있었다. 학교에서 돌아와 도시락을 꺼내 부엌에 내놓아야 하는 일도 오빠는 하지 않았다. 오빠는 가방이며 흙 묻은 신발주머니를 방에 그대로 던져두었다. 저녁 지을 무렵이

면 외할머니가 오빠 가방에서 빈 도시락을 꺼내 가곤 하였다. 목
마른 사람이 우물 파는 격도 아니고, 오빠에게 말라붙은 밥풀을
불려 도시락을 씻게 해야 옳았다.

　퀴퀴한 냄새가 벽지에 더덕더덕 붙어 있고 모든 물건이 어수선
한 오빠 방도 나는 질색이었다. 오빠에게 할 말이 있어도 나는 오
빠 방의 문지방 틀을 넘어서지 않았다. 오빠 방에서 내가 참을 수
없는 장면은 이부자리 모양새였다. 자리 정돈을 하지 않는 오빠의
이부자리는 오가는 발길에 질겅질겅 밟혀 늘 꿀렁꿀렁하였다. 마
치 외할머니가 국거리로 물에 불려 놓은 기다란 미역처럼 보였다.
한마디라도 참견하면 분명히 나한테 개켜주라는 말이 떨어질 것이
므로 아예 모른척하였다. 내 심기를 더 건드린 것은 둘둘 말아 들
고 나와 햇볕이 잘 드는 곳에 널었다가 저녁이면 말끔하게 펴 주는
외할머니의 행동이었다. 볕이 좋은 날이면 오빠의 이부자리는 불
린 미역 줄기처럼 처져 있다가 햇볕 냄새가 나는 뽀송한 금침으로
변했다. 내 눈에 외할머니는 오빠를 자신의 삶을 제대로 관리 못
하는 사람으로 몰아가는 일등 조력자였다. 외할머니와 오빠의 이
런 사정을 엄마는 상세히 알지 못했다. 엄마에게 외할머니는 살림
과 우리들을 두루 챙겨 주는 세상에서 가장 고마운 어머니였다.
그러니 나는 혼자 속만 끓일 뿐 엄마에게 아무 말도 할 수 없었다.

외할머니는 오빠에게 누누이 일렀다.

"성훈아, 아버지가 안 계시니 네가 대들보가 되어 집안을 일으켜야 한다. 소영이는 시집가면 남의 집 식구고, 네가 잘돼야 엄마가 지켜낸 이 집안이 사는 거다."

'대들보 썩는 줄 모르고 기왓장 아끼는 격'이란 말도 있지만, 대들보가 지붕을 받치며 버티게 하려면 썩지 않는지, 가늘거나 기울지 않았는지 객관적으로 봐야 하지 않는가. 나는 외할머니의 중심 잃은 외손주 사랑이 대들보는커녕 오빠를 바보로 만들고 있다고 느꼈다. 누군가의 비극이 또 다른 누군가에게는 다행일 수 있다는 생각도 들었다. 외할머니가 우리 집으로 달려왔어야 하는 우리 집의 비극이 외할머니를 시어머니로 모시고 살던 큰외숙모와 사촌오빠에게는 행운이었을 것이다.

가끔은 외할머니에게 낯선 서먹함을 느낄 때도 있었다. 외할머니는 전래동화라 할 수 있는 옛날이야기를 자주 들려주었다. 어떻게 그렇게 많은 이야기가 책도 없이 술술 나오는지 신기했다. 그 가운데에는 지금 인터넷으로 찾아봐도 도통 나오지 않아, 저작권을 외할머니에게 드려야 할 이야기도 많다. 그런데 외할머니는 '청개구리' 이야기 등 엄마와 자식 사이를 다룬 이야기가 나오면, 이야기 끝에 대개 일장 훈시를 하였다. 그 가운데 어미 거미 이야기는 지금까지 충격으로 남아있다.

"거미 새끼들은 엄마를 먹고 엄마 껍데기가 물에 둥둥 떠가면 '저기 내 엄마가 떠내려간다.'고 했다. 너희들이 그 거미 새끼처럼 엄마를 힘들게 하고 있다."

아동 학대 내지 심리 치료를 해야 하는 이야기가 아닌가. 나는 거미 이야기 자체도 몸서리쳐졌지만, 외할머니와 우리 사이에 넘을 수 없는 담장이 버티고 있는 미묘한 느낌을 받았다.

외할머니는 노론, 소론까지 거슬러 올라가는 살아온 이야기도 자주 했는데, 대개 이미 사라진 풍습이었다. 아들이 있어야 한복 저고리에 자주 끝동과 옷고름을 다는 데 요즘 사람은 그것도 모른다, 오른쪽에서 왼쪽으로 해야 하는 치마 여밈도 몰라 기생처럼 오른쪽으로 여민다, 침구를 부부라도 따로 갖추는 법인데 요즘은 너나 할 것 없이 2인용으로 하더라며 혀를 차는 그런 거였다. 손아래 시누이에게 '아가씨'가 아니라 '고모'라고 부르는 것 등 친인척 호칭의 오류도 종종 지적했다. 아이들에게 고모이지, 올케가 시누이를 부르는 호칭은 아니라고 꼬집었다. 대한제국기에 출생하여 일제강점기와 한국전쟁을 겪고, 이제 TV, 전화, 세탁기 등을 사용하는 시대에 살지만 외할머니의 가치관은 말하자면 '조선시대' 어디쯤 있었다. 여전한 그 가치관으로 나의 언행을 단속하니, 나를 '앙탈쟁이 외손녀'로 만들었다.

엄마는 가장으로 모든 지출을 짜임새 있고 어그러짐이 없게 운영하려 노력했다. 조금이라도 틈이 생기면 안 되는 빠듯한 살림이지만 엄마가 지출을 아끼지 않은 부분이 우리를 위한 책이었다. 엄마가 직접 사 오기도 하고, 가끔 서점에 데리고 가 원하는 책도 사주었다. 집에는 단편 문학전집을 비롯한 비교적 많은 책이 있었다. 외할머니는 책 관리를 중시했고, 엄마는 책 보는 것을 좋아했다. 외할머니는 책을 절대로 누구에게도 빌려주지 못하게 했다. 엄마는 책만이 아니라 오빠와 나를 위해 '소년'용 신문과 잡지도 정기구독하였다. 나는 엄마가 보는 어른들 신문도 자주 훑었다. 흑백이었지만 4칸 만화나 보도 사진들이 세상에 대한 나의 호기심을 조금씩 간질였고, 하단의 온갖 광고도 흥미로웠다. 한문에 관심을 갖게 된 것도 신문 때문이었다. 엄마는 국민학생인 나에게 논설을 읽으라고 권했지만, 교장 선생님 말씀처럼 한 줄도 머리에 들어오지 않는 따분한 글이었다. 하지만 마지못해 종종 읽은 그 논술이 나름대로 성장기에 쌓아 올린 한 조각 한 조각의 벽돌이었다.

책 가운데 엄마가 큰맘 먹고 장만했는데 끝내 읽지 않은 책이 있다. 위인전이었다. 세계 위인전과 한국 위인전이 한 세트로 구성되어 내로라한 몇 십 명이 '위풍당당'하게 책꽂이에 길게 나열돼 있었다. 한국 단편 문학전집은 읽고 또 읽고, 공책으로 단어장까지 만들었다. 하지만 위인전은 들척여보기만 했을 뿐 읽지 않았다. 위인전은 저마다 웅장하고 큰 목소리로 너도 이런 사람이 되라고 소리치는 느낌이었다. 나는 그런 위대한 인물이 되려는 뜻이 없었고, 될 자신도 없었다. 장래 희망에 막연히 '선생님'이라고 적을 뿐이었다. 한국 위인전의 마지막 권은 '박정희'였다. 어느 날 그 분이 돌아가셨다는 뉴스가 나오고 어른들은 뒤숭숭해 했다. 그 뒤로 내내 엄마와 삼촌들, 어른들의 두런거리는 말을 통해 듣는 세상은 어수선하였다. 학교에서는 새마을 운동, 경제성장, 민족의 부흥 등을 배웠지만, 돌아서면 독재, 쿠데타, 검열 등의 단어가 들렸다.

국민학교 고학년으로 올라가면서 월급을 쪼개며 고심하는 엄마의 모습이 눈에 들어오기 시작했다. 나와 오빠에게 엄마는 한 달에 두 번 용돈을 주었다. 반드시 돈을 봉투에 넣어 또박또박한 엄마의 글씨로 각각 이름을 써서 주었다.

"아껴서 쓰렴."

그 덧붙이는 엄마 말에 나는 흠칫하며 두 손으로 봉투를 받았다. 객식구는 여전히 있었다. 아예 짐을 들고 와 짧게는 몇 달에서, 몇 년을 살다 나간 친척도 있다. 그렇게 부대끼면서 세상을 향해 걸어가면 갈수록 나의 내면은 외할머니와 엄마의 밥상머리 가르침에서 점점 멀어지고 있었다. 차마 반항할 수 없는 엄마, 반항해도 소용없는 외할머니로부터 나는 한 걸음씩 내가 살아갈 세상으로 발을 옮겨가고 있었다.

생물학적으로 유전적 특징이 있는 것처럼, 타고난 내적 성향도 있는 것 같다. 나는 외할머니의 가르침만이 아니라 어렴풋이 내가 받아들이고 따라야 할 것들과 조화를 이루지 못하고 삐걱거렸다. 학교 성적과 가정통신문의 내용에 엄마와 외할머니는 만족했다. 거기에는 비슷한 단어들이 늘 섞여 나열되어 있었다.

'리더십이 있고, 밝고 명랑하며, 매사에 솔선수범하는 직극적인 모범생'

그건 단순히 숫자로 드러난 성적과 겉으로 보이는 품행에 따른 평가였다. 선생님의 평가와 달리 내 속내는 점점 주변을 향해 날을 세웠다. 다른 아이들이 별다른 반응을 보이지 않는 일에 나는 치솟는 감정을 혼자 꾹꾹 누르느라 기운을 뺐다.

월요일 아침마다 애국 조회를 하려면 줄 맞춰 서는 데만 긴 시간을 보냈다. 단상 위에 선 단 한 사람의 말을 듣기 위해 왜 수천 명이 줄을 맞춰 부동자세를 취해야 하는지 화가 났다. 소심한 반항으로 일부러 머리통을 살짝 옆으로 빼 줄을 흩트렸다.

"거기 머리통 삐져나온 놈 누구야!"

호통 소리를 듣거나 줄을 오가던 선생님이 내 머리를 한 대 쥐어박으면 그제야 줄에 맞추어 섰다. 교장 선생님의 말은 수천 명을 움직이지 못하게 하는 권력자의 말이었다. 그러나 불행히도 기억에 단 한마디도 남아있지 않다. 교실에서 조회나 종례 때도 마찬가지였다. 의자에 앉아 듣는 자세가 흐트러지면 지명 당하고 꾸중을 들었다. 머리카락이 이마를 간질여도 꼼짝하지 말아야 했다. 방학이면 서울에서 잡을 수도 없는 곤충채집 숙제도 싫었다. 문방구에서 파는 것을 사서 제출하면서, 이 모순을 누구한테라도 소리 내어 항의하고 싶었다.

벽돌 쌓기 시작

교복을 입고 학교 배지를 달고, 버스를 타고 오가는 중학생이 되었다. 길게 땋아 내렸던 머리를 귀밑 1cm로 자르면서 눈물이 찔 끔 나왔지만, 교복을 입는 설렘이 달래 주었다. 엄마가 빳빳하게 풀을 먹여 다림질한 흰 옷깃이 달린 교복을 입고 학교에 가노라면, 어린이를 벗어난 중학생이라는 자부심이 올라왔다. 하지만 나는 곧 난관에 부딪혔다. 서면으로 제출한 〈가정환경조사서〉와 별도 로 담임선생님은 교실에서 공개적인 조사를 했다. 주거 형태, 자동 차 유무, 부모의 육성회 임원 경력, 친부모 생존 또는 동거 여부, 본 인 공부방 유무, 통학 수단 등이었다.

"아버지 안 계신 사람 손들어."

그 질문 앞에 나는 어떻게 했어야 하는 것일까. 나는 모든 급우들 앞에서 아버지가 안 계심을 공개해야 했다. 물론 선생님은 우리에게 눈을 감으라고 했지만, 모두 실눈을 뜨고 서로를 쳐다보고 있었다. 나는 왠지 모를 수치심을 누르며 소심하게 가슴 앞으로 손을 조금 들어 올렸다. 선생님은 팔을 앞으로 뻗어 집게손가락으로 이리 저리를 가리키며 숫자를 셌다.

"하나, 두울….."

선생님의 집게손가락은 정확하게 내 얼굴을 쿡 찍고 다른 방향으로 옮겨갔다. 엄마가 또박또박한 글씨로 학교에 제출할 〈가정환경조사서〉의 칸칸을 채워가는 것을 보면서 엄마의 학력이 대졸이고, 집에 거실과 내 방이 있음에 자부심을 가졌다. 그러나 손을 든 순간부터 나는 가난하고, 엄마는 지지리도 고생하는 과부이고, 아버지가 안 계시니 가정교육도 제대로 못 받은 궁상맞은 가정환경을 가진 사람이 되었다.

그 설문 뒤에 드러난 급우들의 다양한 반응은 내 심기를 더 언짢게 했다. 미처 이름도 모르는 어떤 급우는 일부러 말을 거는 핑계로 나에게 다가와 물었다.

"너희 아버지는 뭐 하셔?"

왜 한부모 가정이 수치고 놀림거리여야 했을까. 알고도 묻는 급우의 질문을 슬기롭게 넘기거나, 대차게 받아쳤으면 좋았겠지만,

아직 어렸던 나는 당혹감을 수습하지 못했다. 이건 아니다 싶지만 무엇이 잘못되었는지, 어떻게 대응해야 할지 생각을 정리하지 못했다.

'그래 안 계시다. 왜 그게 너한테 무슨 문제라도 되니?'

마음속으로는 그렇게 받아치고 싶었지만, 패기가 없었다. 소심한 손들기와 모든 급우가 나를 바라보는 것 같은 수치심은 매년 겪어야 했던 학년 초 통과의례였다. 학년이 올라가면서 나는 모두가 짜인 틀에 세뇌되었다고 비판했다. 현실은 사람마다, 집집마다 모두 다른 부모와 자식으로 살고 있는데, 그 내용과 상관없이 규격화된 틀로 모두의 삶이 평가되었다. 그 틀에 들어맞지 않는 부분은 다양성이 아니라 비정상으로 간주되므로 최대한 숨겨야 하는 각자의 부끄러움이었다.

중학교에서도 의례 키 순서로 번호가 정해졌다. 1학년 때 52번이었는데, 그 뒤로 다른 급우들은 쑥쑥 성장하는 시기에 나는 그렇지 못해 계속 번호가 앞으로 갔다. 국민학교 때 내 호칭은 주로 '반장'이었다. 친구들은 "야, 반장~" 하고 부르거나, 선생님도 "반장 좀 나와라."라고 하셨다. 그 호칭에 대한 문제의식 없이 어린이 시절을 보냈다. 중학생이 되니 기분이 달라졌다. 사춘기에 접어들며 겉으로는 명랑했지만, 혼자 있기 좋아하는 내성적이고 조용한 성격으로 굳어져 갔다. 엄마에게 혀 짧은 소리로 말하는 어리광은 초지

일관했지만, 학교에서는 앞에 나서는 일이 싫어졌다.

'반장' 등의 직급이 없으니 자연히 나를 부르는 주된 호칭은 번호였다. 학교에서는 1년만 유효한 숫자인 번호가 많은 경우 이름처럼 사용되었다. 선생님은 시킬 일이 있거나, 수업 시간에 문제 풀기를 하게 할 때 그날 날짜와 같은 번호를 부르곤 하였다. 나는 그관행이 싫었다. 급우들이, "야, 42번!"이라고 부르면 잘 대답하지 않았다. 아직 전체주의적인 사회에 대한 문제의식이나 개인을 우선해야 하는 개인주의적 사고가 서 있기 때문은 아니었다. 내 이름에담긴 엄마의 사랑이 무시되는 기분 때문이었다.

할아버지가 지은 내 이름은 돌림자를 사용한 '등훈'(騰勳)이었다. 지금도 보관하고 있는 '선명장'(選名狀)이라는 제목의 누런 종이에써진 '등훈'(騰勳)이라는 글자에서는 할아버지의 호령이 들리는 듯글씨체가 힘차다. 그 이름을 받아 든 엄마는 어려움을 무릅쓰고시아버지의 결정에 눈물로 '항의'하였다. 여자아이의 이름을 등훈이로 할 수 없다며 아버지를 통해 다른 이름으로 지어줄 것을 간절히 청하였다. 아버지는 난감해 했지만, 결국 다시 선명장을 작성하는 절차는 생략하고 소영(昭英)으로 하였다. 소영A, 소영B가 나올 만큼 흔한 이름이지만, 엄마가 가슴을 쓸어내리며 할아버지의명에 불복종해서 얻은 이름이다. 이 이야기를 듣고 엄마에게 얼마나 고마웠는지 모른다. '등훈'이라는 이름은 생각만 해도 아찔했다. 특이한 이름은 놀림거리를 만드는 아이들에게 가장 좋은 먹잇감이기 때문이다.

큰외삼촌은 종종 우리 집을 방문할 때 내 선물을 사다 주셨다. 머리핀, 옷 등 외숙모가 골라준 아기자기한 선물이었다. 한번은 사각의 커다란 하늘색 스카프를 사 오셨다. 아무런 무늬도 없는 하늘색인데, 시스루 목도리였다. 초겨울이라 목에 그 스카프를 두르고, 그 위에 짙은 감색 교복 코트를 입고 등교했다. 교문을 올라가는데 갑자기 선도부 언니가 오라고 손짓했다. 어리둥절해서 다가갔더니 목도리가 규정에 어긋난다는 지적이었다.

"아무 무늬도 없는 하늘색인데요?"

나의 항변에 선도부 언니는 무표정하게 너무 밝은 하늘색이어서 안 된다고 잘라 말했다. 목도리 색에 채도까지 정해져 있었던가? 나는 '학생답지 않게' 멋을 부린 것도 아닌데 선도반에게 잡히고, 담임선생님께 불려가 상황을 설명하면서 매우 억울했다.

고등학생 오빠는 매일 친구들을 집으로 데러왔다. 오빠 방에는 늘 시커먼 친구들이 대여섯 명씩 있었다. 나는 뾰로통하여 내 방에 틀어박혔지만, 외할머니는 오빠와 친구들을 위해 찐빵을 찌는 등 간식거리를 챙기셨다. 엄마가 혼자 버는 돈을 속없이 낭비한다는 생각에 허구한 날 친구를 끌어들이는 오빠가 마음에 들지 않았다. 그래도 오빠는 문방구에서 인형, 플라스틱 장신구 등 여학생이 좋아할 만한 것을 내게 자주 사 주었다. 내가 학교에서 돌아오면 오빠는 친구들에게 엄포를 놓는 오빠 역할도 하였다.

"야, 너희들 내 동생한테는 얼씬도 하지 마!"

2학년에 접어든 우리들은 정도 차이는 있었지만 모두 사춘기에 접어든 소녀였다. 나는 키는 중간 이상이었지만 언제나 반에서 가장 마른 아이였고, 발육이 더뎠다. 2학년이 되니 점점 뒤 번호의 키 큰 친구들은 마치 졸업을 앞둔 3학년처럼 언니들처럼 보였다. 쉬는 시간에 화장실을 가다 보면 가장 뒷자리에 늘 권미희가 비딱하게 앉아 있었다. 가까운 사이는 아니었지만 목소리가 크고 시원시원하게 잘 웃어서 같은 반 급우 모두에게 존재감이 강한 아이였다. 미희는 흰색의 여름 교복 상의 안에 색이 짙은 속옷을 입고 오곤 했다. 매번 선도부에 걸리고, 담임선생님께 야단을 들으면서도 붉은색, 검은색 등의 속옷을 입었다. 중년의 작은 키에 동그란 눈을 가진 남자 담임선생님은 다정하고 조용한 분이셨다. 말승냥이처럼 굴지 말라며 미희를 나무라셨지만, 잘 다독거려 주기도 했다.

어느 날 미희는 과감한 일탈을 감행했다. 학기 중인 5월에 며칠 동안 무단결석을 했다. 다시 등교한 미희의 얼굴은 새카맣게 타 있었다. 담임선생님은 공개적으로 야단을 치셨고, 미희는 남자친구들과 놀러 갔다 왔다고 말했다. 더 이상 어떻게 할 수 없었던 담임선생님은 기가 막힌 듯 조용히 타이르고 끝냈다. 그다음 날이었다. 등교한 미희는 머리가 빡빡 깎여 있었다. 미희는 아버지가 어디 못 가게 다 밀어버렸다고 하며 한쪽 입꼬리를 살짝 올렸다. 학칙에 머리는 단발로 귀밑 1cm였고, 파마나 염색이 금지되어 있었지만, 빡빡머리는 규정조차 있을 수 없는 일이었다. 점점 밤송이처럼 변해가던 머리로 미희는 전혀 주눅 들지 않은 채 학교에 다녔다.

나는 미희에게 묘한 동경을 느꼈다. '불량 학생' 취급당하면서도 기죽지 않는 그 다부짐이 부러웠다. 엄마에게 미희 이야기를 했다. 저녁이면 학교에서의 일들을 종알종알 엄마에게 수다 떨던 가운데 나온 말이었다. 엄마가 대뜸 보인 반응에 나는 답답함과 화가 동시에 일어났다.

"아유, 아버지도 계신 애가 왜 그런 다니."

그 말은 엄마가 보기에 그릇된 언행을 하는 사람을 향해 던지는 단골 말투였다. 엄마의 모든 지성과 판단력은 아버지 문제 앞에서 마비되는 것 같았다. 도대체 신문과 책은 왜 보시는지, 뉴스로 무엇을 들으시는지, 학교의 학생들과 자신의 딸은 다른 세계에 사는 사람이라 생각하는지 숨이 갑갑했다. 나는 엄마에게 짜증 섞인 목소리로 따지듯 말했다.

"엄마! 연쇄 살인마도, 술주정뱅이도, 폭력을 휘두르는 사람도 누군가의 아버지야. 엄마의 말에 따르면 아버지 안 계신 나는 무슨 문제라도 있는 애인 거야!"

사람은 자신의 담장 너머로 다른 사람을 바라볼 수는 있어도, 그 담을 나와 상대방의 마당 안으로 들어가지는 못하는가 보다. 그 담은 가장 친밀하다는 부모와 자식의 관계에서조차 견고히 가로막은 각자의 성 같았다.

한때 인터넷에 재미로 올라온 사진이 있었다. 세탁 방법이 표시된 옷의 라벨 사진이었다. 복잡한 세탁 방법을 적어놓고, '그래도 모르겠으면 네 엄마에게 건네 드려라.'였다. 나는 그 문구가 신경에 거슬렸다. '엄마'와 '가정'에 대한 얼마나 뿌리 깊은 선입감과 일반화의 오류를 담은 표현인가. 광고에 흔히 보이는 '홈 메이드'라는 표현도 마찬가지다. 주로 빵, 쿠키를 비롯해 삼계탕 등 음식 광고에 보인다. 세상에는 '홈'의 숫자만큼이나 다양한 '홈'이 있다. 광고에서 전하는 '홈 메이드'에 요리에 재능 없는 나의 '홈'은 해당하지 않는다. 사람들은 정형화된 '엄마' '가정' '홈' 등의 이미지를 비판하면서도, 막상 자신의 문제 앞에서는 객관화의 거울을 상실하고 주입된 선입견에 함몰되어 있다. 내 엄마도 그 한계를 벗어나지 못함을 느낄 때, 내가 그 피해자가 된 것처럼 숨이 답답했다.

어느 일요일 오후에 오빠 친구들과 나는 집에서 조금 떨어진 곳에 있는 빵집에 갔다. 오빠 친구가 자기 집 들어가는 골목 어귀에 빵집이 새로 생겼는데 맛있다고 가자고 했다. 빵이라면 제일 좋아하는 나는 외할머니와 엄마의 승낙 아래 오빠들과 우르르 몰려갔다. 빵이라기보다는 도넛을 파는 곳이었다. 문제는 그 뒤 며칠 뒤에 일어났다. 체육 시간에 운동장에서 돌아오니 교실이 어수선했다. 놓고 나갔던 가방의 위치가 달라져 있고, 열려 있기도 했다. 웅성웅성 거리던 아이들은 담임선생님이 가방 조사를 했다는 사실을 깨달았다. 급우들 가운데에는 화장품이나 〈10대 미혼모가 늘고 있다〉는 기사가 대문짝만하게 실린 『하이틴』 잡지가 없어졌다고 하고, 선생님한테 들키면 곤란한 내용이 쓰인 일기장이 사라졌다고 전전긍긍하는 아이도 있었다.

담임선생님은 종례 시간에 가방 검사의 당위성과 품행 방정에 관한 일장 훈시를 마친 뒤 교무실로 나를 불렀다. 요지는 내가 남학생들과 어울려 다닌다는 '보고'가 들어와 내 가방을 다 뒤졌지만, 아무 것도 나오지 않았다고 하셨다.

"소영이 너는 공부도 잘하고, 얌전한 모범생인데 남학생과 사귀니? 네가 방과 후에 남학생과 돌아다니는 것을 선도부 선배가 보았다고 했다. 그래서 오늘 불시에 가방검사를 했는데 네 가방에서는 아무런 흔적도 나오지 않았다. 공부도 잘하면서……."

선생님의 의심이 가득 담긴 눈초리로 나를 바라보며 고개를 갸우뚱하였다. 불과 중학교 2학년이었지만 뒷머리를 망치로 맞은 것 같았다. 나는 하얗게 질려 말했다.

"남자친구요? 선생님 저 그런 적 없어요. 남학생과 어울려 다닌 일 없어요."

"글쎄, 누군가 분명히 너를 보았다고 했어. 걔가 거짓으로 보고하지는 않았을 건데."

불현듯 도넛을 먹으러 간 일이 생각났다. 선생님께 울먹울먹하며 오빠 친구들이라고 해명했다.

아마 표정은 울기 일보 직전이었을 것이다. 정말 울음이 터져 나오려 했다. 슬퍼서가 아니라 저 깊은 곳에서 참을 수 없는 분노가 올라왔기 때문이었다. 남학생과 어울려 다니는 '불량소녀'로 오해받은 일도 억울했고, 그런 식의 가방 검사 자체와 선생님의 추궁도 언짢았다. 빵집이었는지, 길 위에서였는지 모르지만, 오빠들과 함께 있는 나를 보고 담임선생님한테 말한 그 누군가는 자신의 '정의감'을 어떻게 기억하고 있을까. 불행했다고 말할 수 없지만, 지금 요술램프의 요정이 등장해 다시 10대로 돌아가게 해 준다고 해도 나는 손사래를 치며 사양할 것이다. 생각과 식견이 부족한 어린 나이었지만 내가 이해하거나 따르기 힘든 가치관을 안팎으로 강요당해 숨이 막혔다.

중학교 3학년 때 나는 외할머니와 엄마를 기어이 이겨 먹으며 내 미래를 결정했다. 상업고등학교에 진학하겠다고 고집을 부렸다. 내가 끌어댄 이유는 오빠가 대학을 가야 하는데, 나까지 가면 경제적 부담이 크다는 것이었다. 물론 그것은 그럴듯하게 '착한 딸'의 너울을 쓴 핑계였다. 나는 하루라도 빨리 성인으로 독립하고 싶었다. 상업고등학교를 졸업해 사회에 진출하면 나를 가둔 틀을 빠져나와 살 수 있으리라 생각했다. 친구들이 모두 나에게 왜 상업학교에 가느냐며 눈이 동그래서 물었다. 나는 엄마가 선생님이고, 성적은 늘 5등 이내로 이른바 모범생이었다. 사람들이 되묻는 게 거북살스러웠지만, 나는 쾌재의 미소를 감추었다.

'그래, 3년이다. 3년만 지나면 난 어른이야.'

엄마는 펄쩍 뛰며 나중에 대학에 가기 어려우면 그때 안 가도 되니 고등학교는 인문학교를 가라 했다. 담임선생님도 엄마 말씀 듣고 잘 생각해 보라며 반대 의사를 표명했다. 강씨 고집이라고 하지 않는가! 어서 사회인이 되고 싶다는 단순한 목표만 있는 16살 짜리는 한 걸음도 고집을 물리지 않았다.

날 터진 짚신을 신고

　나는 성적이 우수해야 갈 수 있는 한국 여자상업고등학교에 진학했다. 때마침 우리 집은 원효로에서 방배동으로 이사했다. 엄마는 서울을 거의 가로지르는 통학길을 버스를 갈아타고 몇 번을 오가며 가장 편하고 빠른 버스노선을 정리해 나에게 주었다. 그렇게 들떠서 들어간 고등학교 시절은 어른 말씀을 들어야 한다는 가장 싫은 교훈을 뼈저리게 느끼게 해 주었다. 그 이유는 딱 하나, 나는 정말 상업과목을 지지리도 못했다. 국어, 영어, 한국사 등 일반과목은 상위권이었지만, 그 보다 훨씬 비중이 높은 회계, 금융 등에 관한 전문과목은 최 하위권이었다. 거기에 더해 때맞추어 취득해야 하는 '부기' 등의 각종 자격증을 나는 졸업 직전까지도 따지 못했다. 자격증을 취득 못 하여 가뜩이나 낮은 성적은 더 감점되었다. 열심히 안 한 탓인지, 그야말로 적성의 문제인지 이유를 모르겠지만 나는 정말 상업학교 전문과목의 내용이 잘 이해되지 않았다.

그 와중에 외할머니가 덜컥 앓아누웠다. 아침 식사 자리에서 수저를 떨어뜨리며 힘없이 말했다.

"내가 팔에 힘이 화악 빠진다."

그 말을 뒤로하고 나는 어느 날처럼 바삐 학교로 갔다. 방과 후 집에 오니 외할머니가 오른팔과 다리를 펴지 못한 채 앉아있었다. 엄마는 외할머니가 중풍이 와서 오른쪽이 마비되었다고 했다. 팔, 다리는 마비되었지만, 얼굴은 정상이었다. 외할머니의 요구로 평생 참빗으로 빗어내려 쪽을 짓던 머리를 엄마가 가위로 쏭덩 잘랐다. 한복 대신 입고 지내기 편한 헐렁한 실내복으로 작고 바싹 마른 몸을 가렸다. 나는 문득 구한말 단발령과 변복령 사건이 생각났다. 1894(고종 31)년에 전통적 의복 제도를 서양식으로 개정한 '변복령'에 이어 1895년 11월에 단발령이 내려졌다. 강제로 상투를 잘린 사람들은 상투를 주머니에 넣고 통곡하였다. 유림의 거두 최익현이 체포된 뒤에 남긴 말이 떠올랐다.

"내 머리는 자를 수 있을지언정 내 머리털은 자를 수 없다."

머리와 복장은 그들에게 정체성이고 민족정기였다. 외할머니의 머리와 옷의 변화는 몸만이 아니라 양반가의 품격을 자부하던 사

대부 아낙으로서의 정체성도 불구가 된 것처럼 보였다.

엄마는 동네에 안면 있던 아주머니를 할머니 수발을 위해 고용하였다. 아주머니가 온 뒤로 학교에서 와 보면 대문 옆 화단에 또 하나의 장바구니가 놓여 있곤 하였다. 그 아주머니는 먹거리를 위해 장을 본 뒤 일부를 늘 화단에 두었다. 아주머니의 퇴근과 함께 그 바구니도 사라졌다. 엄마가 속상해할까 봐 나는 아무 말도 안 했다. 아주머니가 기본 살림을 도왔지만, 엄마의 일거리는 엄청나게 많아졌다. 외할머니를 씻겨 드리고, 이부자리를 빨고, 하루 종일 우두커니 집에 앉아만 있는 외할머니를 위해 간식을 준비했다. 무료함을 달래라고 외할머니가 좋아하는 화분도 더 늘렸다. 오빠는 군대에 갔고, 외할머니는 종종 나를 붙잡고 신세 한탄을 했다. 그 와중에도 엄마는 변함없이 늘 조곤조곤 말하고 다정한 미소를 건네며 폭을 가늠할 수 없는 사랑을 주었다. 삶에 끊임없이 몰아닥치는 그 많은 파도를 엄마는 어떻게 그렇게 조용히 감당하며 살아내었을까.

집에 오면 외할머니는 나를 기다리며 안방과 거실에 불을 켜 두었다. 학교에서 돌아오면 아주머니는 부엌일이며 집안일을 하고 있기 마련이고, 외할머니는 우두커니 화분을 보거나 천주교 기도문을 외우거나 묵주기도를 바치고 있었다.

"내가 곰배팔이가 되었다."

나는 안방에서 많은 시간을 보냈고, 할머니는 가끔 내 얼굴을 쳐다보며 그렇게 한탄했다. 안방에서 나와 마루를 지나 화장실을 가야 하는데, 제대로 몸을 사용하지 못하다 보니 외할머니는 간혹 옷에 실수를 했다. 나는 더럽다는 생각보다 당황하며 어쩔 줄 몰라 하는 외할머니의 모습을 차마 보기 힘들었다. 오른팔과 다리가 굽은 상태라 외할머니의 옷을 벗기고, 샤워기로 말끔히 씻어내려면 나도 진땀이 났다. 미처 드시지 않았으면 엄마가 챙겨 놓은 간식도 권하였다. 그렇게 변한 일상에서 내게 대한 외할머니의 간섭과 훈육도 없어졌다.

엄마는 아직도 가끔 내게 말한다. 학교에서 돌아오면 나는 늘 할머니를 살폈고, 혹 용변이라도 실수한 날은 싫은 내색 없이 깨끗이 씻겨 드렸다고. 외할머니가 엄마를 붙잡고 소영이가 나를 그렇게 챙겨준다고 고마워했다고 한다. 그런 일이 기억에 정확히 남아 있지는 않다. 다만 진흙탕에 빠진 것 같은 날을 보내던 고등학생인 내가 외할머니를 최대한 보살폈다면, 외할머니에 대한 애정보다 엄마를 헤아리는 마음이 앞서서였을 것이다. 외할머니가 그렇게 된 이후 외할머니 시중으로 더 바짝 마르고 일거리가 쏟아진 엄마를 보면 마루에 버티고 있는 커다란 선인장 가시에 찔린 것처럼 내 마음 속에는 피가 났다.

머리를 쑹덩 자른 채 멍하니 화분을 들여다보고, TV를 의미 없게 틀어놓던 외할머니는 평생 청상과부로 사는 것을 안타까워하던 외동딸의 집에서, 금이야 옥이야 기른 외손주가 군대 간 사이에 영원히 떠나갔다. 나는 외할머니의 마지막을 옆에서 지켰다. 옛글에서 선비들이 며칠을 앓다가 갑자기 일어나 의관 정제하고 몇 마디 말을 남기고 운명했다는 이야기를 읽었다. 나는 그저 지어낸 것이려니 하였다. 그런데 정말 며칠을 심하게 앓던 외할머니는 갑자기 일어나 앉더니 내 손을 잡고 마지막 말을 남겼다.

"내가 너 좋은 사람한테 시집가는 거 보고 가려고 했는데 이제 다 글렀다. 부디 좋은 사람 만나 결혼해 잘 살아라."

내가 무어라 대답할 틈도 없이 다시 누운 외할머니는 곧 운명했다. 초상을 치르는 동안 돌아가신 외할머니보다 야윈 어깨로 흐느끼는 엄마가 불쌍해 더 눈물이 나왔다.

막상 외할머니가 떠나니 나는 더 침울해졌다. 고등학교에서 성적이 '지지리도 낮은' 학생이 되고 나서야 공부를 잘한다는 것이 얼마나 큰 권력인가를 깨달았다. 취학 이래 중학교 때까지 비단 신을 신고 위풍당당하게 가마를 타고 종로를 활보하다가, 이제 뒷길로 날이 터진 짚신을 신고 고개 숙인 채 다녀야 하는 천민이 된 기분이었다. 사춘기와 겹친 고등학교는 암울한 시간이었고, 자주 아프고, 잠이 쏟아져야 할 나이에 변비와 불면에 시달리는 애물단지로

전락했다. 내가 지르지 못하는 소리를 터트려주는 것 같아 록
(Rock) 음악에 미친 듯이 빠져 들었고, 소설만 주야장천 읽었다.
나는 그렇게 비명을 질러대며 성장하고 있었다.

나는 성적을 올리거나 공부를 더 잘하기 위해 노력하지 않았다.
그냥 내 삶에 두 손 놓고 있었다. 첫 학기 석차를 보고 엄마는 믿
을 수 없는 숫자에 까무러치기 일보 직전이었지만, 그 이상 아무
말도 하지 않았다. 내가 힘들어하는 것을 알았기에 엄마도 내가 아

프지 않고 건강하기만을 바랐다. 엄마는 나에 대한 최고의 바람을 '좋은 남자'와 결혼해 행복하게 사는 것으로 정리하였다. 엄마가 그렇게 살아온 것처럼 나에게 늘 정숙하고 주어진 틀 안에서 조신하게 성장하도록 가르치고, 다짐하고, 확인했다. 그렇지만 나는 초등학교부터 이미 속에서 삐딱선을 타고 있는 아이였다. 다만 엄마를 속상하게 해드리고 싶지 않아 드러내지 않았을 뿐이었다.

고등학교 시절 내내 나는 남자 선생님들이 세상에서 가장 무서웠다. 그들은 나에게 목소리를 높여 야단치거나 때릴 수 있는 유일한 어른들이었다. 국민학교에서 중학교를 졸업하기까지 선생님을 어려워는 했지만 무서워하지는 않았다. 말썽을 부리지 않는 공부 잘하는 학생이 선생님을 무서워할 이유는 없었다. 하지만 고등학교부터 나는 선생님들이 무서웠다. 체벌이 무서워 그림자처럼 조용히 다녔다. 그래도 피할 수 없는 '훈육'이 있었다. 반 평균이 떨어졌다, 수업 분위기가 안 좋다 등등 여러 이유로 손바닥을 맞는 것은 물론 몽둥이로 엉덩이를 맞거나, 심지어 뺨을 때리는 선생님도 있었다. 단체 기합으로 의자를 들고 있거나, 운동장 토끼뜀도 있었다. 커다란 남자 어른에게 맞는 것은 나에게 가장 무서운 공포였다. 선생님으로부터 직접 뺨을 맞아본 일은 없다. 하지만 반에서 선생님이 다른 급우의 뺨을 때리면 나는 침도 못 삼키며 일어붙었다. 뺨에 난 손바닥 자국을 보며 내가 맞은 것처럼 벌벌 떨었다. 지금도 드라마나 영화, 유튜브 등을 보면 극 중에 뺨을 때리는 장면이 나오곤 한다. 그럴 때마다 나는 속에서 그때 터트리지 못한 분노가 참기 힘들게 치솟아 오른다.

하지만 인생은 모든 게 나쁘지도 좋지도 않기 마련인가 보다. 첫 학기가 지나며 나와 비슷한 친구들이 눈에 띄기 시작했다. 다른 인종이라고 놀림 받을 정도로 피부가 하얗고 전교에 예쁘기로 소문난 구연주와 가까워졌다. 우리 둘은 집이 다 방배동이었는데, 두 정류장 차이였다. 등하교를 같이하고 학교에서도 내내 붙어 다녔다. 연주의 집은 방배동에 새로 지은 정원이 넓은 커다란 2층 주택이었다. 언니는 대학에 다니고 있었고, 아래로 남동생이 있었다. 전업주부인 연주 엄마는 색이 밝은 원피스나 야들야들한 블라우스와 스커트 차림으로 늘 화장기 있는 아름다운 분이었다. 나야말로 연주가 왜 상업학교에 왔는지 의아했다. 여상에 온 친구들은 공부는 잘했지만 대부분 경제적 형편이 여의찮았기 때문이다. 서로를 의아해하며 우리는 속내를 함께하는 친한 친구가 되었다. 편지를 써서 서로 보여주고, 집에 가는 길에 빵집이며 튀김집에 들러 까르륵거렸다. 소풍 전날에 만나 둘이 똑같은 과자와 음료를 사며 다가올 다음 날에 설렜다. 그 시절 친구와 나눈 웃음과 이야기는 불행이라 여겨진 많은 고민을 덮어주었다.

연주는 아버지에게서 벗어나고 싶어 했다. 내가 한 번도 불러보지 못한 아버지, 고등학생이 되면서 어렴풋하게 나도 아버지가 있어 봤으면 하는 생각이 들 즈음, 연주는 아버지를 증오하며 벗어나고 싶은 심정을 토로했다. 아버지의 상습적인 폭행에 엄마는 허리 부분 척추가 부러져 두 번이나 입원했다고 한다. 연주는 엄마가 낮에 방문을 잠그고 담배 피우는 모습을 종종 목격했다고 했다.

"그렇게 숨어서 필거를 왜 피우는지 모르겠어."

연주가 엄마의 흡연을 비난할 때면 심장이 활활 타올라 재가 된 듯 탈진한 목소리였다. 언니 정주는 매캐한 최루탄 냄새를 묻힌 채 밤늦게야 돌아온다고 했다. 연주네 집에 그렇게 자주 갔지만 언니와는 단 한 번 마주쳤다. 1층 거실에서 2층 연주 방으로 가려면 몇 개의 나무 계단을 올라야 했다. 언니는 내려오고, 우리는 올라가는 길이었다. 연주 언니는 대충 자른 것 같은 부스스한 커트 머리에 구겨진 티셔츠와 진한 색의 청바지를 입고 있었다. 얼굴은 연주와 달리 희지도 않았고, 화장도 전혀 안 했다. 처음 만나는 동생 친구에게 미소나 인사치레의 말도 없이 휙 내려가면서 한마디 했다.

"그래 놀다 가라. 세상에 나가면 무슨 일이 벌어지고 있는지 곧 알게 될 거다."

연주와 둘이 늘 붙어 다니던 나에게 어느 순간부터 김금순이 자꾸 서성이며 말을 걸어왔다. 성이 김이고 이름은 금순인데 한자로는 앞의 두 글자가 똑같이 '김'(金)이었다. 친구들은 장난으로 '금금순' '김김순' 하고 불렀다. 나에 대한 금순의 관심은 내가 국어 시간에 모파상의 소설,『여자의 일생』을 몰래 읽다 선생님께 걸려 혼난 뒤부터였다. 선생님은 수업 도중 내 시선이 줄곧 다른 곳을 향하고 있음을 보셨다.

"강소영! 너 지금 읽는 책 들고 앞으로 나와!"

갑자기 설명이 뚝 끊어지며 엄중한 목소리가 났고, 모든 급우들의 눈이 나에게 향했다. 소설에서 그토록 여주인공 잔느를 괴롭히던 남편 줄리앙이 죽음을 맞는 아슬아슬한 순간에 책을 덮어야 했다. 교단에서 꼼짝도 안 하고 나를 주시하고 있는 선생님을 보자 난 심장이 덜덜 떨렸다. 어찌나 긴장되는지 교단까지의 거리가 백 미터도 넘게 여겨졌다. 급우들도 침을 꼴깍 삼키며 아무도 움직이거나 말하지 않는 정적이 흘렀다. 그런데 선생님이 책을 휘리릭 보더니 돌려주며, "들어가 앉아!"라고만 했다. 자리로 돌아오는 걸음을 옮기는 중에 얼핏 입꼬리를 살짝 올리며 눈이 갸름해진 금순이를 보았다.

그 뒤 얼마 지나지 않아 가장 싫어하던 체육 시간을 마치고 세면대에서 손을 씻는 나에게 금순이가 다가와 물었다.

"너 책 보는 거 좋아하니?"

나는 손에 비누 거품을 묻힌 채 힐긋 보면서 무심히 대답했다.

"응."

금순이는 자기도 책 읽는 거 좋아한다며 같이 책을 읽고 이야기 나누자고 하였다. 나는 반가운 마음으로 그러자 했다. 우리가 함께 이야기 나눈 책들은 『부활』, 『신곡』, 『주홍 글씨』, 『안네의 일기』 등 '고전 명작'이었다. 국어 선생님이 교무부장이어서 그런지 학교의 도서관은 제법 도서를 갖추고 있었다. 그 가운데에서 빌려 읽거나 각자 집에 있는 책에서 골라 읽었다. 금순이는 내가 고개를 끄덕끄덕하며 집중할 만큼 나와 다른 관점의 이야기를 많이 하였다. 금순이는 훨씬 비판적이고, 때로 냉소적이며 성숙했다. 난 금순이가 언니처럼 여겨졌다.

금순이는 무남독녀 외딸이었다. 방과 후 금순이 집에 두어 번 놀러 갔었다. 버스 정류장에 내리면 언덕에 빼곡하게 작은 집들이 붙어 있는 동네였다. 숨이 적당히 차오를 무렵 초록색 페인트가 칠해진 작은 철 대문 앞에서 금순이가 말했다.

"들어가자. 여기가 우리 집이야. 나는 이 동네의 냄새가 싫어."

나는 금순이 손을 놓칠세라 붙잡고 올라오느라 별 냄새는 맡지 못했다. 금순이 어머니는 친절하고 소박한 분이셨다. 그런데 금순이네 집은 괴괴한 차가움이 느껴졌다. 불이 꺼져있는 금순이 집 부엌은 온기와 음식이 없었다. 민속촌에서 본 조형물 같은 부엌이었다. 금순이 방에는 군것질거리가 하나도 없었다. 금순이는 부모님은 주전부리를 죄악으로 여긴다고 하였다. 아버지는 뵌 일이 없는데, 금순이는 아버지가 매우 엄하고 강직하다고 했다. 딸 하나인데도 고등학교 이상 공부시키지 않는다고 상고를 가라고 하셨단다. 집에는 아버지가 쓰셨다는 굵직한 해서체의 서예 작품이 곳곳에 걸려있었다. 세상에 부모와 자식의 수만큼 그 관계의 사연도 참 각양각색이었다.

연주의 행동이 달라졌다. 금순이와 책 이야기를 나누고 있다 보면 저 멀리 떨어져 아무 말도 안 하고 나를 지켜보고 있었다. 그 당시 여고생이 친구임을 증명하는 방법은 쉬는 시간에 손잡고 같이 화장실 거였다. 무심코 금순이와 이야기하다 쉬는 시간이 끝나기 직전 허겁지겁 화장실에 다녀오면 수업 중에 쪽지가 툭 건너왔다.

'너 그렇게 꼭 내 앞에서 다른 친구와 화장실 가는 모습을 보여주어야 했니?'

놀래서 쳐다보면 연주는 눈물을 꾹꾹 흘리며 시선은 앞으로 고정한 채 앉아 있었다.

수업 시작종에 맞춰 바쁜 걸음으로 교실에 돌아오면 연주가 교실 뒤에 서 있다 무언가 보온병에 담긴 액체를 버리고 자리로 돌아갔다. 곧 쪽지가 왔다.

'너 주려고 집에서 미숫가루와 따듯한 물 가져와 미숫가루 만들어 기다렸는데, 네가 안 돌아와 버렸어. 일부러 쉬는 시간 끝날 때 돌아온 거니?'

나는 어떻게 처신해야 할지 몰라 속상했다. 연주의 마음을 다치게 하고 싶지 않았지만, 내 마음이 점점 상했다. 나의 모든 행동을 자신과 연관하여 해석하는 연주의 집착은 나를 옥죄어 왔다. 2학년이 되어 연주와 다른 반이 되었다. 난 애써 무심한 듯 다녔지만, 하굣길에 늘 연주는 몇 걸음 떨어져 말없이 내 뒤를 따라 걸어오곤 하였다. 그리곤 집이 같은 방향이므로 내가 타는 버스에 올라탔다. 연주가 왜 그러는지 알 수 없어 답답하고 괴로웠다. 학교에서 오로지 연주하고만 말할 수도 없고, 어찌해야 하는 것인지 그 숙제를 풀 수 없었다. 버스에서 옆에 선 연주에게 왜 그렇게 나를 힘들게 하냐고 했더니, 너야말로 자기를 왜 이렇게 힘들게 하느냐고 했다. 내가 먼저 울음을 터뜨렸고, 연주는 자기가 울어도 시원치 않을 판국에 왜 네가 우느냐고 했다. 무엇에 목마른지 알 수 없이 우리는 가장 가까운 친구로부터 위로도 받고 상처도 주며 성장해 나갔다.

3학년이 되어 바쁘고 조금은 성숙해진 우리는 평화롭게 공존했다. 나는 이미 획득했어야 할 자격증을 소가 뒷걸음질하다 쥐를 잡은 격으로 3학년 1학기에 간신히 취득했다. 나 같은 지진 학생을 위해 담당 선생님은 시험요령을 비롯한 여러 도움을 주셨다. 아무래도 더 이상 있으면 안 될 것 같아 나도 노력했다. 부기를 비롯한 자격증을 갖추어 해당 과목의 감점 20점을 아주 뒤늦게 벗어났다. 취업을 향해 달리는 시간이 절정으로 흘렀다. 선생님은 면접 시의 요령을 누누이 강조하였고, 모두 분주하고 들떠 보이는 분위기에 나는 한 걸음 비껴 있었다. 일단 내 성적으로 괜찮은 회사에 지원하기는 가당치 않은 일이었다. 성적이 우수한 급우들은 은행이나 큰 기업의 경리사원으로 하나둘씩 사라졌다.

교실에 자리가 하나둘 비어갈 즈음, 이지선 담임선생님이 나를 학교 등나무 아래로 불러냈다. 담임선생님의 과목은 수학이었다. 나의 취약 과목이었다. 1학년에 이어 3학년에 또 담임선생님이지만, 늘 저 멀리 교단 위에 서있는 분이었다. 엄마와 비슷한 연배의 중년 여성이지만, 이미지는 엄마와 전혀 달랐다. 키가 작고 둥글둥글한 몸집에 짧은 파마머리, 그리고 목소리가 굵고 컸다. 갑자기 나를 왜 따로 부른 것인지 의아했지만, 특별히 잘못한 일이 없어 별 긴장 없이 묵묵히 선생님을 따라 등나무 아래 벤치에 앉았다.

"이번에 IQ 검사 결과 소영이 네가 전교에서 가장 높았다. 네 머리 주면 나는 여기 고등학교 교단에 있지 않다."

그 말을 듣고 일단 혼나는 상황이 아닌 것에 안심했다. 선생님은 옆에 가까이 앉아 길게 말을 이어갔다.

"소영이 네가 상업학교에 적응하기 힘들어하는 것 다 알고 있어. 너 말고도 그런 학생들이 제법 있단다. 그런데 너는 마음만 먹으면 다른 어떤 길도 갈 수 있어. 내가 너를 1학년에 이어 3학년에도 맡고 있지만 너는 행동이 다른 학생들과 많이 다르더라. 청소할 때도 다른 아이들이 책상을 휙휙 밀어 던진다면, 너는 끝까지 밀고가 소리 안 나게 제 자리에 딱 갖다 놓곤 하더라. 그러니 너도 아이들과 어울리기 힘들었을 것 같다. 하지만 너는 누구보다 머리가 좋아. 나는 네 머리가 부럽다. 네 적성을 잘 찾아 나가면 뭐든 넌 할 수 있는 능력이 있음을 잊지 말아라."

나는 묵묵히 들었지만 갑자기 세상이 다르게 다가왔다. 마치 BC와 AD가 갈리듯 세상을 향해 닫혀있던 눈이 열리는 것 같았다. 어두컴컴하게 느껴지던 세상에서 미래라는 한 줄기 섬광이 비친 느낌이었다. 나는 선생님의 그 말을 마음에 깊이 간직하였다. 선생님의 그 표정과 목소리, 벤치에 흩어져 있던 나뭇잎, 살랑 불어오던 바람까지 기억에 아직 선하다.

금순이는 버스운송회사 경리부에 취직했다. 몇 번 만났는데, 아저씨들이 거칠다고 힘들어했다. 그런데 만날 때마다 금순이는 연애담을 펼쳤다. 금순이는 나와 함께 『주홍 글씨』와 『테스』를 읽으며 격분하고, 이청준의 『당신들의 천국』에 빠져 냉철한 작가의 지성에 감동했던, 문학을 사랑하던 순수한 여고생이었다. 이른바 고전 명작을 읽으며 '역시 이래서 명작이라고 하는구나!'라며 감탄을 나누던 친구였다. 외모에 관심을 기울인 일도 없고, 몇몇 급우들이 남자친구 이야기를 하거나 미팅을 한다는 등 부산을 떨 때도 아무런 반응이 없던 금순이였다. 그런데 취직 이후 물꼬가 열려 봇물이 터지듯 연애에 분주했다.

"야, 책에 나오는 그 많은 사랑 이야기는 다 거짓부렁이야!"

금순이는 연애 이야기 끝에 목소리를 높여 덧붙였다.

한 울타리에 모여 있던 우리들은 성장통을 겪으며 각자 뿌리를 내리며 나름의 줄기를 뻗어가기 시작했다. 우리는 모두 자신들의 삶을 다루는데 미숙한 10대 소녀들이었다. 16살 나의 고집스런 선택으로 사방이 잿빛 같은 고등학교 시절을 보냈지만, 어느 방식으로든 내가 책임지고 풀어가야 했다. 연주와 금순이가 있었기에 그나마 작은 미소를 지을 수 있는 시간으로 남았고, 이지선 담임선생님의 속 깊은 격려는 삶의 지침을 잡게 한 결정적 계기였다. 스스로를 불행하다고 생각하며 여러 가지가 뒤섞인 정체 모를 물체가 사방에서 조여 와 답답할 때도, 반드시 즐거움을 누릴 수 있는 무언가와 나아갈 길이 있다는 점을 비로소 배웠다.

새벽의 코피

나는 엄마에게 어디든 취직시켜 달라고 했다. 이미 의미가 없어진 고등학교 책상 앞에 앉아 있기가 고역스러웠다. 학교를 통한 취직은 기대하지도 않았다. 엄마는 내가 취직하겠다는 말에 놀랐다. 고등학교 내내 학교를 끔찍이 싫어하면서 소설책을 끼고 살고, 끼적끼적 공책에 쓰는 것만 좋아하고, 가끔 섣부른 솜씨로 기타나 뚱땅거리며 귀청 떨어지는 음악만 듣고 지냈기 때문이다. 엄마는 나에게 정말 회사에 다닐 수 있겠냐고 물었다. 나는 회사에 다닐 수 있어서보다, 학교에 더 이상 죽어도 가기 싫다고 하였다. 엄마는 자필 이력서와 성적증명서 등의 기타 구비 서류를 준비하게 하였다.

큰 이모부의 주선으로 고3 말, 1985년 11월부로 취직이 되었다. 드디어 학교에서 해방되는 시간을 맞았다. 이모부는 엄마에게 전화를 걸어 당시 재계 1위를 달리는 그룹이라 자찬하던 대기업의 회장 비서실에 가라 했다. 도심 한복판에 자리한 거대한 건물 현관을 들어서니 길게 늘어선 복도에 자주색 카펫이 깔려 있었다. 경비 아저씨에게 용건을 말하니 전화 통화 뒤 비서실 팻말이 붙은 가장 가까운 사무실로 안내해 주었다. 조심히 들어간 사무실에는 책상에서 타이핑을 하거나 서류를 만지는 여직원이 여러 명 있었고, 곧 비서실장이 안쪽에서 나왔다. 그의 손에는 내가 쓴 이력서가 들려 있었다. 비서실장은 마른 체격에 키가 크고 몹시 깐깐한 인상의 중년 남자였다. 별로 물어보는 것도 없이 낮고 사무적인 목소리로 내게 한마디 던졌다.

"그렇게 아직 애기 같아서, 여기에서 일할 수 있겠어?"

나는 기어들어 가는 목소리로 답했다.

"네……"

타이핑 치던 여직원이 흘긋 나를 쳐다보는 시선을 느꼈다.

며칠 뒤부터 나는 그 회사로 출근을 시작했다. 내가 소속된 부서는 국제무역부라는 곳이었다. 사무실은 전화 통화와 팩스 등 온갖 기계 소음으로 시끄럽고, 사람들이 수시로 이리저리 오가며 매우 분주한 곳이었다. 처음 방문한 날 본 자주색 카펫이 깔린 복도

양쪽에 늘어선 회장실과 비서실, 상무실, 총무부를 지나 대리석 바닥으로 바뀐 복도의 첫 사무실이 국제무역부였다. 하지만 많은 직원들은 출퇴근에 정문이 아니라 뒷문을 사용했다. 뒷문으로 들어가면 대리석이 깔린 복도 양옆으로 경리부, 품질관리부, 자재부 등의 팻말이 써진 사무실이 문을 열어둔 채 이어져 있었다. 그 안에서 분주히 오가는 사람들이 어떤 일을 하는 중인지 나는 한참 동안 알 수 없었다.

국제무역부의 커다란 사무실은 제일 뒤에 부장님의 커다란 책상이 있고, 직급순으로 알루미늄 책상이 배치되어 있었다. 가장 앞줄이 여직원들의 자리였다. 나의 직속 과장은 이름이 "재민"이었는데, 키와 몸집이 작아 자기 자신을 "제미니"로 칭했다. 1977년 새한자동차에서 출시했던 소형차 "제미니"에서 따온 별명이라 했다. 활달한 성격에 행동이 거침없고 목소리는 흔히 말하는 약장수처럼 쩌렁쩌렁했다. 감색 타이트스커트에 흰 상의로 된 회사 여직원 유니폼을 입고 어떻게 시작해야 하는지, 사무실 사람들은 다 누구인지조차 모른 채 어정쩡하게 있는 나에게 제미니 과장은 책상을 정해 주었다. 사무실 제일 앞자리에 나란히 앉은 선배 여직원에게 나를 소개해 주면서 기본적인 업무를 가르쳐주라고 하였다.

흰 얼굴에 구불구불 파마머리를 한 선배 여직원은 한정순이라고 자기 이름을 소개한 뒤 대뜸 어느 학교 출신이냐고 물었다.

"한국여상이요."

"그래? 주간? 야간?"

"주간이요."

한정순 선배의 딱딱한 표정이 순간 풀어지면서 자기와 같은 학교 출신이라고 반가워했다. 그리고 회사 내 동문 모임이 한 달에 한 번씩 있으니 이제부터 같이 참석하자고 했다. 내가 정규 채용으로 입사한 것이 아닌 것을 알고 누구를 통해 입사했냐고 곧 물어왔다. 언제나 순간 얼버무리거나 둘러대는 재주가 없는 나는 그대로 말이 나왔다.

"회장님이요. 직접 뵌 거는 아니고 이모부가 알선해 주셨어요."

그 말의 위력 때문이었을까? 실수도 많이 하고 이른바 막내 역할도 잘 못해냈지만, 화장실에서 눈물 흘린 일 없이 그럭저럭 다녔다.

한정순 언니는 신용장(L/C)을 관리하며 분주히 생산부와 경리부를 오가며 바빠 보였다. 직원들이 빠른 걸음으로 이리저리 오가고, 전화기를 든 채 큰 목소리로 왈가왈부하고, 팩스의 기계음이 들려오는 등 회사는 커다란 톱니바퀴가 맞물려 돌아가는 현장이었다. 거기에 있으나 마나 하게 여겨지는 나의 업무는 한정순 언니만 의지하였고, 과장님의 검토와 결재를 받으면 그만이었다. 언니가 나에게 지시한 일은 아주 단순했다. 의미를 알 수 없는 숫자를 맞춰 정리하고, 서류를 이리저리 전달해 결재를 받아왔다. 그 종이가 어디로 어떻게 가서 어떤 생산 활동과 연결되는지 가늠할 수 없었다.

대기업에 취직한 연주는 바로 리비아 건설 현장에 경리사원으로 지원하여 떠났다. 나는 알지도 못한 세상에 용감히 나간 연주에게 새삼 놀랐다. 리비아 현장에는 연주만이 아니라 같이 있는 여직원이 사오 명 되었다. 연주는 그들과 어울린 사진과 근황을 전하는 편지를 몇 번 보내왔다. 눈에 익은 궁서체 비슷한 연주의 글씨, 툭 던져진 쪽지에, 밤새 썼다며 건네던 편지에 있던 그 글씨, 글씨체는 그대로인데 내용은 글의 주인이 연주라는 사실과 잘 닿지 않았다. 낯선 얼굴들과 동그랗게 모여 파마머리를 한 채 활짝 웃고 있는 사진 속의 연주는 내가 잘 모르는 사람처럼 많이 달라져 있었다. 어느 날 연주는 고백처럼, 아니 우리 사이를 마무리하는 것 같은 글을 보내왔다.

'나는 네가 너무 좋았어. 그래서 네가 나하고만 친했으면 하는 욕심과 집착으로 너를 힘들게 해서 미안해. 너의 아름다웠어야 할 시절을 나로 인해 망가뜨려 정말 미안해.'

나는 여러 감정이 뒤섞여 마음이 싸하게 베이는 것 같았다. 하지만 이제 연주가 편안해진 것 같아 진심으로 기뻤다.

나도 조금씩 회사에 적응해 나갔다. 내가 입사하기 직전에 정규 채용으로 들어온 상업고등학교 출신 신입직원들이 남녀 합해 6명 있었다. 이른바 입사 동기였다. 나는 그 축에 낄 자격이 없었는데, 동기 모임에 불러 주었다. 모두 인상이 선하고 똑똑해 보였다. 그 아이들과 어울리면서 나의 고등학교 시절은 배부른 고민에 빠져 엄마만 속 썩였다는 부끄러움이 몰려왔다. 내가 갈피를 잡지 못하고 위축되어 있을 때 그 아이들은 열심히 공부했고, 자신의 삶을 위해 부단히 노력해 왔다. 집안의 크고 작은 갈등과 문제를 속으로 삭이고 감내하며 공부한 동기도 있었다. 그렇게 자기 자리에서 열심히 살아온 아이들과 같은 자리에 있게 된 것이 미안했다.

다행히 동문 선배 언니들이 부서마다 있었고, '왕언니'가 군림하는 여직원 휴게실에서 설움 당하는 일도 없었다. 복도를 오갈 때나 사무실을 들락거리며 능글스러운 눈빛을 보내는 남자 직원도 있었는데, 거기까지만이었다. 근무 시간과 하는 일에 비해 월급과 복지도 좋았다. 차차 대졸 남자 직원들이 출신 학벌과 승진의 문제에 매우 예민하다는 분위기를 감지했다. 특히 인사이동을 놓고 남자 직원들이 서로 빈정거리며 나누는 대화에는 속내가 적나라하게 드러났다. 국제무역부에는 대학을 졸업한 여직원이 한 명 있었다. 나와 정순 언니를 포함해 '여직원 휴게실'을 사용하는 여직원들과는 책상 위치가 달랐다. 여직원이 하는 차 심부름도 하지 않았다. 가끔 휴게실에서는 그 언니에 대한 험담이 나왔다. '자기가 공주야 뭐야'라는 불만이었다.

여직원들에게 험담의 대상이던 그 언니는 나에게 동기부여로 작용하였다. 속히 대학입시 준비를 해야겠다는 조급함이 들었다. 입사 2개월 정도가 되니 부서와 직원, 대략 처리해야 하는 일을 파악할 수 있었다. 서둘러 1986년 1월부터 당시 서울역 부근에 있던 입시 새벽반에 등록했다. 집에서 새벽 5시가 채 안 되어 나가 학원 수업을 듣고 헐레벌떡 출근하였다. 입사 동기에 키가 크고 고운 분위기의 이미주가 있었다. 부지런히 퇴근하는 그녀의 품에도 대학입시 책이 안겨있었다. 그녀의 피곤한 얼굴과 바쁜 퇴근 걸음은 나에게 입시라는 긴장의 끈을 더 꽉 잡게 만들었다.

내가 치를 학력고사는 그전에 시행하던 예비고사의 과목별 배점 체계를 이었는데, 배점이 큰 영어와 수학이 난관이었다. 다행히 과목이 16과목에서 9과목으로 줄었지만, 나에게는 학교에서 배우지 않은 과목들이 대부분이었다. 상업학교에서도 영어와 수학을 배웠지만 전체 학과목에서 비중이 높지 않았고, 배우는 내용과 방향도 달랐다. 또한 대학입시에 고등학교의 내신이 40%나 반영되었고 논술도 있었으므로, 내가 갈 수 있는 대학이 있을까 싶었다. 영어, 수학은 학원에 다녔지만 국사, 국민윤리를 비롯해 선택과목인

사회, 지구과학은 참고서를 사서 혼자 공부했다. 지구과학처럼 처음 접한 과목은 내용을 찬찬히 읽어가며 요점을 정리하고, 두 번 정도 탐독하면 대략 파악이 되었다. 그 뒤에 문제집을 풀어보고, 다시 내용을 확인하는 방법으로 독학하였다. 누군가 두 시간 정도 전체를 설명해주었으면 하는 바람이 있었지만, 혼자 해 내자고 다짐하고 또 다짐하였다. 하루에 몇 시간 동안 무슨 과목을 공부했는지 매일 적어 두었다.

엄마에게 요점 정리를 받을 수도 있었지만, 국어는 성적이 좋았을 뿐더러 이 세상에서 가장 싫은 일 중의 하나가 엄마에게 공부 배우는 거였다. 엄마가 나에게 선생님의 역할을 했다가 실패한 끔찍한 기억이 남아 있다. 중학교 진학을 앞둔 겨울방학 때 엄마는 오빠의 중학교 영어책으로 나를 공부시켰다. 말하자면 영어 선행 학습이었다. 하지만 엄마가 나에게 선생님이 되는 순간 그 좋아하던 영어가 너무나도 싫어졌다. 엄마 대하기도 낯설었다. 아침에 엄마가 예습 또는 복습시킨 단원을 저녁이 될 때까지 한 줄도 쳐다보지 않았다. 결국 며칠의 실랑이 끝에 다시 엄마와 막내딸로만 살기로 결론지었다. 내가 무슨 과목을 선택했는지, 학원에 어느 단과반을 선택했는지 엄마는 묻지 않았다. 그저 깜깜한 새벽에 코끝이 쩽함을 참으며 집을 나서면 엄마는 내 가방을 들고 버스 정류장까지 동행해 주었다.

내가 마음을 다잡고 새벽의 코피로 하루를 시작하자 엄마는 누구보다 나의 꿈을 지지하고 격려하였다. 캄캄한 새벽에 입시학원을 향해 나설 때, 다시 새벽까지 입시 책과 씨름할 때 엄마는 안쓰러워 어쩔 줄 몰라 했다. 그러나 엄마의 말은 늘 단호하였다.

"머리가 좋은 사람은 본래 그 머리 값을 해야 하니 세상 살기가 힘든 법이다."

"힘들어도 목표로 삼은 것은 해 내야지. 이다음에 설거지통에 손만 담그며 살면 넌 행복하기 어려울 거다."

새벽반을 마친 뒤 하루 종일 회사에서 근무하는 날들이 이어졌다. 어떤 달은 새벽반에 이어 저녁 단과반까지 듣고, 다시 도서실로 가서 밤 11시까지 공부하였다. 집으로 돌아와서도 밤을 새우고 책을 보다 잠들었다. 아침이면 거의 매일 화장실에서 엄청난 양의 코피를 쏟았다. 엄마는 매일 곰국, 사골국을 끓여주었고 마음은 더 애끓어 했다. 흑염소액도 직접 주문해 받아 왔는데, 그것은 내가 끝내 먹지 못했다. 나중에 엄마가 고백하기를, 내가 그러다 말줄 알았다고 하였다. 몸도 약하고, 인문고에서 3년 동안 준비해도 떨어지네 마네 하는 대학입시를 내가 해 내리라고 생각 못했다고 했다. 더욱이 입시제도가 수시로 바뀌던 정신없던 시기여서 어디에 장단을 어떻게 맞춰야 하는지 입시전문가조차 갈팡질팡하던 해였다.

가을로 접어들면서 체력이 부쳐 회사에서 힘들었다. 부서에서 막내인데 출근도 제일 늦다 보니 선배 언니들의 눈치가 보였다. 가까이에서 은근히 시집살이를 시키던 정순 언니가 내가 대학입시를 준비하는 것을 알아챘다.

"너 입시 준비하니?"

"네. 미안해요, 언니. 아침에 미리미리 오지 못해서요."

"머 괜찮아. 기왕 준비하는 거 열심히 해서 뭔가 보여줘! 꼭 서울에 있는 좋은 대학에 가서 우리 학교 졸업생이 만만치 않다는 것을 네가 증명해야 해."

잔뜩 주눅이 들어 대답한 나에게 건넨 정순 언니의 반응은 의외였다. 말하자면 좋은 대학에 진학해 한국여상 출신의 똑똑함을 보여주라는 당부였다. 의도가 어떻든 그 반응에 고마우면서도 막내 직원으로 미안했다.

학력고사에 맞춰 1년 1개월 만에 회사를 그만두었다. 알 수 없는 미래는 행복이면서 동시에 불안이었다. 미래를 계획하며 대학입학을 그려보니 행복했고, 결과를 알 수 없으니 불안했다. 학력고사 시험은 수학을 제외하고는 어렵지 않았다. 지금과 달리 그때는 종이로 된 성적표를 출신학교에서 받았다. 3년을 힘들어하며 올랐던 학교의 언덕을 어떤 결과에도 마음 흔들리지 말자고 다짐하며 한발 한발 옮겼다. 대학입시에 응한 학생이 많지는 않았기에, 성적표를 배부하는 장소가 따로 마련되어 있었다. 많은 학생들이 어수선하게 몰려 있는 가운데, 성적표를 찾아 나누어 주던 이지선 선생님이 나를 알아보았다.

"소영이 왔구나! 우리 학교 출신으로 학력고사 본 졸업생 가운데 네가 시험 성적이 제일 높다! 너처럼 높은 학생이 없다."

선생님은 큰소리를 외치면서 내 성적표를 찾아 건네주었다. 날터진 짚신을 신고 발에 피가 난 채로 걷던 고등학교 3년, 코피를 쏟으며 만원 버스에 시달려도 품에 안은 입시참고서가 꿈이었던 직장생활의 고단함이 아스라이 구름 저편으로 흩어져 넘어갔다.

입시 직후 여러 일간지에는 〈내 점수로 어느 대학에 갈 수 있나〉 등의 제목으로 인문계, 자연계를 나누어 학교와 학과를 깨알같은 글씨로 나열해 보도하였다. 이른바 '눈치작전'이 벌어졌다. 나의 대학 진학을 놓고 엄마는 친척들과 상의했다. 외삼촌과 이모들의 전화가 빗발쳤다. 소영이는 꼭 여자대학을 보내라는 주문이었다. 나도 남녀공학은 은근히 겁이 났다. 오빠가 있어도 어릴 때부터 남자는 서먹한 존재였다. 외할머니와 엄마의 삶을 통해 남자는 멀리하고 조심해야 할 대상이라는 선입견에 나도 모르게 잡혀있었다.

물 만난 고기

학력고사 점수는 높았지만, 내신이 걸림돌이었다. 다시 입시 준비를 하지는 못하겠기에 낮추고 낮추는 '눈치작전'으로 서울의 가원 여자대학 인문계열에 지원했다. 신입생 면접이 있는 날, 나는 대학 면접에 대한 아무런 사전 정보나 지식도 없이 혼자 갔다. 내 순서가 되어 들어가니 인상이 좋아 보이는 중년의 여자 교수와 남자 교수가 앉아 있었고, 책상 위에는 서류가 펼쳐져 있었다. 남자 교수가 서류를 들척이며 나에게 대뜸 물었다.

"자네는 이 성적으로 왜 이 학교를 지원했어?"

의외의 질문이었지만, 학교를 결정하기까지 가장 큰 고민이었기에 즉각 답변이 나왔다.

"제가 상업학교를 나왔는데, 내신이 너무 낮아서요."

이어 두 분은 나에게는 별 질문 없이 입시제도가 문제라는 이야기를 두런두런 나누었다. 그 뒤 기억나지 않는 한두 가지 질문을 받았고 내 면접은 끝났다. 나는 그 대학에 입학 장학금을 받으며 합격했고, 그 뒤 졸업까지 한 번도 등록금을 내지 않았다. 엄마에게 학비의 부담을 드리지 않아 마음이 가벼웠다. 용돈도 내 힘으로 조달해 볼까 하여 아르바이트를 하려 했다. 엄마는 아르바이트할 시간이 있으면 그 시간에 더 공부하라고 했다. 네가 지금 투자해야 할 것은 학업이라고 못 박았다.

대학에 오니 지난 12년간 학년 초마다 겪어야 했던 공개적인 질문을 받을 일이 없어졌다. 그런데 다른 사적인 호구조사가 나를 곤란하게 만들었다. 통성명을 하고, 사는 곳도 물어보며 서로를 알기 위한 과정 중에 반드시 나오는 질문이었다.

"너는 고등학교 어디 나왔어?"

그 첫 질문을 같은 수업에서 늘 가까운 자리에 앉던 커트 머리에 큰 눈을 가진 벗에게 받았다. 수업 뒤 비는 시간에 학교 카페테리아에서 요기를 하며 이야기를 나누던 중에 물어 왔다.

"난 한국여상 나왔어. 그래서 1년 재수해서 들어왔어."

"어머? 너 여상 다녔어? 왜?"

"왜? 그냥 그때는 그랬어."

뒤이어 이런저런 대화가 이어졌고 다른 수업을 위해 일어나야 했다. 책을 앞가슴에 품고 일어서면서 그 애가 격려하듯 나에게 말했다.

"소영아, 너 여상 나왔다고 부끄러워할 필요 없어. 우리들에 비해 그렇게 해낸 네가 오히려 자랑스러운 거야."

나는 어떻게 반응해야 할지 몰라 멍하니 있었다. 여상 출신이 부끄러운 일인가? 그 사실 자체는 부끄럽지도 자랑스럽지도 않았다. 부끄럽다면 중요한 결정 앞에 엄마의 간절한 조언을 듣지 않고 고집을 꺾지 않았음이었다. 자랑스러움을 들라면 온전히 내 책임이었음을 자각하여 끝까지 노력해 대학입시를 해 냈음이었다. 그 사정을 구구절절하게 설명할 필요는 없었다. 외할머니와 성장하면서 오래전부터 누구에게든 나의 의견을 전하는 일이 소용없음을 깨달았기 때문이다. 하지만 우리는 스펀지처럼 새로운 지식과 정보를 탄력 있게 흡수할 수 있는 젊은 대학생이었다. 그러나 역시 각자의 견고한 담장에 갇힌 부자유인이었다.

대학은 말 그대로 전국에서 온 학생이 모인 곳이므로, 아이들은 서로서로 출신학교나 고향, 살고 있는 동네를 물었다. 호구조사를 통해 연결점을 찾으려 하고, 그것을 고리로 삼아 친분을 엮으려 함은 나이를 초월한 공통분모였다. 개인과 개인으로 상대방을 알아 가려는 시도에 앞서 전혀 모르는 사이였어도 어느 초중고인가를 같이 다녔고 엇비슷한 지역에 살았으면, 그것은 갑자기 서로를 붙이는 찐득한 아교가 되었다. 나는 누구를 만나든 본인 스스로 말하기 전에 상대방의 신상에 대해서 아무것도 묻지 않음을 지키며 그 관습을 조용히 거부하였다.

다른 한편으로 내가 대학생, 곧 '성인 여성'이 되었음은 엄마가 촉각을 세우고 나를 지켜야 함을 의미했다. 내 귀가 시간인 저녁 9시를 넘기면 엄마는 더 이상 견디지 못하고 정류장으로 뛰쳐나와 덜덜 떨며 나를 기다렸다. 어둑한 버스 정류장에서 발을 동동거리며 서 있는 엄마를 보면 숨이 막혔다. 집에 전화를 놔두고 왜 여기에 나와 있는 것일까 답답했다. 한 달 정도가 지나 아직 쌀쌀한 기운이 돌던 봄날 저녁, 겉옷을 여미고 어깨를 웅크린 채 내리는 사람마다 살피는 엄마가 차창 밖으로 보였다. 버스에서 내린 나는 처음으로 쌩한 분위기로 집으로 들어왔다. 엄마에게 하소연과 반발을 섞어 애원하였다.

"엄마, 제발 길에 나와 서 계시지 좀 말아요. 집에 전화 있잖아. 길에 나와 있으면 내가 늦어져 전화해도 오히려 못 받잖아. 버스에서 내리려 할 때 엄마를 보면 울기 일보 직전의 표정이야. 나 정말 너무 스트레스 받아 힘들어."

엄마는 길에서 누가 나를 채가는 것처럼 불안해 집에서 기다릴 수가 없다고 했다. 웬일로 옆에 있던 오빠가 농담처럼 나를 거들었다.

"아이고 어머니. 걱정 마셔요. 누가 채 가려다가도 쟤 얼굴 보면 돌아서 가 버려."

오빠의 방식으로 엄마를 달래며 내 편을 들어주기에, 나는 오빠를 한번 째려보고 말았다.

나의 하소연을 계기로 더 이상 정류장에 나와 기다리지는 않았지만, 엄마가 변한 것은 아니었다.

대학에서 알게 된 친구들은 그리고 어떻게 사느냐며 늦게 들어가거나 아예 외박해 버리라고 하였다. 겨드랑이가 드러나는 민소매를 입지 말라거나 발가락 샌들은 흉하다는 등 복장에 관한 엄마의 의견에는 모두 기함하려 했다. 나에게 집중된 엄마의 모든 레이더 망을 아예 훼손시켜버리고 싶었지만, 엄마의 눈에서 눈물이 나오게 할 수는 없었다. 엄마가 짊어지고 견뎌온 짐은 이미 엄마가 지탱할 한계를 넘어선 무게였다. 나의 작은 반항이라도 가해지면 엄마는 그 자리에서 무너질 것이 분명했다. 그것은 사랑과 헌신만으로 살아온 엄마에게 내가 차마 하지 못할 일이었다. 하지만 사방이 엄마의 담에 막힌 것처럼 답답해 화병난 사람처럼 속에서 불덩이가 타는 것 같았다. 그럴 때마다 책상 앞에 앉아 글에 집중하며 화를 삭였다.

　내가 보는 엄마는 그 시대의 교육자로 변화하는 세상에서 사회
생활을 하면서 쌓아온 지식과 식견이 있고, 쏟아지는 뉴스를 매일
접하는 지성인이었다. 하지만 딸을 대하는 엄마의 세상은 담장으
로 막힌 다른 세계에 들어앉아 있었다. 엄마는 성장한 딸이 '순결
한 여성'에 조금이라도 위협이 되는 요인이 생길까 나와 세상 사이
를 담장으로 막으려 하였다. 하지만 그 담장 안에 갇힌 사람은 엄
마 자신뿐이다. 엄마 이외에 다른 누구도 무너뜨릴 수 없고, 내가
들어갈 이유도 없는 엄마만의 세상이었다.

엄마가 세상으로부터 보호한다는 신념으로 내 둘레에 벽을 쌓아왔다면, 대학생이 된 나는 이미 그곳을 나와 엄마와의 사이에 벽을 쌓아갔다. 엄마는 내가 쌓아 올리는 벽은 감지하지 못한 채, 당신이 쌓은 벽만을 의지했다. 내가 성인으로 싸우며 풀어야 할 숙제는 엄마와 내가 함께 써나갈 동화가 아니었다. 내가 성인이 되었다는 것은 외할머니와 엄마가 굳게 막은 성장기의 벽을 넘어 내 힘으로 내 세상을 날아야 하는 생존의 몸짓이었다. 정작 담장 밖에서 내가 지키고 싸워야 할 치열한 문제는 따로 있는데, 엄마는 거기까지 나를 들여다보지 못했다.

군대에서 제대하고 복학한 오빠는 매일 오밤중에 들어왔다. 친구와 술을 세상에서 제일 좋아하는 사람 같아 보였다. 일찍 좀 들어오라고 엄마가 한소리하면, 너스레를 떨며 답했다.

"어우 어머니, 저는 집에 환할 때 들어오려면 길을 못 찾아와요."

오빠는 모든 친구들에게 뭐든 퍼 주기를 좋아했다. 카메라 등 집에 물건을 들고 나가 빌려주고, 친구들을 불러들여 며칠이고 숙식을 해결해 주었다. 나는 오빠가 참 속이 없는 사람이라는 생각에 늘 못마땅했다. 엄마의 수고가 보이지도 않는가 싶어 화도 났다. 오빠에 대한 불만을 엄마에게 터트릴 수는 없었다. 그것은 누구보다도 자식을 잘 키워내려고 노력한 엄마를 향한 비난이기 때문이었다. 나는 다만 속으로 돌아가신 외할머니에게 책임을 돌렸다. 대학 이후로 오빠와 속의 말을 나눈 기억은 거의 없다. 내가 무슨 말이든 오빠에게 하면 좋은 말이 아닐 것이기에 되도록 말을 하지 않았다.

퍼 주기 좋아하던 오빠는 기어코 그 절정에 달한 일을 저질렀다. 우리가 살던 방배동 집은 마당을 지나 현관을 열고 들어가면 바로 1층 거실이었고 오른쪽부터 안방, 부엌, 그리고 화장실이 자리하고 있었다. 거실 귀퉁이에 중간이 꺾인 몇 계단을 오르면 작은 빈 공간을 앞에 두고 나와 오빠 방이 있었다. 세를 줄 수 있도록 현관 출입구가 따로 있는 아래채라고 부르는 곳이 있었다. 거기에는 현관을 열면 작은 공간을 두고 큰방 하나와 부엌, 화장실이 있었다. 어느 날 오빠가 엄마에게 자기 친구의 딱한 사정을 전하는 것을 들었다. 그 아버지가 암으로 재산을 다 털고 돌아가셔서 친구가 갈 곳이 없다며, 아래채에 살게 해 주자고 하였다. 그 뒤의 사정은 잘 모르지만, 오빠 친구 안경석과 그 엄마가 우리 집 아래채에 살기 시작했다.

경석 오빠는 우리 집에 자주 놀러 왔던 터라 이미 안면이 있었다. 그 엄마는 이사 오는 날 처음 봤다. 검은 파마머리에 테가 굵은 검정 안경 탓인지 부드러운 내 엄마와는 인상이 달랐다. 경석 오빠는 대학생이었고, 그 엄마는 생계를 위해 식당에서 일했다. 경석 오빠네 모자는 우리 집 아래채에서 7년을 살았다. 그야말로 마당 한번 안 쓸고, 단 한 번 수도세 전기세도 내지 않았다. 마음 여린 엄마가 두어 번 이사를 나가거나, 세비를 조금이라도 냈으면 하는 의사를 표했지만 모르쇠로 응했다. 모르쇠는 오빠도 마찬가지였다. 자신이 저지른 일에 책임질 줄 모른 채 방관하였다. 그렇다고 오빠와 경석 오빠가 절친한 친구도 아니었다. 어울려 다니던 친구 가운데 한 명이었을 뿐이다. 우리 집이 아파트로 이사하게 된 것을 계기로 경석 오빠네 모자는 마지못해 나갔다. 지금은 어디에서 어떻게 살고 있는지조차 모르는 인연이다. 나는 세상에 대한 또 다른 교훈을 얻었지만, 오빠에게는 어떤 의미로 남았는지 알 수 없다.

내가 낭만적 대학 생활을 꿈꾼 것은 아니지만, 대학가는 연일 집회와 시위가 이어지고 돌과 화염병이 날아다녔다. 대학가에서는 '호헌 철폐, 독재 타도', '군사정권 물러가라' 등의 구호가 터져 나왔다. 대학가만이 아니라 여러 인사들의 시국 성명이 이어졌고, 세상은 용광로처럼 끓어올랐다. 무엇이 어떻게 잘못되었는지, 어떻게 생각을 정립해 나가야 할지 알 수 없어 혼자서 책을 읽기 시작했다. 창작과 비평, 실천문학사 등에서 출간된 책을 사 읽었다. 집에서고 학교에서고 제국주의, 자본주의에 대한 비판서, 놈 촘스키의 저서나 여러 이론에 관한 책을 두서없이 읽었다. 창작과 비평사의 시집도 빼곡하게 사서 모았다. 내 가방에서 삐져나온 책을 한 친구가 목격하였다. 한성숙, 그 뒤로 지금까지 관계가 이어지고 있는 그 친구. 어느 날 성숙이가 다가와 책 읽고 토론하는 모임에 함께 하겠느냐고 물었다. 나는 듣던 중 반가워서 즉각 응했다. 책을 읽고 토론할 뿐이었지만, 그 책과 토론이 불량하게 간주된 이른바 '이념 써클'이었다. 그 모임을 통해 불온서적으로 분류된 책의 복사본도 구해 읽으며, 나는 제2의 성장을 해 나갔다.

정부가 선정한 불온서적 목록이라는 보도를 접하며 국민학교 때 집에 있던 『TIME』 잡지가 기억났다. 영어는 모르지만 사진이나 광고를 구경하느라 뒤적이다 한국 관련 기사를 보았다. 사진은 어렴풋한 기억에 남아있지만 시위 장면이었던 것 같다. 그런데 중간중간 매직으로 지워져 있는 문장이 많았다. 엄마에게 왜 지워져 있느냐 물었더니, 검열을 거쳐서 그렇다는 설명이었다. 어린 나이였지만 나는 오히려 지워진 글씨에 대한 호기심이 솟았다. 궁금해 검은 매직으로 지워진 문장을 형광등에 거꾸로 비춰보곤 했었다. 마찬가지로 나는 지적 호기심으로 '불온서적'으로 분류된 책을 구해 읽었다. 한편 생각하면 세상의 왜곡된 구조를 고치기 위해 내가 무어라도 할 수 있을 것 같은 젊음의 치기가 있었다.

입학 초기만 해도 비교적 조용했던 우리 학교에서도 시위가 일기 시작했다. 저런 선배와 동기들이 그동안 어디에 있었나 하는 생각을 들게 한 학우들의 농성과 수업 거부가 이어졌다. 나 역시 울분을 참지 못해 그 농성에 뛰어들었다. 성숙이와 함께 노래하고, 소리치며 눈시울이 뜨거웠다. 하지만 2학기 중반을 넘어서면서 나는 심한 갈등에 휩싸였다. 대학에서 나는 흔히 말하듯 '고기가 물 만난 것' 같았다. 인문계열이었으므로 역사, 철학, 윤리, 문학 등의 수업을 듣고, 참고문헌으로 소개된 책, 인구에 회자되는 석학들의 책을 읽고 그들의 지성 세계에 접속하며 전율했다. 결국 한성숙과 함께하던 모임에서 나왔고, 그때부터 나는 회색분자의 갈등에 스스로를 옭아맸다. 성숙이와 나는 대학생 친구의 일반적인 틀과 달리 서로의 집도 오가는 가까운 사이였다. 나는 시위 현장으로 뛰어간 성숙이의 가방과 옷을 맡아주고, 보고서를 도와주거나 수업 내용을 정리한 노트를 복사해 주었다. 졸업 뒤 성숙이는 노동 현장으로 들어가 구로공단 전자 회사에 취직하였다. 성숙이와 다시 연락이 닿아 아직껏 이어지기까지는 소식 모르는 10년이 지난 뒤였다.

다른 한편으로 1학년들은 소개팅, 미팅 등으로 분주했다. 나는 학교에 남학생이 없어서 좋았을 뿐 아니라, 남학생을 소개받는 자리는 모두 사양하였다. 남자대학생이라면 오빠와 오빠 친구들에게 질렸고, 이성을 만나보고 싶다는 생각도 없었다. 호기심도 없었지만, 어쩌면 저 깊은 내면에 외할머니와 엄마가 심어 놓은 가치관이 자리 잡고 있는지 모를 일이었다. 여자가 자기 발로 남자를 만나러 나간다는 사실 자체가 용납되지 않는, 하, 이 무슨 소가 웃다 뒤로 넘어질 생각이란 말인가!

이성과의 문제 앞에 난 옥죄는 버선 안에 들어있던 외할머니의 발처럼 깊숙이 숨어들었다. 슬리퍼를 신고 시원하게 열 발가락을 꺼낸 채 걸을 용기가 없었다. 그 모순은 성장기에 느꼈던 답답함을 넘어선 혼란함이었다. 내 안에 어수선하게 섞인 외할머니와 엄마, 그리고 세상이 강요했던 관점에서 벗어나 나의 가치관과 정체성을 세우기 위해 나는 몸부림을 쳤다. '여성해방' '여성사' 등과 관련된 유명한 책을 밑줄을 쳐가며 탐독했다. 어떤 날 밤은 가슴이 뻥 뚫리는 것 같은 명쾌한 분석에 북받쳐 오르는 감정이 억제되지 않아 밤을 새우기도 했다.

계열별 입학이었으므로, 1학년 말 전공을 결정할 시간이 왔다. 1학년 1~2학기를 연이어 교양필수과목으로 한국사를 들으며 난 이미 역사학에 빠져 있었다. 역사학은 12년에 이르는 교육과정, 19살이 되기까지 습득한 지식을 근본부터 묻게 만들었다. 너무나도 신선한 지적인 충격이었다. 우리 삶에 끝없이 던져야 하는 '왜?', 우연일지라도 삶의 모든 여정에 '필연'을 찾아내야 하는 방법론이 너무나 재미있었다. 대학에서 내가 배운 것은 지식을 넘어선 '문제의식'이었다. 세상을 향해, 여성에 대해 그 눈이 열린 것은 평생 소경으로 살던 자가 눈을 뜬 것과도 같은 삶의 변화였다. 그렇게 여성으로, 인간으로 어떻게 살아야 하는지를 정립해 나갔다.

현실의 신비

　2학년부터 나는 외부에서 지원하는 전액 장학금을 받았다. 성적이 B 이하 내려가면 안 된다는 조건으로 졸업할 때까지 등록금의 전액을 주는 장학금이었다. 전국의 여러 대학에 내 경우와 같은 학생들이 두어 명씩 있었는데, 그들로 구성된 동아리에서 연락이 왔다. 동아리 모임방은 광화문에 있었고, 전체 학생들을 대표해 임원진이 구성되어 있었다. 3학년이 회장과 여러 부서의 부장을 맡고, 2학년은 차장을 담당했다. 나한테 총무부 차장을 맡을 의사가 있느냐 묻기에, 나는 반색해 그러마고 했다. 내가 접하는 세상을 넓힐 기회여서 기뻤다. 내 의사를 타진하기 위해 그 전화를 걸었던 사람과의 인연을 짐작조차 못 한 채, 나는 내가 졸업한 중학교가 있던 광화문으로 달려 나갔다.

동아리로 모인 우리들은 참 다양했다. 내가 경험한 여중-여고-여대 생활은 '같은 학교'와 '여자'라는 큰 공통분모가 모두를 에둘렀고 다른 차이는 그다음이었다. 동아리에서 학교도 다르고 전혀 다른 환경과 가치관을 가진, 성별과 나이도 다른 벗들을 알게 되었다. 한 번은 광화문에 있는 음식점에 대여섯 명이 몰려가 '부대찌개'를 주문했다. 한 가운데 놓인 찌개가 보글보글 끓자 각자 앞 접시에 적당히 덜어갔다. 나도 내 앞의 접시를 들어 찌개를 한 국자 떠서 앞에 놓는데, 옆에 앉은 임현수 선배의 표정이 어색했다. 그 선배는 신촌의 명문대 학생이었지만, 고등학교까지는 경북 김천에서 살았고, 여전히 부모님과 일가친척이 그곳에 산다고 했다. 내가 흠칫해서 왜 그런 표정이냐고 묻자, 입가에 슬쩍 어색한 미소를 지으며 말했다.

"나는 아직 서울 생활이 잘 적응되지 않을 때가 많아. 내 고향에서는 여자가 찌개 건더기를 그렇게 떠먹지 못했거든."

나는 무슨 의미인지 몰라 눈이 동그래져 물었다.

"왜요?"

여자는 수저로 국물이나 먹었지, 건더기를 젓가락으로 건져 먹지 못했다는 설명이었다. 더욱이 밥공기를 상에 같이 올리지도 못한 채 방바닥에 놓고 먹는다고 했다. 그런데 서울에 오니 상황이 전혀 그렇지 않아, 여학생들의 행동에 가끔 당황할 때가 있다고 하였다. 현수 선배는 처음 인사를 나눌 때 고향이 김천이라면서 대한

민국에서 어디에서 출발하던 가장 먼 곳이라고 웃으며 말했었다. 나는 그 거리보다 더 먼 거리가 현수 선배와 나 사이에 있음을 느꼈다. 현수 선배에게도 성장기 동안에 내면에 쌓아진 벽이 있으리라. 그것을 자각하여 허물고 새로 손수 쌓아 올릴지, 그 위에 더 견고하게 콘크리트를 바를지는 그의 몫이다.

나는 동아리의 친구와 선후배들과의 만남이 좋았다. 우리는 서로를 신뢰하고 존중하며, 좋아했다. 농담처럼 귀가가 늦어도 동아리 친구들 만난다고 하면 부모님이 잔소리 안 하신다고 할 정도였다. 그건 내 엄마도 마찬가지였다. 어른들에게 '좋은 성적'의 학생은 곧 '좋은 사람'이라는 보증수표를 발급받은 사람이었다. 그 동아리 모임에서 평생을 두고 어떤 때는 한 걸음 가까이 걷다가, 잠시 서로 다른 길에서 분주하다가, 그리고 또 마주쳤다가 그렇게 지금 흰머리가 나기까지 이어지는 인연들을 만났다.

임원을 맡은 학생들은 전체 활동을 계획하여 추진했고, 각 부서의 활동도 주도하였다. 나는 의대는 아니지만 의료팀에 소속되어, 말하자면 간호사 역할을 하였다. 의료팀은 그 당시 신림동 난곡지구 제일 꼭대기에 있는 어린이집에서 주말이면 임시 진료소를 열어 치과 진료를 하였다. 나는 방문하는 환자의 차트를 정리하고, 의사의 진료 활동을 옆에서 도왔다. 몇 번 치아를 발치한다고 알려 주면 그에 필요한 도구를 신속하게 준비하였다. 어린이면 '유치용 포셉'(forcep)을, 성인이면 상악 하악과 치아 번호에 따라 필요한 포셉과 엘리베이터(elevator)를 준비하였다. 이어 옆에서 흡입기인 '석션'(suction) 기구를 사용하여 진료를 거들었다. 같은 팀이던 치과의사 이경 선배가 만족한 듯 껄껄 웃으며 나에게 말했다.

"소영아, 너 우리 병원에서 간호사로 아르바이트해라!"

우리들은 농번기 농촌 봉사활동과 독서 토론, 수련회 등 공식적 모임만이 아니라, 종종 동아리 방에 모였다가 광화문과 종로 거리를 쏘다니며 어울렸다. 동아리 방에는 주로 직임을 맡은 학생들이 들렀지만, 때로 일반 학생들도 오가곤 하였다. 동아리 회장인 김선홍은 3학년으로 건축학이 전공이었는데, 마른 체형에 군말이 없고 미소가 적어 차가운 인상이었다. 동아리 모임을 마치고 저녁을 함께한 뒤에 우르르 2차로 몰려가는 우리를 향해, "난 간다."하고 휙 돌아서서 갔다. 술, 담배도 하지 않고, 사적으로 모이는 자리는 거의 참석하지 않았다. 4학년 선배가 이끌던 활발한 독서 모임에도 합류하지 않았다. 하지만 자기 주관이 매우 분명했고, 진지하게 회장으로서 해야 할 일을 오랜 사회생활의 경험자처럼 처리해 나갔다.

나는 갑작스런 일정을 매우 기피하는 스타일이었다. 수업에 제출할 보고서는 늦어도 3일 전에 끝냈고, 시험을 앞두고 노트 정리와 예상 문제를 만들어 모범 답안 작성도 미리미리 하였다. 급한 약속은 만들지 않았고, 내 계획과 상관없는 일이 생기면 대개 피했다. 계획에 없던 일은 심리적 안정을 흔드는 불안과 초조로 다가왔다. 심리학에 대해서는 문외한이지만 그것은 아주 어릴 때부터 들어온 아버지의 갑작스러운 운명(殞命)에 대한 공포와 닿아있는지 모르겠다. 행복은 서서히 오지만, 모든 불행은 갑자기 시작되는 것 같았다. 엄마에게 어느 밤에 갑자기 닥친 남편의 죽음처럼 불행은 그렇게 도둑같이 온다는 두려움이 있었다. 내 안에 내재한 그런 불안을, 시간표에 따라 수동적으로 움직이기만 하던 학생 시절과 말단 여직원으로 시키는 일만 하던 회사원일 때는 자각하지 못했다. 대학에 와서 내가 알아서 시간표를 짜고, 내 일정을 조절하며 비로소 깨달았다. 나는 내 일정에 불쑥 들어오는 모든 일 앞에 마치 초보운전자가 초행길에 요란한 사이렌 소리와 함께 나타난 구급차를 만난 것같이 당황해했다.

하굣길에 지하철을 타려고 역에 서 있는데 낯익은 얼굴이 갑자기 나타났다. 동아리 상운 선배였다. 언제부터 기다리고 있었는지 모르지만, LP 몇 장을 손에 들고 있었다. 지금 백마역 화사랑이라는 카페에 가서 이 LP로 음악을 듣고 차를 마시고 오자고 했다. 반드시 8시 30분경까지 집에 들어가게 데려다주겠다고 했다. 갑작스러운 일 앞에 당황한 나는 기함할 뻔했다. 갑자기 지하철역에 나타

난 것만도 질색인데 어딘지도 모르는 백마역에 가자니. 그 카페의
이름과 소문이야 들어봤지만 그 선배와 낯선 곳에 예정 없는 동행
을 할 의사는 전혀 없었다. 은근 불쾌감마저 올라왔다.

"네에? 저는 백마역이 어딘지도 몰라요. 그리고 지금 갑자기 선
배와 함께 낯선 곳에 가고 싶지 않아요."

냉정하게 거절하고 지하철을 타고 집에 돌아왔다.

저녁 8시 30분에 상운 선배가 집으로 전화를 걸어왔다. 집 앞이
라고 잠깐만 나오라고 했다. 그가 날리는 연타였다. 마지못해 나간
나에게 상운 선배는 아까 그 LP를 든 채 서 있었다.

"오늘 너와 함께 화사랑에 가서 이 음악을 함께 듣고 오고 싶었
어. 너와 함께 가지 못했지만, 나 혼자서 너와 함께하려고 계획했
던 시간을 보냈어. 지금 이 시간이 예정대로 화사랑에서 음악을
듣고 너를 딱 집에까지 데려다주었을 시간이야. 이것을 말해 주고
싶어서 왔어."

나는 무슨 객기인가 싶어 무감동하게 말했다.

"아~ 네. 귀가 시간 걱정도 그렇지만, 선배와 함께 그곳에 갈 이
유가 없었어요."

멀뚱하게 서 있는 상운 선배에게 안녕히 가시라는 목례를 하고
돌아서 왔다. 상운 선배처럼 20대는 이성에게 그렇게 호기를 부릴
수 있던 나이였다. 나는 외할머니와 엄마로부터 세포 속까지 남자

에 대한 경계를 습득했지만, 이성을 대하는 법은 잘 배우지 못했다. 나에게 남학생들은 일단 조심하고 피해야 할 대상이었다.

속사정은 모르지만 20대 초반의 청춘남녀가 모인 동아리는 너나 할 것 없이 서로에 대한 호기심과 탐색전의 자리였다. 자칫 어긋나면 호감이 비난으로 변하고, 일방적인 관심이 비겁한 구설수로 둔갑하는 것도 순간이었다. 내가 선택한 가장 안전하다고 판단한 길은 무조건 거절이었다. 갑자기 보고 싶다며 집 앞에 찾아온 선배, 자기가 읽은 책인데 읽어 보라며 책을 건네던 선배, 일기처럼 독백처럼 지속해서 편지를 보낸 선배, 동아리 방에 들어가면 세상 가장 고독한 표정을 지어 보이며 시위하듯 내 코앞을 스쳐 나간 동기 등. 조심스러운 구애도 있었고, 호기를 부린 고백도 있었다. 나는 보고 싶다며 찾아온 선배에게 그럴 시간에 가서 공부나 하라 하고, 책은 받지 않고, 편지는 모아 돌려보내며, 감정을 호소하는 얼굴은 무시했다. 인간적인 관계와 달리 이성 사이는 관심이 없으면 상대방에게 얼마나 매정할 수 있는지도 배웠다. 나를 좋아하거나 말거나 그것은 너의 문제이니 나를 부담스럽게 하지 말라고 외치고 싶었다. "열 번 찍어 안 넘어가는 나무 없다."라는 속담이 너무나도 싫었다. 싫다는 데 왜 열 번이나 찍어대는가 말이다.

동아리의 수련회 행사를 앞두고 임원진은 준비할 일들이 많았다. 자주 모여 진행할 프로그램 회의를 하고 여러 준비를 미리 하였다. 긴 회의를 마친 뒤, 회장 김선홍과 나는 버스 정류장까지 같이 걸어갔다. 집이 같은 방향에 세 정류장 차이라 함께 버스를 타고 몇 마디 이야기를 나누었고 그가 먼저 내렸다. 그다음 모임에서 둥그런 탁자에 둘러앉아 회의하는데, 그가 서성거리다 마침 내 뒤쪽에 서서 몇 마디 말을 했다. 오른팔을 뻗어 손으로 책상에 놓인 회의록을 가리키며 말하는데, 그의 소매가 내 어깨로 살짝살짝 스쳤다. 가까운 거리에서 그의 체취가 은은히 전해지는데 왠지 심장이 마구 뛰었다. 아무렇지 않은 표정으로 앉아 있으려 했는데, 얼굴도 화끈거림을 느꼈다. 동아리에서 만나 활동할 때를 제외하면, 한 번도 떠 오른 일이 없던 선배였다. 그 낯선 설렘은 해석할 수 없는 상형문자와도 같았다. 분명히 의미가 있을 텐데 이해할 수는 없는 실체였다.

동아리 방에는 중앙 탁자에 늘 두툼한 공책이 〈방명록〉이라는 제목으로 펼쳐져 있었다. 우리는 저마다 각자의 스타일로 방문한 기록을 남겼고, 방에 오면 제일 먼저 누가 언제 왔다 갔고, 무어라 써 놨나 들춰보곤 하였다. 회원들은 시를 써놓기도 하고, 그림을 그려두는가 하면, 장난스러운 글을 쓰기도 했다. 나는 갈 때마다 혼자 진지한 척 긴 글을 남겼는데, 문과생의 티를 있는 대로 낸 글이었다. 어느 날 동아리 방에 갔더니 아무도 없었다. 혼자 책을 보며 한참을 있다가 대충 한 줄만 써 두었다. 다음에 갔더니 선홍 선배가 내 글 아래 화살표 표시를 하며 답글을 써 놨다.

"소영아, 왜 그냥 갔니. 오빠가 금방 왔는데. 다음에 아이스크림 사주께."

거의 글을 남기지 않던 그가 글을 남긴 것도 의외였고, 오빠라는 말에 피식 웃음이 나왔다. 하지만 다음에 아이스크림 사 준다는 구절을 내 마음에 담았다. 마치 손가락을 걸고 약속이라도 한 것처럼. 앞으로 이어질 우리 무대의 큐(cue)사인이 던져짐이었다.

어느 주말이었던가. 어둠이 내리기 시작한 시간에 동아리 모임을 마치고 터벅터벅 버스 정류장으로 걸어가는데, 뒤에서 뛰어오는 소리가 들렸다. 나에게 총무부 차장을 맡겠냐는 의사를 타진했던 건조한 전화목소리와는 전혀 다른 들뜬 말투였다.

"소영아~ 같이 가자~"

나는 버스에서 아무 말도 안 하고 밖을 보는 척했다. 싫지 않았지만, 어색했다.

"저녁 먹을래?" 버스에서 갑자기 그가 물었다.

"그으래요. 어디에서요?"

"구 반포에서 내리자."

우리는 구 반포에 늘어선 상가에서 한식집으로 들어갔다. 비빔밥을 주문해 음식이 나오자 그가 내 것을 번쩍 들어 자기 앞으로 가져갔다.

"이거 비비려면 은근히 힘들어."

그는 내 비빔밥을 자기 앞에 놓인 젓가락으로 슥슥 비벼 건네주었다. 머쓱해서 비벼준 밥을 먹으며 이야기를 나누는데 편안했다. 요즘처럼 '사귀자'라거나 '오늘부터 1일'이라는 선서 없이 그렇게 우리는 가까워졌다.

그는 이과, 건축학과이고 나는 뼛속부터 문과, 사학과였다.

그가 차가운 금속이라면 나는 말캉한 젤리였다.

그가 컷팅이 날카롭고 눈금이 정확한 자라면, 나는 대충 비비 말아 꼰 새끼줄이었다.

그가 정확하게 작성된 엑셀 표라면, 나는 연필로 끼적끼적 써둔 글줄이었다.

그는 방학마다 그린 생활계획표를 오차 없이 지키는 사람이고, 나는 한 번도 지킨 일 없는 사람이었다. 너무 달랐지만, 아주 잘 맞았다. 그것은 세상에는 무수한 남자가 있고, 직접 간접으로 아는 동아리의 남학생도 수백 명이지만, 유독 선홍 선배 단 한 사람에게만 심장이 뛰던 것과 같이 설명하기 어려운 신비이다.

건축학과인 선홍 선배는 그림을 잘 그렸다. 건물도 잘 그렸지만, 주변의 물건이나 동물의 특징을 잡아 곧잘 그렸다. 그는 현재 아파트에 살지만, 이다음에 살고 싶은 집이라며 동글동글한 지붕과 앞마당에 작은 연못이 있는 집을 그렸다. 지붕을 네모난 기와가 아닌 포도송이처럼 꾸미고 포도송이처럼 동글동글하게 살고 싶다고 했다. 그런 미래의 삶을 그리며 서로의 꿈을 이야기했다. 그는 '건축가는 지구를 조각하는 조각가'라며, 유학을 준비하고 있었다. 나는 한국사 전공이므로 유학을 갈 수는 없다고, 국내 대학원에 진학해야 한다고 했다. 거기에서 이야기가 이어지다, 그가 질문하듯 의견을 말했다.

"그런데 여성이 일과 가정이 충돌하면, 우선적으로 가정을 택해야 하는 것 아닌가?"

그의 반응은 평범하고 충분히 예견할 수 있는 발언이었다. 하지만 그냥 넘기기 마음에 걸렸다. 나를 이해시키고 싶었다. 한 인간으로서 내가 좋아하는 것을, 이루고 싶은 꿈을 그가 깊이 이해하고 동의하기를 소망했다. 그래서 진지하게 이야기를 이어 나갔다. 나는 가정과 학교, 그리고 알게 모르게 세상으로부터 많은 것을 배우며 한 인간으로 어떻게 살아야 하는가를 꿈꾸고, 그렇게 되기 위해 노력해 왔다고 하였다. 거기에 '가정'에서 수행해야 할 여성의 역할도 포함되지 다른 역할과 상충하는 것은 아니라고 하였다. 선배가 한 번뿐인 인생에 지금까지의 과정을 통해 이루고 싶은 목표와 꿈이 있는 것과 똑같이 나도 이루고 싶은 게 있다고 하였다. 선홍 선배는 말없이 끄덕였다.

나는 수시로 "여성해방" "여성운동"에 관한 책을 탐독하며 그에게 빌려주었다. 농담 반, 진담 반으로 좋은 대목에 밑줄 쳐 오라고 했다. 나는 책을 흔적이 남지 않도록 조심히 다루며 읽었지만, 그는 볼펜으로 군데군데 밑줄을 죽죽 쳐두는 스타일이었다. 습관처럼, 또는 읽었음을 증명하기 위해서 빌려준 책에 밑줄을 죽죽 그어 돌려주면서 잘 읽었다고 미소 지었다. 그는 성의껏 나의 인생관을 이해하며 자신의 인생관에 조금씩 섞고 흡수시켜 갔다. 나도 정확히 무엇이라고 말할 수는 없지만 그의 소신과 선호하는 것을 내면화해갔다. 얼기설기 부정확한 나의 새끼줄에 그의 날카로운 플라스틱 자만큼은 못되어도 눈금을 그리기 시작하였다. 우리의 '사랑'은 그런 방식으로 진행되었다.

내가 특별한 경우가 아닌 한 저녁 9시 이전에 들어가야 하므로, 우리는 대개 8시 30분경이면 자리에서 일어섰다. 엄마는 그의 본관과 성씨, 서울 사람이며, 동아리 선배인 점에 일단 안도하였고, 진중한 그의 처신을 마음에 들어 했다. 친구들은 너희는 세상 재미없게 만나는 커플이라고 하였다. 하지만 우리는 강물처럼 잔잔하게, 그리고 꾸준히 함께 흘렀다. 어떤 문제에 관해 이야기를 나누노라면, 내가 꼭 하고 싶은 말이 그의 입에서 먼저 나왔다. 생텍

쥐페리가 『인간의 대지』에서 말했다지. 사랑은 둘이 함께 같은 방향을 바라보는 것이라고.

선홍 선배가 부모님의 뜻을 전해왔다. 계속 만나는 사이면 집에 한 번 데려오고, 너도 그 집 어머님께 인사드리라 했다 한다. 대학교 3학년생에게 얼마나 부담되는 자리였는지! 그의 집을 방문할 계획을 말하자 엄마는 간단한 한과세트를 쥐어 주면서, 선배 방을 둘러보러 들어가도 방문을 반드시 열어두어야 한다고 주의를 주셨다. 어른들 계신 집에서 방문을 닫아 놓으면 안 된다고 두 번 강조하였다. 처음 부모님을 뵙는 자리에서 어서 시간이 빨리 지나가 집으로 돌아가기만을 바랄 뿐, 무슨 이야기를 나누었는지 기억나지 않는다. 긴장된 웃음을 짓고 있는 나와 짓궂어 보이는 미소를 머금은 우리들의 빛바랜 사진만이 앨범에 남아있다. 선홍 선배의 아버지는 교육자로 평생을 규칙적으로 살아오신 분이었다. 어머니는 말수는 적은데 야무진 살림꾼이었다. 그 뒤로 종종 서로의 집을 방문하였고, 부모님은 나를 편안하게 대해 주었다.

하지만 내가 아버지가 안 계시다는 사실은 그가 넘어야 할 난관이었으리라 생각된다. 얼마나 높게 부딪혔는지 알 수 없지만 충분히 짐작되는 일이다. 한 번도 그나 부모님이 아버지 문제를 직접 언급한 일은 없었다. 그렇지만 촉이라고 해야 하나. 어느 시간 선홍 선배가 우물우물 괴로운 듯 두어 주 어색한 분위기를 보였다. 나는 직감했지만 구체적으로 말하지 않기에 묻지 않았고, 그렇게 지나갔다. 아마 한마디라도 아버지가 안 계신 문제를 거론했다면 그날로 난 선홍 선배에게서 돌아섰을 것이다. 그것은 주어진 운명에서 미치도록 열심히 살아온 내 엄마의 삶에 대한 무시이기 때문이다. 나의 그 예민함을 알았기 때문인지, 선홍 선배는 그 문제에 나를 직접 부딪히지 않게 하였다.

징검다리의 걸림돌

선홍 선배는 수강 신청 학점을 학기마다 초과하여 3년 반 만에 대학을 졸업하고 대학원 석사과정에 진학하였다. 내가 대학원에 입학할 때 취업했는데, 방위산업체 기업이라 리비아 벵가지로 발령받아 떠났다. 나는 본교가 아닌 남녀공학인 경서대학원에 지원하였다. 학부 시절에 가장 관심 있던 분야의 저명한 학자가 있는 학교였다. 필기시험을 치르고 합격자는 면접을 거쳐야 했다. 사실 이미 합격자를 면접하는 것이므로 큰 문제가 없는 한 당락이 면접에서 결정되는 것은 아니었다. 모든 만남이 그렇듯 교수들에게 첫인상을 남기는 자리였다.

면접실에 들어갔더니 중년의 남자 교수 세 명이 앉아 있었다.

그 가운데 키가 크고 마른 교수가 손가락으로 책상을 톡톡 두드리면서 낮은 목소리로 나에게 물었다.

"여자가 시집이나 가지. 여자가 무슨 한국사를 연구하겠다고 그래?"

잔뜩 긴장하던 나는 의외의 질문에 어디까지 진담인지 갈피를 잡을 수 없었다. 당황스럽기도 하고, '참 나. 여자가…를 두 번이나 반복하네'라는 불쾌감과 함께 입이 썼다. 하지만 무슨 말이든 답변해야 한다는 생각이 들었다.

"저는 제 삶에서 가장 원하는 일이 한국사를 깊이 있게 연구하는 일입니다."

그 질문을 던진 의중을 정확히 알 수 없지만, 더 이상 말꼬리를 잡지는 않았다. 나중에 경험했지만, 그 질문을 던진 교수는 누구보다 여권을 옹호하는 사람이었고, 지도교수로 내 학문 인생을 다져준 헌신적이고 열정적인 교수였다.

원하는 대학원에 진학한 기쁨 속에 내 앞에 버티고 있는 두 가지 걸림돌을 알고 있었다. 다른 학교 출신이라는 것과 여자라는 것이었다. 그 당시 다른 학교 출신으로 경서대학원 사학과에 온 학생은 전체를 통틀어 나 말고 한두 명 있을까 말까였다. '다른 학교 출신'은 곧 경서대학교보다 대학 입학성적이 낮은 학교임을 의미한다. 대학 입학성적은 평생을 따라붙어 그 사람의 등급을 정하는

꼬리표였다. 경서대학교에 입학했음은 걸친 제품이 명품임을 드러낸 로고였고, 소매 끝에 부착된 떼지 않는 고급 라벨이었다. 나는 자부심으로 가득한 그 행렬에 브랜드도 없는 옷을 입고 끼어든 사람이었다. 한국사학계에서 '여자'는 더 남루한 자였다. 그때만 해도 스카이라고 말해지는 서울의 주요 명문대학 전임교수에 한국사 여자 교수는 단 한 명뿐이었다. 그 밖의 다른 대학도 비슷하였고, 지방으로 가면 더했다. 경서대학원도 한국사, 동양사, 서양사를 막론하고 모두 남자 교수였다. 역사가 오래된 학교였지만, 여성으로 한국사 박사학위를 받은 선례도 없던 시절이었다.

내 앞에 놓인 두 걸림돌에 발부리가 걸려 고꾸라지지 않으려면 학문에 정진하는 게 최선이었다. 대학원은 교수와 선배, 동기들이 어떻든 서로 도우며 함께 걸어야 하는 공동체였다. 경서대학원 사학과라는 이름표를 붙임은 우리가 같이 노를 저어야 하는 한배를 탄 표식이었다. 그 학문의 공동운명체 안에서 동학(同學)으로 격려하고 학자로서의 덕목을 지켜야 했다. 위선이든 인격이든 대부분 출신학교 등급을 나누고 성별을 구분하는 부유물을 침전시키고, 최대한 맑은 물을 유지했다. 보이지 않게 깊이 들어앉은 다른 사람들의 속생각은 서로 알 필요 없었다. 취업, 장학금, 논문발표, 강의 등의 현실적인 돌멩이가 던져질 때 여전히 맑은 물을 유지할지, 순식간에 부유물이 떠올라 흙탕물이 될지는 각자의 인격이었다.

맑은 물속에 가라앉혀 둔 내 부유물의 정체는 대상도 없이 부리는 오기, 독기, 자존심 같은 것이었다. 의미도 없는 그 부질없는 것들이 들쑤셔져 내 안을 흙탕물로 만들고 싶지 않았다. 외할머니와 엄마에게 지독스럽게 훈련받은 예의 바른 언행으로 대학원생의 성숙함을 지켜나가려 했지만, 수도 없이 내면이 무너졌다.

'다른 대학 출신이라고 나 무시하니?'

'여자라고 나를 경쟁 상대에서 아주 제쳐놓은 거 다 알아.'

'나는 누구보다 학계에서 인정받는 질 높은 논문을 쓸 것이다.'

'논문을 이렇게밖에 못 쓰니! 이것도 글이니!'

나를 갉아먹는 의미 없는 소모전에 많은 경우 패배했고, 아주 조금씩 전진해 나갔다. 그 어리석음을 경계하며 비로소 '인격' '덕'이라는 단어를 내 화두로 삼으려 노력했다.

사학과 여자 선배 가운데 박사과정에 재학 중인 전혜미라는 선배가 있었다. 선배들을 하나둘씩 알아갈 때 워낙 개성이 강해 금방 안면을 튼 선배였다. 큰 체격에 목소리도 컸고, 마치 프랑스 여성들처럼 직접 만든 것 같은 개성 있는 옷을 입고 다녔다. 어떤 날은 치마인지 바지인지 조차 헷갈리는 옷차림이었다. 4층으로 된 인문관 건물에서 사학과 사무실, 교수연구실, 대학원생 연구실 등은 3층에 자리했다. 여학생 숫자가 적다는 이유로 여자 화장실은 1층과 4층에만 있었다. 전혜미 선배는 여자도 똑같이 등록금 내며 학

교 다니는 데 왜 화장실을 한층 내려가거나 올라가게 하느냐며, 3층 남자 화장실 문을 벌컥 열고 들어가곤 하였다. 전혜미 선배를 모르는 학부 남학생들은 놀라서 소변보다 말고 나와 버리곤 하였다. 전혜미 선배는 미국 수사드라마에서 "경찰이다! 문 열어!"라고 소리치며 발로 문을 박차고 들어가는 강단진 여자 경찰처럼 보였다. 나도 그 선배처럼 호방한 기상을 갖고 싶었지만, 내 기개는 거기에 한참 못 미쳤다.

기말 소논문을 제출할 시기가 오면 주제를 잡고 논문을 작성하는 과정이 녹록치 않았다. 교수한테 소논문 주제를 제출해도 독창성이 없다는 등의 이유로 통과되지 못하는 경우가 많았다. 학문적 독창성을 지닌 주제가 공부를 많이 한다고 잡히는 것도 아니었다. 열심히 공부하는 것과 창의적 주제를 잡아내는 문제 능력은 꼭 같이 가지 않았다. 하지만 창의성은 무에서 유를 창조하듯 어느 날 뚝 떨어지는 것은 아니었다. 살아있는 날 선 문제의식으로 사료를 읽고, 관련 논문을 읽다 보면 "왜?" 하며 잡히는 문제가 있었다. 그럴 때의 학문적 전율은 내내 날밤을 새워도 피곤하지 않게 해 주었다.

석사과정 내내 식전 댓바람부터 나가 밤 10시에 나가라고 종을 칠 때까지 도서관에 틀어박혔다. 점심과 저녁을 한국사 전공자끼리 모여 먹으며 우리는 동학으로 가까워졌다. 사람의 모임이라 서로 모가 난 곳에 찔리고, 톱니바퀴가 안 들어맞아 튕겨 나가고, 말도 많고 탈도 많았다. 학문의 길을 가기로 한 동학으로 성심껏 서로 도왔지만, 어느 순간 경쟁과 시기도 피할 수는 없었다. 하지만 같은 학문을 하는 동학끼리 어울리는 쏠쏠한 즐거움을 누리며 열심히 공부하였다. 대학원에는 공부하느라 여유가 없던 탓인지 30이 훌쩍 넘은 노총각들이 제법 많았다. 학부 4학년 중에는 군대를 다녀와 나보다 나이가 많은 남학생들도 있었다. 남녀공학에서 연애는 수업만큼이나 일상적인 일이었다. 그런데 인간의 마음과 영혼은 이성(理性)을 초월한 신비의 세계였다. 이성(異性)에게 할애된 나의 세계는 이미 선홍 선배가 온전히 자리하고 있었다. 사이사이 리비아 벵가지 현장에 있는 그와 편지를 주고받으며, 다만 학문하는 즐거움에 푸욱 빠져 석사과정을 보냈다.

아주 가끔은 물 없이 고구마를 먹는 것처럼 얹히는 날도 있었다. 지도교수가 다른 학교 교수들과 팀을 구성해 진행한 연구 프로젝트가 있었다. 지도교수는 컴퓨터 사용이 서툴러 도표를 작성하고 PPT를 만드는 등의 일을 지도학생인 나와 다른 학우들이 했다. 지방에서 올라와 회의를 마치고 바로 내려가야 하는 교수들을 배려해 서울역에 있는 회의실을 4시간 빌렸다. 지도교수의 논문 발표와 토론에 내용에 맞게 PPT를 작동해야 했고, 회의 내용도 녹음해 정리해야 하였으므로 내가 동행했다. 창문 없이 사방이 방음벽으로 된 회의실 구석에 앉아 몇 시간을 있자니 폐쇄 공포증 비슷한 증세가 있는 나는 실신 직전이었다.

회의를 마치고 학교로 돌아와 사학과 사무실에 들어갔는데, 수업 직후여서 출석 체크 등 조교와 학생들이 웅성웅성했다. 마침 대학원생들도 서너 명 모여 있었다. 갑자기 한 남자 선배가 큰 소리로 나 들으라고 말했다.

"야아~ 나도 여학생이어서 지도교수 차 옆자리에 좀 앉아 봤으면 좋겠다."

이런 비겁한 인간 같으니라고. 순간 모두가 나를 흘긋 보았지만, 아무도 그 말에 반응하지는 않았다. 지도교수와 대학원생의 협업을 남녀의 문제로 몰아간 그 선배의 발언은 야비하기 짝이 없었다. 더욱이 지도교수를 향해서가 아니라, 후배 여학생을 향해 말을 던짐은 비열함이었다. 내가 한마디라도 하면 그 말꼬리를 잡고 넘어질 것이므로 별소리 못 들은 척 돌아 나왔다. 하지만 나는 부르르 떨며 아랫입술을 질근 물었다.

'내가 너보다는 어떤 식으로든 잘될 것이다. 학문도, 인간관계도, 취업도. 너보다는!'

그 분을 삭이기까지 오래 걸렸다. 그것도 내가 헤쳐야 할 세상이었다.

내가 석사과정을 이수하고, 선홍 선배가 리비아에서 1년을 근무한 뒤 우리는 결혼하였다. 양쪽 집안 모두가 오래 사귀고 있으니 결혼하려면 더 나이 들기 전에 하라는 뜻을 보였다. 그의 아버님이 날짜와 장소를 결정했고, 엄마는 분주해졌다. 엄마에게 나의 결혼은 혼자된 외로움과 고됨을 감당하면서 달려온 삶의 골인 지점과도 같았다. 고모와 작은엄마 등 친척 아주머니들이 모여서 이불을 집에서 직접 꾸미는 등 온 정성으로 혼수를 준비하고 법석이 났다.

나는 엄마에게 폭탄선언을 하였다.

"엄마, 결혼식에서 신부 입장할 때 나 혼자 걸어 들어갈래요."

이불 홑청을 꿰매던 엄마는 화들짝 놀라며 큰아버지가 계신데 무슨 소리냐고 했다. 나는 우리 둘 다 성인으로 결혼하는데, 신랑은 혼자 뚜벅뚜벅 걸어서 입장하고, 신부인 나는 왜 큰아버지 손에 이끌려 들어가야 하느냐며 싫다고 하였다. 더욱이 큰아버지가 오늘이 있기까지 내게 아버지 역할을 해 주신 것도 아니지 않느냐고 하였다.

그때는 아직 '19'라는 숫자로 시작한 1994년이었다. 신부 입장에 혼자 들어가는 경우는 들은 적이 없었다. 엄마는 북받쳐 오르는 감정을 누르며 단호히 말했다.

"엄마는 신부 입장에 네가 혼자 걸어 들어오는 것은 마음 아파 못 본다. 네가 아버지 없이 자란 것도 평생 가슴이 아팠는데, 결혼식장에서 너 혼자 입장하는 것을 어떻게 보니. 엄마 눈물 터져서 안 된다."

그 말을 마친 엄마의 눈가는 붉어졌다. 엄마와 나의 생각은 달랐지만, 엄마가 지고 있던 큰 짐을 내려놓는 나의 결혼식에 엄마를 마음 아프게 해드리고 싶지 않았다. 결국 나는 엄마의 의견을, 세상의 관습을 받아들였지만 내내 후회로 남는다.

21살 겨울에 만나 사귄 지 6년째 되는 해인 1994년 1월 벽두, 폭포 같은 파동이나 바닥을 드러내는 가뭄 없이 강물처럼 흘러온 나와 선홍 선배는 결혼하였다. 결혼식 이틀 전에 선홍 선배는 더 마르고 새카맣게 탄 얼굴로 리비아에서 왔다. 요트 타다가 그랬다며 앞니 하나는 반이 부러져 있었다. 방위산업체의 말단 직원으로 얼마나 고생했을까 싶어 마음이 짠했다. 시어머님은 신랑 신부가 모두 왜 그리 말랐냐며 속상해했다. 특례보충역으로 입사한 그는 해외 근무가 1년 더 남아있었다. 며칠간의 신혼여행을 다녀오고 일주일 뒤 다시 리비아로 복귀하였다. 나는 시부모님과 시동생이 있는 시댁에 덩그러니 남았다. 손자며느리가 무조건 귀엽기만 한 시할머니도 며칠씩 와서 묵었다. 사람들은 나에게 조선시대 여자냐, 대단하다, 왜 거기 있느냐는 등 다들 눈이 동그래 물었다.

나는 시아버지가 계신 시댁이 좋았다. 시아버지가 거실 소파에 자리 잡고 TV를 볼 때 한쪽 모퉁이에 쪼그리고 앉아 있으면서도 마음이 편했다. 내 삶의 오랜 결핍이 채워지는 기분이었다. 부재도 몰랐던 아버지의 부재가 비로소 느껴졌다. 시아버지가 계심이 '아버지의 부재'가 어떤 것인지 느끼게 해 주었고, 역으로 시아버지가 그 뒤늦은 부재를 채워 주었다. 그래서 남편이 없는 시댁에서의 결혼생활이었지만, 나에게는 든든한 아버지가 계신 안정된 삶이었다. 그와 동시에 엄마가 평생 감당해 온 남편 없는 삶이 뼈아프게

와 닿았다.

　나는 공부를 놓지 않았고, 살림은 시어머니가 주관했다. 50대 중반의 시어머니는 살림에 대한 애정이 깊었고, 내가 사소하게 거드는 것도 때로 부담스러워했다. 식사할 때면 시아버지는 시어머니가 당신 앞에 놔드린 반찬을 계속 내 앞으로 밀어 놓았다. 행여 가져다 먹기 어려워할까 봐 접시에 덜어 건네주기도 했다. 차려 둔 반찬 그릇이 이리 저리 식탁 위에서 자리를 오갔다. 소박한 성품의 시어머니는 남편을 놀리는 듯 말을 건넸다.
　"애야, 아버지가 너 조금 먹는다고 마음 쓰여 저리 반찬 밀어주신다. 많이 먹어라."

　시부모님은 말로 별로 없으신 분들이었고, 남편 없이 시댁에 있는 새 며느리를 너그럽게 봐주었다. 나는 별 불편 없이 남편 없는 시집살이를 하는 대한민국의 매우 특이한 맏며느리였다. 새벽이면 잠결에 안방에서 시부모님이 두런두런 이야기하는 소리가 늘 들렸다. 시동생과 내가 일어나지 않은 시간이라 두 분은 방에서 7시가 될 때까지 두어 시간 이야기를 나누었다. 무슨 이야기를 저리 나눌까, 부부가 같이 산다는 것은 삶이 따듯해지는 거구나 하는 생각을 새벽 잠결에 했다.

시댁 어른과 함께 살고 있어서 엄마와 만나려면 밖에서 약속을 잡거나 내가 친정에 가야 했다. 딸의 결혼이라는 큰 짐은 내려놓았지만, 엄마는 평생을 말 그대로 금이야 옥이야 곁에 두고 사랑했던 나에 대한 그리움을 절제하기 힘들어했다. 집 가까운 음식점에서 엄마와 만나 점심을 먹고 차를 마시며 종알종알 시댁과 공부에 대해 한참 수다를 늘어놓기도 하였다. 집으로 돌아가기 위해 버스에 오르면 엄마는 길에 서서 나를 향해 손을 흔들었다. 손을 흔들어 주던 엄마의 얼굴이 붉게 우그러지면서 펑펑 눈물을 쏟아낸다. 하, 어쩌면 좋은가. 엄마는 우는 모습을 감추려 급히 돌아서 반대 방향으로 바삐 걸음을 옮겼다. 엄마와 나는 서로에게 사랑이면서 아픔이었다.

1년 뒤 남편이 리비아에서 돌아와 광화문에 있는 주상복합 건물 현장에 배치되었다. 몇 달이 지난 뒤 남편은 시부모님과 시동생이 있는 집에서 새벽까지 공부하는 나를 더 이상 두고 볼 수 없다고 하였다. 나는 공부하기 위해 집중하고 시간을 조절하기 힘든 게 사실이지만, 차마 시부모님에게 나가겠다는 말은 못 한다고 하였다.

"내가 말 할게. 네가 학문을 계속할 의향이 분명하면 분가해야 할 수 있어. 지금 이런 상황에서 매일 날 밤새고 앉은 너를 나는 더 이상 못 봐. 당신 매일 일정을 보면 조금 살다 죽을 사람 같잖아."

부모님도 처음에는 서운해도, 나중에는 이해하실 거라고 덧붙였다. 퇴근한 남편이 조근 조근 분가 의사를 밝혔다. 일단 자기도 이제 가장으로 자기만의 가정을 운영하고 싶다고 했다. 그리고 내가 계속 공부하는 한 분가하는 게 나에게도 어머님에게도 오히려 낫다고 하였다. 시부모님은 그에 대해 반대 의사를 밝히거나 싫은 소리를 하지는 않았다. 하지만 며칠 간 서운한 기색을 감추지는 못했다.

남편과 부모님이 집을 알아보러 다녔고, 분가와 관련한 일에 나는 간여하지 않았다. 어디에 살건 무슨 상관이랴. 결국 시부모님은 당신들 아파트에서 창문 열고 부르면 들릴 거리인 바로 옆 동에 우리를 분가시켜 주었다. 다행히 작은 평수의 아파트가 나와 그가 취업한 이래 모아 둔 자금에 보태어 주었다. 그렇게 시댁과 우리 집은 평생 이웃하며 살고 있다. 가장 좋아한 사람은 딸의 집을 오갈 수 있게 된 엄마였다. 하지만 오갈 때마다 사둔 어른들이 딸 집 드나든다고 흉보실까 봐 조심 된다며 도둑질하러 오는 사람마냥 작은 어깨를 더 움츠렸다.

에필로그 : 여성으로, 인간으로

"당신은 덥지도 않아?"

남편이 양말을 신은 채 자려고 누운 나에게 물었다. 35도 폭염이 예고된 습한 여름밤, 양말을 신고 누운 내 모습에 더 후덥지근한 더위를 느끼는 듯 마른 목소리로 질문 아닌 질문을 했다. 자신의 더위와 아무 관련 없는 내 양말이 더위를 부추긴 듯 남편이 말했다.

"나 원래 집에서 늘 양말 신잖아. 잘 때도 안 신으면 발이 허전해."

"어휴, 당신은 종종 장모님과 너무 똑같은 면이 보여."

그 순간 바로 며칠 전에도 다녀간 엄마의 표정과 복장이 자동 '팝업'(pop-up)창으로 올라왔다. 두 손 가득 찬거리를 들고 현관으로 들어서던 엄마는 면으로 짜인 얇은 깔깔이(조젯) 긴팔 겉옷에 역시나 신발은 샌들이었지만, 흰 양말이 발을 감싸고 있었다. 환한 미소로 들어서던 엄마는 비닐 보따리의 무게로 피가 안 통해 두 손의 손가락이 마디마디 허옇게 되어 펴지지도 않을 지경이었다. 그렇게 보따리를 들고 우리 집 현관을 들어서는 엄마는 언제나 긴팔 상의에 발은 양말 안에 꾹꾹 들어가 있다.

샤워를 막 마쳤을 때를 제외하면, 아무리 기억을 더듬어 보아도 엄마가 맨발이었던 적은 없다. 한여름에도 민소매나 앞섶이 풀어진 옷을 입은 경우도 없다. 내가 엄마의 그런 성향, 아니 여자가 그래야 한다는 가르침을 따라 함은 전혀 아니다. 다만 나는 체질인지 아무리 더워도 민소매는 팔뚝이 시리고, 맨발은 허전하다. 엄마와 나는 목소리와 말투가 비슷해서 결혼 전 같이 살 때 집으로 전화한 사람이 헷갈리곤 했다. 오빠 친구들이 나에게, "어머님, 안녕하세요."라고 인사하는가 하면, 엄마에게, "너 소영이지! 장난치지 마라!"는 실수도 했다. 아빠를 빼닮았다던 내 모습은 나이가 들어가면서 엄마와 인상이 비슷해졌다. 그런 겉모양을 놓고 남편이 종종 경계경보를 내린다.

"당신 나이가 들어갈수록 장모님하고 똑같아져!"

엄마처럼 자신의 감정을 억누르며, 할 말을 삭히고, 헌신적인 사랑을 베풀려 하지 말라는 뜻이다.

하지만 엄마의 세상과 나의 그것 사이는 통하지 않는 담으로 막혀 있다. 나는 견고한 성과도 같은 엄마 삶의 담을 나오기 위해 벽돌 틈새에 발을 들이밀고, 때로 손이 벗겨지고, 기껏 오르다 떨어져 다시 올라가며 그 담 너머로 나왔다. 엄마와 다른 내 세상을 걸어가기 위해서이다. 이제 잠시 숨을 돌리며 여전히 자신의 담장 안에 앉아있는 엄마를 바라본다. 엄마는 삶에 휘몰아치는 폭풍우를 흔들림 없이 이겨내기 위해 필사적으로 자신의 담장을 쌓아 올렸다. 나를 등에 업고 그 바람을 막아내며 기어코 생존해 왔다. 그러나 엄마의 담장이 나를 옥죄는 것임은 인지하지 못했다. 내가 평생을 두고 한 인간으로 서기 위해 소리도 못 내고 처절하게 엄마의 담을 넘어가고 있음을 엄마는 보지 못했다.

다용도실에서 세탁기 끝나는 알림이 울린다. TV에 유달리 좋아하는 진돗개가 나오는 프로그램을 쿡쿡 웃으며 보던 남편이 자동 입력회로라도 내재된 것처럼 일어서 빨래를 가져온다. 빨래를 널기 위해 털어 접는데, 옆에서 4살 아들이 남편이 개키는 빨래를 헤집어 놓는다. 남편은 여전히 눈은 TV를 향한 채 무심히 말한다.

"그러지 마, 혁중아. 이거 이다음에 너도 해야 할 일이니, 잘 배워~"

그 말을 뒤로 하고 나는 강의 준비를 위해 따뜻한 보리차가 든 작은 주전자를 들고 공부방으로 걸음을 옮긴다. 책상 위 공간만으로 부족해 바닥에는 다른 책과 복사물들이 의자 주위를 둥그렇게 둘러싸 있다. 다른 구석에는 읽어야 할 학생들의 보고서도 어지럽게 쌓여있다. 긴 머리를 틀어 올려 고무줄로 꽁꽁 묶고, 한 올이라도 이마를 간지럽게 만들지 못하도록 앞머리를 똑딱 핀으로 고정한다. 그런 내 모습을 보며, 남편은 말했다.

"어휴, 나의 퇴근은 당신의 전쟁터로 복귀함이다!"

나의 전쟁에 가장 큰 조력자이며 든든한 아군인 남편이 슬쩍 생색내는 목소리이다.

외할머니와 내 엄마가 그러했듯이, 인간은 누구나 자기 삶의 터전에서 쌓아 올린 아성이 있다. 정작 쌓아 올린 아성을 불행히도 당사자는 못 보고 산다. 세상에서 가장 탈출하기 힘든 감옥이 아성인 까닭은 본인이 보지 못하기 때문이다. 그 가장 답답한 공간에서 담장 너머로 자식을 포함한 다른 인간을 건네다 보며 사는 게 고작이다. 그것을 넘어서려면 가장 먼저 자기 눈으로 '아성'의 실체를 볼 수 있어야 한다. 더불어 사는 인간이 되기 위해 나는 나만의 담장을 경계한다. 내 남은 여정은 가까운 이들과 서로를 볼 수 있는 넓은 들판에서 각자의 보폭으로 자유롭게 걸어가는 길이기를 소망한다.

엄마의 담장